KB251554

운명의 업

Karma of Fate

운명의 업 4

김해수 판타지 장편 소설

초판 1쇄 찍은 날 § 2002년 12월 30일
초판 1쇄 펴낸 날 § 2003년 1월 10일

지은이 § 김해수
펴낸이 § 서경석

편집장 § 문혜영
편집책임 § 김희정
편집 § 장상수 · 박영주 · 권민정 · 이종민
마케팅 § 정필 · 강양원 · 이선구 · 김규진

펴낸곳 § 도서출판 청어람
등록번호 § 제1081-1-89호
등록일자 § 1999. 5. 31
어람번호 § 제1-0337호

주소 § 경기도 부천시 원미구 심곡1동 350-1 남성B/D 3F (우) 420-011
전화 § 032-656-4452   팩스 § 032-656-4453
http://www.chungeoram.com
E-mail § eoram99@chollian.net

ⓒ 김해수, 2002

값 7,500원

ISBN 89-5505-449-1 (SET)
ISBN 89-5505-572-2 04810

운명의 업

Karma of Fate

4
|마음의 보답|

목

차

인물 소개

라니오스 : 이 글의 주인공. 얼마 전까지 본인마저 자신을 보통의 엘프라 생각하고 있었으나 사실은 극히 적은 수만이 존재하는 하이 엘프 중 하나이다. 현재 레미엘의 부탁으로 프로튼에서 체류 중.

아힌세르린 : 애칭 세린. 레아시아의 진정한 모습으로 2만 년을 넘게 산 웜급의 그린 드래곤이다. 하지만 온순하고 얌전한 보통의 그린 드래곤과는 달리 상당히 난폭한 성격에 한편으로는…

티니 : 어쌔신 엘프 소녀. 최근 청년 모습이 된 라니오스에게 연심을 품고 있다. 하지만 본편에서 리히터에게…

란슬로 : 엘프로서는 드물게 클레이모어를 사용하며 검술만으로는 라니오스를 능가하지만 마법을 쓰지 못하는 것이 큰 문제.

쟈밀 : 라니오스의 삼촌이라는 것 외에 아무것도 밝혀지지 않은 정체 불명의 인물. 그의 동료들과 함께 어떤 일을 진행시키고 있는 듯하다. 모르는 이들에게는 매우 차갑지만 친한 인물에게는 매우 다정하게 대한다. 라니오스의 문제만 불거지면 지나치게 흥분하는 점이 문제라면 문제.

아아크 : 영웅전쟁의 영웅 중 하나인 에아크 하스의 후손. 주가에 상당한 소질이 있으며 재가 프리스트로서 상당한 신성력도 보유하고 있다. 물리적, 또는 정신적으로 큰 충격을 받으면 순간 좀비와 같은 모습이 되는 문제가 있다.

레미엘 : 프로튼 왕국의 국왕. 젊은 나이에도 불구하고 상당한 수완을 가지고 있으며 여자를 밝히는 점이 문제인 인물. 3권에서의 추태를 만회하기 위해 노력 중.

이드 : 쟈밀과 모종의 계약을 맺고 있는 인물로 이계에서 온 듯하다. 신계와 마계의 우두머리를 이길 정도인 것으로 보아 결코 만만치 않은 실력을 가

진 인물로 보인다.

　아리나스&아시아스 : 크로이츠의 황제. 아직 10살을 넘긴 지 얼마 되지 않은 어린 황제이지만 상당히 총명하여 국정에 상당한 재능을 브인다. 서로 쌍둥이여서 그런지 마음이 잘 맞는다.

　레노 : 이드의 동료였던 듯한 엘프. 이드를 사랑하고 있으나 정작 당사자인 이드는 그런 그녀의 마음을 받아주지 않는다. 이드를 도와 그의 뒤를 따른다.

　애거트 : 이드의 부하 또는 동료로 추측되는 인물. 지름이 2미터에 달하는 거대한 챠크람 인피니티를 사용한다. 그 실력은 현재의 란슬로 이상. 운명을 볼 수 있는 눈을 가졌다. 더불어 아아크의 친형이기도 하다.

　세인 : 이계에서 온 듯한 인물. 지금의 세계로 오기 전부터 라니오스를 알고 있었던 듯한 모습을 보인다.

　스프린(레인) : 세인의 가디언. 세인과 서로 좋아하는 사이인 듯하며 이드와도 무언가 관계가 있었던 듯하다.

　리히터 : 이드의 부하로 보이는 인물. 애거트와도 동료로 보이는 관계이며 그의 실력 역시 보통은 아닌 듯.

　헤라즈 : 이드의 부하이며 암살 길드 ‘라트라’ 의 현 길드 마스터. 티니를 좋아하는 듯한 모습을 보이지만…

　데잘 : 테올의 동생. 본래는 쟈밀의 부하나 동료가 아닌 듯하지만 현재는 쟈밀에게 협력하고 있다. 아무래도 테올의 영향력이 짙은 듯.

　테올 : 데잘의 형인 줄 알았으나 사실은 누나였던 존재. 일전에 쟈밀에게 사랑을 고백한 적이 있었으나 거절당한 이후로 남자의 모습으로 살아가고 있었던 듯하다.

막간극

"레미엘… 어째서 그런 짓을 한 거지?"
"후… 후훗… 쿨럭! 그런 것을 굳이 이야기해야 할까요?"
"알고 싶어, 네가 이렇게 되면서까지 그런 짓을 한 이유를."
"죄송하지만… 그것은 말씀드릴 수 없습니다."
"……."
"알려 드리면… 슬퍼하실 것 같으니까요."

—프로튼 '야망왕' 레미엘이 붕어했을 당시의 마지막 대화.

'소환왕'의 부활

"하아!"

채앵—

핑그르르—

세린의 레이피어에 의해 내 오른손의 검마저 날아가 버렸다. 그녀의 날카로운 찌르기 공격은 지금의 내가 받아내기에는 조금 무리가 있을 정도였다.

"…내가 졌어."

"우훗."

양손을 들어 올리며 항복 선언을 하는 내 모습에 세린은 피식 웃으며 레이피어를 거두었다.

"세린도 대단한데? 그렇게 검을 잘 쓰다니."

"우훗, 그래도 2만 년을 살았다고요. 취미 생활로 배워도 그 정도 기간이면 웬만한 존재는 이길 수 있답니다."

세린의 검 실력은 상당했다. 그녀의 검술은 전체적으로 한 방의 일격 보다는 현란한 움직임으로 상대를 교란하면서 서서히 적의 상처를 늘려 가는, 어찌 보면 상당히 잔인한 검법이었다.

"후우, 이 정도면 세린한테 좀 배워보고 싶은 생각도 들지만 검을 쓰는 타입이 이렇게 달라서야 그것도 안 되겠는걸?"

내 검술의 경우는 세린과 반대로 상당히 직선적인 공격 패턴을 가지고 있었다. 다만 보통의 용병들이나 기사들이 쓰는 검술과는 달리 상대의 무기 사용을 막아 제압하는 형식을 취하고 있었다. 때문에 상대가 내 공격의 흐름 속에 걸려들기만 하면 농락하듯이 상대를 이길 수 있지만 그 반대의 경우에는 오히려 제대로 된 공격도 못하고 제압당할 수 있는 극과 극의 결과를 낳는 방식이었다.

"호홋, 그것도 그렇네요."

"응."

"아쉽네요. 란 오빠와 오붓하게 검술 훈련을 함께하는 것도 즐거운 일이 될 텐데 말이죠."

"하하하."

그렇게 세린과 내가 즐겁게 대화를 나누고 있을 무렵 누군가가 이쪽으로 달려오는 것이 보였다. 보아하니… 네이란 누나였다.

그녀는 무언가 매우 다급하다는 듯한 표정을 지은 채 이쪽으로 달려오고 있었다.

"란! 레아! 큰일이야!"

그녀의 말투는 매우 다급한 듯하였다. 그녀의 모습으로 보아 두 황제에게 또 무슨 변화가 생긴 듯한데…

"누나, 무슨 일인데요?"

"황제 폐하들이 이상해!"

역시 그녀의 대답은 내 예상을 벗어나지 않았다. 나는 고개를 끄덕이며 황제들이 있는 방으로 달려갔다.

"빨리 가봐요. 대체 무슨 일인데요?"

그녀는 상당히 오랫동안 달렸는지 조금은 숨이 찬 듯한 모습이었지만 그래도 참고 달리고 있었다.

"자세히는 모르겠어. 일단 가보면 알 거야."

"으으음……!"

"으흐으윽……."

나와 세린이 도착했을 때 아리나스와 아시아스 두 황제는 굉장히 고통스러운 듯 짙은 신음성을 흘리고 있었다. 그들이 저런 상태에 들은 지도 이미 일주일이 넘어가고 있었지만 오늘같이 심한 날은 처음이었다. 평소에는 그냥 조금 끙끙대는 소리가 날 뿐이었는데 오늘은 방 전체가 울릴 정도로 신음성을 내고 있는 것이다.

"무슨 일이에요? 왜 두 황제가……."

"죄송합니다. 저희들도 잘 모르겠습니다."

의사들과 마법사들은 내 질문에 황송하다는 듯 허리를 숙이며 대답했다. 하긴 저들도 모를 거라는 건 이미 짐작했지만…….

그런데 이상한 점이 또 하나 있었다. 그들의 몸이 빛나고 있는 것이었다.

"뭐지? 왜 갑자기 빛을……."

"글쎄요."

세린도 이런 일은 본 적이 없는 듯 고개를 저었고 우리들은 결국 아무 손도 쓰지 못한 채 그들의 상태를 보고만 있어야 했다.

우웅—

순간 둘을 중심으로 구형의 3차원 마법진이 생겨났다. 두 황제의 갑작스러운 변화에 그들을 지켜보고 있던 모든 이들은 깜짝 놀랐다.

"저, 저게 뭐지?"

"저것은… 설마?"

세린만은 무언가 아는 것이 있는 듯 얼굴색을 바꿀 정도로 크게 놀랐다. 그녀의 모습은 무언가 대단한 것을 발견한 듯한 모습이었다.

"세린, 저게 뭔데?"

내 질문에 세린은 나를 바라보며 친절하게 설명해 주기 시작했다.

"오빠는 평면 마법진과 3차원 마법진의 수준 차이 정도는 알고 계시죠?"

"응."

2차원 마법진과 3차원 마법진의 차이. 그건 말할거리도 없다. 그래도 한번 비교를 해보자면 하늘과 땅 차이? 3차원 마법진 역시 고대 왕국의 멸망과 함께 사라진 비술이다. 그리고 그것은 드래곤조차 거의 아는 것이 없다고 들었는데…

세린의 설명은 계속되었다.

"아마 저것은 소환에 관계된 마법진일 거예요. 그런데 저 정도라면 보통 존재가 아닐 텐데……."

그렇게 또 얼마나 시간이 지났을까? 갑자기 은은한 빛을 내던 그들의 몸에서 강렬한 황금색 빛이 뿜어 나왔다.

"우욱……!"

"가, 갑자기 뭐지?"

"황제 폐하야!!"

"폐하!"

그 빛은 잠시 후 서서히 사그라들었다. 그리고 빛이 모두 사라졌을 때에 아리나스와 아시아스 주변을 둘러싸던 3차원 마법진도 사라져 있었다.

"으음……."

"흐음……."

그들은 이제야 정신을 차린 듯 몸을 움찔하였다. 그리고 드디어 그들은 서서히 몸을 일으켰다.

"폐하!"

"아리나스, 아시아스!"

"황제야! 괜찮아?"

당연히 모든 이들이 그들이 무사한지 확인하기 위해 달려들었고 아리나스, 아시아스 황제는 자기 주변을 에워싼 이들을 바라보며 웃음을 지어 보였다.

"무슨 일이시죠? 이렇게 모여 계시다니." ×2

비록 그들의 얼굴은 조금, 아니, 솔직히 말하자면 꽤나 많이 수척해져 있었지만 그래도 그가 웃음을 지으니 그나마 나아 보이는 듯하였다. 그리고 네이란 누나의 경우는 결국 참았던 울음을 터뜨리며 그들을 껴안았다.

덥석—

"와아앙~ 아리나스야, 아시아스야. 이 누나가 얼마나 걱정했는지 알아?"

"네이란 누나……."

"미안해요……."

두 황제도 미안한 표정과 함께 네이란을 마주 안았고 그렇게 셋은 서로를 껴안은 채 등을 토닥여 주었다. 물론 그러는 동안 ㄴ와 세린을 제외한 나머지 인원들은 방 밖으로 나갔음은 말할 것도 없었다.

“아무래도 성공하신 것 같군요, 폐하.”

잠시 후 그들의 기분이 좀 진정되는 듯할 때 세린이 말을 꺼내었고 아리나스, 아시아스 쌍둥이는 서로 네이란 누나의 품에서 빠져나오며 고개를 끄덕였다.

“네, 모든 소환을 익혔습니다.”

“다행이시네요.”

세린은 생긋 웃으며 축하의 말을 건네었고 나 역시 그들에게 축하의 말을 건네었다.

“축하드립니다. 아리나스, 아시아스 폐하.”

“감사합니다. 그런데… 누구시죠?”

내가 남자로 되돌아온 데다가 성장까지 했다는 것을 모르는 그들은 나를 보며 의아한 시선을 보내었고 나와 세린, 네이란 누나는 그들에게 대강의 자초지종을 설명하였다.

“…해서 이렇게 된 거야.”

“아아, 참 잘되셨군요. 축하드립니다.”

“하하, 고마워요.”

두 황제의 얼굴에는 하나 가득 무언가를 얻은 후의 만족감, 그리고 자신감이 어려 있었다.

“그런데 애들아, 정말 괜찮은 거지?”

아직 걱정이 덜 가신 듯 네이란 누나는 한 번 더 확인 질문을 했고 두 황제는 그런 네이란 누나의 모습에 생긋 웃음을 지어 보였다.

“물론이죠. 저희는 그 ‘소환의 서’를 완벽하게 마스터했어요.”

“그래? 잘됐다.”

네이란 누나는 짧은 말로 자신의 소감을 표했고 다시 셋은 서로를 바라보며 미소 지었다.

"그런데 구체적으로 어떤 시련을 겪으신 겁니까?"

내 질문에 그들은 나를 바라보며 고개를 끄덕였다. 설명을 해주겠다는 뜻이었다.

"저희가 예전에 소환할 때에는 거대한 마법진을 그려야 할 정도로 저희의 능력도, 그리고 기술도 없었습니다. 그야말로 '의식'이라 할 만한 규모였죠."

"하지만 그렇게 난리 법석을 떨며 소환을 해도 그다지 대단한 대상을 불러올 수는 없었죠. 그것은 소환의 서가 없었기 때문이기도 하지요."

그들의 말로 미루어보건데 그 '소환의 서'는 굉장히 중요한 물건인 듯하였다. 세린은 이미 알고 있는 듯하였지만 두 황제가 직접 설명을 해줄 것이기 때문에 본인이 직접 설명하지는 않았다.

역시 그들의 설명은 계속되었다.

"소환의 서는 일종의 각인입니다. 저희는 지금까지 아무 계약도 하지 않은 이들을 불러왔기 때문에 그렇게 큰 무리를 해도 그다지 대단한 존재를 부를 수가 없었죠."

"하지만 이것은 다릅니다. 전에는 없었던 '계약'을 통해 주종 관계…라고 해야 하나요? 어쨌든 그런 비슷한 관계를 맺게 됨으로써 적은 힘으로도 소환 마법을 할 수가 있게 되었죠."

흐음… 한마디로 일종의 소환을 편리하게 해주는 보조 도구 정도로군. 마법사로 치면 마법 스테프 정도? 세린도 무언가 자신이 생각하고 있는 의문이 있는 듯 그들에게 질문했다.

"그렇다면 이제 그 소환서에 기록되어 있던 소환수들은 모두 큰 힘 들이지 않고 부릴 수 있다는 거군요."

"그렇습니다. 그리고 마지막에는……."

"저희가 조금 욕심을 부렸죠. 덕분에 큰일 날 뻔했습니다."

　욕심? 무슨 욕심을 말하는 것일까? 우리 셋이 원체 마법사라 호기심이 많기도 하다 보니 동시에 그들에게 다음 설명을 요구하는 표정을 지었고, 두 황제는 그런 우리들의 모습에 피식 웃음을 지으며 설명해 주었다.

　"저희는 환계를 돌아다녔습니다. 그러면서 저희가 먼저 계약을 했던 소환 가능한 존재들과 종속의 계약을 했지요."

　"그런데 돌아다니다 보니 더욱 탐이 나는 존재들이 너무나 많더군요. 그래서 그들과 계약을 하기 위해 그들을 굴복시키느라 많이 고생했습니다."

　흐음… 그렇다는 것은 저들은 환계에서 '사냥'을 했다는 말이 되는데…….

　"그리고 그렇게 상당히 많은 이들과 계약을 맺은 뒤 우리는 다시 이 세계로 되돌아오기 위해 소환진을 소환한 것이구요."

　마지막으로 그가 한 말에 나와 네이란 누나는 의문 부호를 띄웠다. 소환진을 소환한다는 것은 또 무슨 소리람? 세린은 알고 있는 듯 그리 궁금한 눈치를 보이지 않았지만 우리 둘은 달랐다.

　물론 우리 둘의 의문은 두 황제가 해결해 주었다.

　"이 세계로 돌아오기 위한 소환의 문도 저희가 소환해야 한답니다."

　"환계는 모든 것이 소환의 계약으로 이루어지는 곳이거든요."

　이제 대충은 알겠군. 더 자세히 알고 싶으면 내가 직접 환계에 갔다 오는 수밖에 없을 것 같은데… 네이란 누나도 대강은 알겠다는 듯 고개를 끄덕였다.

　그녀는 다시 두 황제에게 다가가며 그들의 볼을 쓰다듬어 주었다.

　"이런… 얘들아, 일단 식사부터 하던가 하자. 이렇게 핼쑥해져서 황제의 권위가 나겠니?"

　네이란의 걱정 어린 말에 두 황제는 방긋 웃으며 대답했다.

“괜찮아요. 적어도 네이란 누나 앞에서는 원래부터 권위란 것이 필요 없었으니까.” ×2

“어머머, 얘들도 참.”

네이란 누나는 부끄러운지 얼굴을 붉히면서도 기분은 좋은 듯 웃음을 지었고 그런 그들의 모습에 나와 세린도 미소를 지었다.

그리고 그때 아까 전에 나갔던 마법사 중 한 명이 방 안으로 들어오며 두 황제에게 종이 한 장을 건네주었다. 두 황제와 네이란 누나는 그 종이를 한번 쳐다보더니 이내 무언가 의아하다는 듯 표정을 묘하게 바꾸었다.

“왜 그래요, 누나? 뭐 이상한 일이라도 생겼어요?”

내 질문에 네이란 누나는 이해할 수 없다는 듯한 표정을 지으며 오히려 내게 질문을 해왔다.

“란아, 프로튼의 국왕 전하는 원래 상황 판단을 못하는 거니, 아니면 독특한 발상을 즐기는 거니?”

“네?”

“아니면 무언가 숨겨진 의도를 가지고 있는 건가?”

그리고 두 황제도 비슷한 생각을 하고 있는 듯 그녀와 비슷한 모습이었다. 아무래도 레미엘이 무슨 엉뚱한 일을 저지른 듯한데…

“아, 그러니까 무슨 일인데요? 설명을 해봐요.”

그러자 네이란 누나는 나에게 그 종이를 건네주며 한다디 했다.

“그 엽기전하께서 무투회를 여시겠다고 하는데? 그것도 비공정까지 동원한 홍보를 하면서 말야.”

나는 거의 본능적으로 직감할 수 있었다. 레미엘 녀석, 분명히 또 무슨 일을 꾸미고 있는 것일 거다. 결코 순수한 목적으로 그가 이런 일을 벌일 리가 없다. 전쟁이 이제 한 달 남짓한 이때에 무투회를 열다니, 이게 정상적인 사람의 머리에서 나올 생각인가? 아니면 정말 그가 미쳤던 가……. 하지만 레미엘 같은 인물이 미친다던가 하는 일은 상상하기가 불가능했다.

'레미엘, 이번에는 대체 무슨 꿍꿍이를 꾸미는 거냐?'

하지만 정작 그 질문에 대답해 줄 당사자는 여기에 없었다.

레미엘은 자신의 집무실에 앉아 한 종이를 보고 있었다. 그 종이는 '프로튼 왕국 왕실 주최 무투회' 라는 내용의 전단지였다. 그것은 상당히 신경 써서 만든 전단지인 듯 전체적으로 잘 꾸며져 있어 이목의 집중도 가 높은 디자인이었다.

제나는 레미엘의 어깨에 앉은 채 같이 그 전단지를 바라보았다.

"어때요, 레미엘님. 제나가 잘했죠?"

제나는 어린아이같이 웃으며 레미엘이 자신을 칭찬해 주기를 기다렸 고 레미엘은 그런 그녀의 기대를 저버리지 않았다.

레미엘은 손으로 제나를 살살 쓰다듬어 주며 빙긋 웃었다.

"그럼. 제나야 언제나 나한테 좋은 일만 해주는걸. 고마워."

"헤헤, 뭘요."

제나는 쑥스러운 듯 손가락을 꼼지락거렸고 레미엘은 그런 귀여운 모 습을 보이는 제나를 보며 진한 웃음을 머금었다.

"후우, 이걸로 일단 아버지도 어느 정도 만족하시겠지."

그는 창밖을 바라보았다. 하늘에 떠 예의 그 무투회를 광고하는 내용 의 거대 현수막을 주렁주렁 달고 있는 비공정들이 그의 눈에 들어왔다.

비공정들은 전체적으로 배를 연상시켰다. 하늘을 나는 배가 저럴까? 발상에 따라서는 유령배라고 할 수도 있겠지만…….

"원래라면 이런 일은 우리 프로튼의 대륙 통일 전쟁을 위해 준비한 것들이었지만……."

레미엘은 한숨을 쉬었다. 다 된 밥에 재가 뿌려져 있을 때 이런 기분일까?

"신족이고, 마족이고. 이렇게 되면 너희가 나, 그리고 우리 프로튼의 분노를 받아주어야겠다."

겉으로 볼 때의 그의 모습은 공놀이를 하다 창문을 망가뜨린 어린아이를 꾸짖는 어른과도 같은 모습이었지만 속은 바작바작 타 들어가고 있었다. 그것은 제나에게 걱정을 덜 끼치게 하려는 그의 배려였으나 그의 패밀리어인 관계로 그와 정신을 공유하는 제나를 속일 수는 없었다.

그녀는 레미엘의 볼을 쓰다듬으며 그에게 말했다.

"레미엘님, 너무 속상해하지 마세요. 다 잘될 거예요."

"물론 그래야지. 안 그랬다간, 그리고 최악의 경우까지 닥치게 되었다가는 우리 프로튼은 파멸이야."

레미엘의 볼을 매만지던 제나는 웃으며 그의 볼에 입을 맞추었다.

레미엘도 그녀의 태도에 조금은 당황한 듯 얼떨떨한 표정을 지으며 그녀를 바라보았다.

"제나… 너……."

"응원의 키스예요. 이 정도는 허락해 주실 거죠, 레미엘님?"

귀엽게 웃으며 자신을 올려다보는 제나의 모습에 '이런 아이는 화낼 수도 없겠군'이라고 생각했다.

하지만 레미엘이 괜히 레미엘인가? 그는 짓궂은 미소를 지으며 그녀에게 말했다.

"이번에는 입술에 해줄래?"

다른 때였으면 오히려 기분이 좋아서 냉큼 그의 입술에 자신의 입술을 가져갈 제나였겠지만—비록 사이즈(?)에 막대한 차이가 있긴 하지만—지금은 달랐다. 그녀는 레미엘의 입가에 맺힌 웃음의 의미를 알아챈 것이다.

"…레노아님께 이를 거예요!"

"어어어, 그럼 곤란하지."

그래도 레미엘은 자신에게 가깝고 소중한 이들에게는 언제나 밝은 미소를 지어주려고 노력하는 남자였다. 그런 그의 속마음을 아는 제니 역시 레미엘에게 지금 자신이 할 수 있는 가장 밝은 미소를 지어 보였다.

"무투회?"

란슬로는 방금 막 자신의 머리 위를 지나가던 비공정이 뿌리고 간 전단지를 보고는 어이가 없다는 표정을 지었다.

"이 망나니 바람둥이 왕은 대체 무슨 생각을 하는 거야? 전쟁이 이제 한 달 정도밖에 안 남았구만."

하지만 그렇게 말하면서도 길을 걷던 그의 발걸음은 이미 프로튼 방향으로 꺾어져 있었다. 그는 입가에 흥미롭다는 듯한 웃음을 지으며 발걸음을 서둘렀다.

"이 녀석, 또 무언가 꿍꿍이가 있는 듯하지만… 기왕 차려진 밥상, 실컷 즐겨주겠다."

애거트 역시 그 문제의 전단지를 들고 있었다. 하지만 그의 표정은 곤란하다는 듯한 모습이었다. 실제로 그는 지금 머리를 긁적이며 가벼운 고민에 잠겨 있었다.

"후우~ 무투회라… 재미있는 행사임에는 분명하지만……."

그는 자신의 어깨에 걸쳐져 있는 인피니티를 들어 올리며 중얼거렸다. 그의 표정은 마치 투정을 부리는 어린아이 같았다.

"이 녀석은 너무 눈에 잘 띄는 녀석이니 원……."

그렇게 한참 이리저리 제자리를 돌아다니며 고민하던 애거트는 결국 고개를 저었다.

"에이구, 안 되겠다. 아쉽지만 포기다."

결국 포기하기로 결정하고 다시 털레털레 발걸음을 옮기던 애거트였 지만 결국 그는 무투회를 포기하지 못한 채 몸을 돌렸다.

"아냐, 이것만 안 쓰면 되잖아?"

그는 마치 대단한 발견을 한 듯한 표정으로 결국에는 프로튼을 향해 발걸음을 돌렸다.

"어쩌면 아아크 녀석을 다시 볼지도 모르겠군."

그의 한마디에는 여러 가지 감정이 묻어 나오고 있었다.

"무투회라……."

이드와 레노 역시 문제의 그 전단지를 보고 있었다. 레노는 어이가 없 다는 듯한 표정을 지으며 한숨을 쉬었다.

"후우, 아직도 인간 중에 이런 작자가 있군요. 이럴 때어 말이죠."

"그런가?"

하지만 이드의 표정은 그리 탐탁지 않았다. 무언가 염려하는 듯한 모 습이었다. 그리고 그 외에도 무언가 과거의 일과 관련된 듯 복잡한 표정 을 하고 있었다. 레노는 그런 이드의 모습에 내심 불안함에 질문했다.

"왜요, 이드. 무슨 문제 있나요?"

그녀의 질문에 이드는 과거에 있었던 일을 떠올렸다.

"그때도… 이런 일이 있었지……."

이드는 순간 주먹을 움켜쥐었다. 그때의 흥분, 쾌감, 그리고 분노…….

"그때는 즐거웠지만, 다르게는……."

갑자기 은근한 살기를 뿜어내는 이드의 모습에 레노는 깜짝 놀랐다.

다행히 눈치 채는 자는 거의 없었지만 그의 옆을 지나가는 이들은 신을 죄어드는 정체 모를 살기에 몸을 떨었다.

"이, 이드……."

이드도 그제야 자신의 실수를 알아채고는 살기를 거두었다. 그는 레노를 보며 고개를 저었다.

"미안, 레노. 조금 실수했어."

"아뇨, 괜찮아요. 그런데 무투회는 어떻게 하실 거죠?"

레노의 질문에 이드는 고개를 끄덕였다. 그의 입가에는 얇은 웃음이 걸려 있었다.

"가봐야지."

"네? 그럼……."

레노는 뒷말을 흐렸으나 이미 그녀의 말의 뜻을 이해한 이드는 고개를 저었다.

"아니, 참가할 생각은 전혀 없어."

"그럼 왜?"

이드는 어딘지 장난기있는 미소를 지으며 발걸음을 돌렸다.

"애거트 같은 멍청이들이 참가할지도 모르니까."

그제야 이드가 무슨 목적으로 가려고 하는지 이해한 레노는 싱긋 웃으며 그의 뒤를 따라갔다.

"그런데 이드, 그럼 그 주최 측이 뭘 꾸미는지 조사해 볼 건가요?"

레노의 질문에 이드는 고개를 저었다.

"아니. 이번 일은 헤라즈와 리히터에게 맡기지. 아마 내가 따로 말하지 않아도 알아서 하고 있을 거야."

레노는 기분 좋게 웃으며 이드의 팔에 팔짱을 꼈다. 그녀의 모습은 마치 천진스러운 어린아이와도 같았다.

"그럼 이드, 우리 둘은 그곳에서 데이트나 해요. 아이어는 마법 도시의 수도인만큼 재미있는 것도 많다구요."

마치 어린아이같이 붙어오는 그녀의 모습에 이드 역시 싱긋 웃으며 대답했다.

"그러지, 나의 연인."

이드의 대답에 레노는 양 볼을 부풀리며 작은 투정을 부렸다.

"흥, 그 말투는 뭐예요? 닭살 돋게. 그냥 이름만 불러줘도 되잖아요."

하지만 이드는 오히려 장난기가 묻어 나오는 미소를 지었다. 그런 그의 모습은 평소의 무표정한 모습을 하고 있던 그와 동일 인물이라고는 전혀 믿을 수 없을 정도로 따뜻한 미소였다.

"호오, 나의 연인은 코카트리스로 변신하는 재주까지 가지고 있었단 말야? 이거 놀라운 발견인데?"

"이드!"

"하하하. 농담이야, 레노."

"흥."

하지만 그러면서도 더욱 깊숙이 자신의 품 안으로 들어오는 레노의 모습에 실소를 머금으며 그녀를 감싸주는 이드였다.

헤라즈와 리히터 역시 전단지를 보고 있었다. 헤라즈는 전단지를 보며 뭐가 그리 재미있는지 연신 웃음을 터뜨렸다.

"큭큭큭. 이거 웃기는군. 이걸 주최한 녀석이 어떻게 생겨먹었는지 얼굴이라도 한번 보고 싶어지는데?"

그의 농담에 리히터 역시 고개를 끄덕였다. 그는 무슨 일인지 챙이 넓은 모자를 쓰고 있었다. 헤라즈는 그를 보며 질문하였다.

"이봐, 리히터. 어떻게 할 거야?"

"어떻게 하다뇨?"

리히터의 말의 뒤에는 '뻔한 거 아닙니까?'라는 뜻이 포함되어 있었다. 헤라즈도 그것을 알고는 웃음을 지었다.

"하하. 내가 말하는 건 그게 아니라고. 내가 바보도 아니고 말야."

"그럼 무슨 뜻으로 그런 질문을 하신 건지……?"

하지만 이미 리히터도 헤라즈가 말할 주제에 대해서는 대강 눈치 채고 있는 터였다. 헤라즈는 검지손가락을 세워 보이며 설명해 주었다.

"이미 멍청한 애거트 녀석 덕에 이제 한 달쯤 후면 전쟁이 일어난다는 것 정도는 이미 알 녀석들은 다 알고 있지. 안 그래?"

"그렇습니다만."

아직 이해하지 못하겠다는 듯한 리히터의 모습에 헤라즈는 혀를 찼다.

"쯔쯔쯔. 이봐, 리히터. 이런 때에 무투회 따위를 주최한다는 것은 그 주최자가 정말 또라이거나 아니면 뭔가 꿍꿍이속이 있다는 거 아니겠어?"

헤라즈가 말하고자 하는 바의 의미를 이해한 리히터는 고개를 끄덕였다. 그는 잠시 모자를 고쳐 쓴 뒤 헤라즈를 바라보며 질문했다.

"오늘은 이상하게 태양 빛이 세군요. 그런데 그럼 어떻게 하실 건지……."

헤라즈는 씨익 웃으며 프로튼 방향으로 발걸음을 돌렸다.

"당연히 무슨 짓을 하는 건지 구경하러 가봐야지. 리히터, 너도 가볼 거야?"

리히터는 헤라즈를 바라보며 웃음을 지었다. 그리고 그의 뒤를 따라가며 대답했다.

"물론입니다. 일단 저와 당신은 한팀이니까."

"오오, 네가 내가 하자는 대로 할 때도 있다니, 이거 대단한 일인걸?"

“평소에 당신과 달리 건실한 생각이라고 생각했을 뿐입니다.”

“어어, 뭐야? 그럼 내 평소의 생각은 한심했다는 거야?”

“뭐, 그런 셈입니다만.”

그들은 가는 와중에도 계속 가벼운 말다툼을 하였으나 정작 둘의 얼굴에서는 미소가 떠나지 않았다.

“야압!”

타타탁—

아아크는 빠른 속도로 연달아 잽을 내질렀지만 그것은 레디의 팔에 간단히 가로막혔다. 하지만 아아크는 포기하지 않고 바로 다음 공격에 들어갔다.

“하압!”

슈악—

누구나 보면 ‘깨끗한 돌려차기다’ 라고 칭찬할 만한 돌려차기였으나 레디는 그것 역시 간단히 흘려내었다.

“으랍!”

곧 이어 나오는 뒤차기 역시 레디는 마치 어린아이 장난을 대하듯 가볍게 피해 버렸다. 그리고는 뒤차기로 인해 빈틈을 노출시킨 아아크의 등에 손을 갖다 대며 살며시 힘을 주었다.

“얍!”

터엉—

“꾸엑!”

단지 살며시 손을 대고 약간의 힘을 준 것이었지만 그 효과는 상당했다. 큰 울림음과 함께 아아크의 몸은 저만치 날아가 버린 것이다.

레디는 저 멀리 날아간 아아크를 보며 팔장을 끼었다.

"흐음, 상당히 많이 늘었구나. 이제 내 몸에 공격이 닿을 정도씩이나 하는 걸 보니 말야."

아아크는 아픈 허리를 부여잡으며 엉거주춤 일어났다. 그는 일어나자마자 얼굴에 한가득 불만있다는 듯한 표정으로 레디를 바라보며 다가왔다.

"아야야. 누나! 왜 꼭 마지막에는 허리냐구요?!"

레디는 불평을 토하며 인상을 쓰는 아아크의 코를 잡아당기며 그의 얼굴에 자기 얼굴을 가까이 가져갔다.

"아야양~"

아아크는 엄살을 피웠고 레디는 그런 아아크에게 훈계하듯 설명해 주었다.

"당연한 거야. 상대를 제압할 때는 일단 허리나 머리, 그곳이 가장 쉽게 상대를 확실하게 무력화시킬 수 있는 부분이라고."

"아야양~ 이경 노콩 얘기해용……."

하지만 레디는 아아크의 코를 바로 놓아주지 않은 채 잠시 동안 잡고 있었다. 그리고 갈수록 코를 잡고 있는 손에 힘을 주었다.

"에~잇!"

"아야야……!"

레디가 코를 뒤로 확 잡아당기자 아아크는 당연히 그녀가 잡아당긴 쪽으로 몸이 쏠렸고 레디는 그렇게 이리저리 팔을 움직이며 아아크를 괴롭혔다.

그리고 한참 후에야 간신히 코에서 손을 떼자 아아크는 빨갛게 변한 자신의 코를 부여잡으며 불평을 했다.

"아야아야. 누나, 너무해요."

따지는 듯한 아아크의 태도에도 레디는 여전히 당당하게 허리에 양손을 얹은 채 아아크를 바라보고 있었다.

"너무하다니. 이것도 다 이 누나가 아아크를 좋아한다는 뜻의 애정 표현인데."

"애정 표혀~언?"

마치 반항하기라도 하겠다는 듯 말을 길게 끌며 기괴한 표정을 짓는 아아크를 보며 레디는 미간을 살짝 찌푸렸다. 그리고는 아아크에게 다가가더니 이내 다시 그의 코를 꽉 붙잡고는 자기 얼굴 앞으로 잡아당겼다.

아아크는 그녀의 갑작스러운 행동에 얼굴이 붉어졌고 이내 뒤로 물러나려고 하였으나 자심의 코를 잡고 있는 레디의 손 때문에 뒤로 빼기는 커녕 고개를 돌릴 수도 없었다.

"못 믿는 거야? 이 누나는 정말 아아크를 좋아하고 있는데."

"설마……."

이상야릇한 분위기를 풍기는 레디의 모습에 아아크는 금방 위축되어서는 어색한 미소를 지으며 이리저리 이 상황에서 벗어날 방법을 궁리하기 시작했다.

그런 아아크의 모습에 레디는 두 눈을 가늘게 뜨며 아아크를 살짝 노려보았다.

"그렇게 못 믿겠다면 보여줄까, 이 누나가 얼마나 널 좋아하는지?"

"그게 무슨……!"

하지만 아아크는 더 이상 말을 이을 수 없었다. 레디가 자신의 입을 막아버렸기 때문이다. 그것도 아주 굳게… 자신의 입술로…….

"으음……!"

아아크는 크게 놀라며 몸을 뒤로 뺐다. 아니, 빼려고 했다. 하지만 이상하게도 몸은 자신의 명령에서 벗어난 채 가만히 굳어 있었다. 자신의 몸은 자신의 통제를 벗어난 채 자신의 입술과 레디의 입술을 맞대고 있었다.

그렇게 얼마나 있었을까, 마치 영원과도 같았던 시간이 끝나고 그제야 둘의 입술이 떨어졌다. 하지만 아아크는 아직도 방금의 감촉을 잊지 못하고는 얼떨떨한 모습으로 자신의 입술을 매만지고 있었다.

"이 누나는 말이지… 아아크를 너~무 좋아해. 너무너무 좋아해서 사랑해."

순식간에 아아크의 얼굴이 붉어졌다. 그는 방금 전 레디가 한 말에 정신의 갈피를 잡지 못하고는 이리저리 횡설수설을 하기 시작했다.

"하, 하지만… 누나는… 저기, 그러니까……."

아아크가 제대로 할 말을 하지 못한 채 부끄러워하는 모습에 레디는 미소를 지었다.

"나 이미 첫사랑 끝났어."

"네?"

갑작스레 튀어나온 레디의 알아들을 수 없는 말에 아아크는 의아한 표정을 지었고, 레디는 그런 모습의 아아크를 보곤 살짝 얼굴을 붉히며 마주 웃었다.

"첫사랑은… 에아크의 사랑은 이미 끝… 났으니까. 이미 2,600여 년 전의 이야기인데."

"……."

아아크는 잠시 아무 말도 할 수 없었다. 그녀의 말은 자신이 아는 사실과 다르기 때문이었다.

"하, 하지만 분명 기록에는 선조님과 레디 누나가……."

하지만 레디는 그의 질문에 시선을 돌리며 하늘을 바라보았다.

"그랬나? 하지만 그건 거짓이야. 난 그날 저녁에… 에아크에게 고백하고 나서 곧바로 채였으니까."

“…그래요?”

아아크는 쓸데없는 것을 물었다는 생각에 레디에게 미안한 감정을 느끼며 고개를 숙였다. 레디는 고개를 숙이는 아아크의 모습에 조금은 부끄러운 미소를 지으며 그에게 다가갔다.

“내가 아는 누가 한 말인데, 첫사랑은 대부분이 실패하더래. 이미 실패할 사랑은 끝났으니까. 내 두 번째 사랑인 아아크는 나를 받아줄래?”

다시금 아아크의 얼굴이 붉어졌고 그 탓에 더욱 고개를 들지 못한 채 땅을 보고 있었다. 그러자 레디는 허리를 숙여 아아크의 눈앞으로 자신의 얼굴을 내밀며 웃음 지었다.

“우훗, 부끄러운 거니?”

“아, 아니요. 저기, 그게……”

귀여운 아이다, 레디는 그렇게 생각했다. 그리고 지금의 그의 모습은 자신이 만날 당시의 에아크의 모습과 너무 흡사했다. 그러기에 더욱 아아크에게서 에아크를 느끼는 그였다.

하지만 그는 달랐다. 자신이 사랑했던 에아크와 또 다른 면에서는 많이 달랐다. 그러기에 자신은 이 아아크라는 인간을 사랑할 수 있었는지도 모른다. 그가 너무나 완벽하게 에아크와 같았다면 자신은 아아크를 사랑하지 못했을 것이다.

“레디 누나……”

“응?”

한참의 침묵 속에 아아크의 입에서 나온 말은 자신의 이름이었다. 아아크는 여전히 발그스름한 얼굴로 레디에게 질문하였다.

“정말로… 제가 좋아요?”

“응. 이 누나는 아아크가 너~무너무 좋아. 사랑하고 있다니까.”

레디는 매우 당당한 모습으로 크게 대답하고 있었으나 그럴수록 아아크의 고개는 아래로 숙여졌고 목소리는 잦아들어 갔다.

"제 눈치없는 행동 때문에 화내실지도 몰라요."

순간 레디는 아아크의 머리를 끌어안았다. 불의의 기습(?)을 받은 아아크의 머리는 순식간에 레디의 가슴속에 파묻혔다.

"읍, 읍!"

순간 자신의 호흡을 방해할 정도… 는 아니지만 어쨌든 여자의 가슴에 얼굴을 묻는다는 것은 어머니를 합해도 4살 이후로는 없었던 일이다 보니 아아크는 매우 당황할 수밖에 없었다. 하지만 아아크가 발버둥 칠수록 오히려 레디는 웃으며 그의 머리를 쓰다듬어 주었다.

"괜찮아. 이 누나가 다 애교로 받아줄게."

"……."

잠시 후에서야 레디는 안고 있던 아아크의 머리를 풀어주었고 아아크는 그제야 고개를 뒤로 젖히며 레디의 품속에서 빠져나왔다.

"푸하."

아아크의 얼굴은 숨 막힘과 부끄러움 등의 감정으로 인해 매우 붉어져 있었고 레디는 그런 아아크의 얼굴을 보며 눈웃음을 지었다.

"우후훗, 역시 우리 아아크는 너무 귀여워. 너는 꼭 내 신랑이 돼야 해."

"누나……."

아아크는 더 이상 아무 말도 하지 못하고 고개를 돌린 채 뒤통수를 긁적였고 레디는 아아크가 그런 모습을 보일수록 더욱 진한 웃음을 지었다.

"어머, 다 큰 남자애가 이렇게 숫기가 없기는. 이 정도 되면 콱 이 누나를 덮쳐 주는 게 예의 아니니?"

펑—

결국 더 이상의 과열을 참지 못한 아아크의 머리는 폭발하고 말았고 그 여파로 인한 정신적 쇼크에 의해 아아크는 그 자리에서 선 채로 기절하고 말았다. 레디는 그제야 자신의 말이 조금은(…) 과했다는 것을 느끼고는 재빨리 달려가 쓰러지려는 아아크를 안아주었다.

"아아, 이 얼마나 사랑스러운가?"

레디는 기절한 아아크의 볼에 키스를 하며 자신의 무릎 위에 뉘어주었다. 그리고 따스한 손길로 아아크의 머리를 쓰다듬어 주었다.

무투회 첫날

레미엘은 여전히 그 뻔뻔한 미소를 지은 채 우리를 맞아주었다.

"이야~ 반갑습니다, 모두들."

레미엘은 우리 일행을 바라보면서 반갑다고 손을 흔든 채 인사를 하던 중 나를 보며 의문스럽다는 표정을 지었다.

"저기, 누구신지……?"

"…이봐?"

아무리 좋은 소식도 세 번이면 지겹다고 누가 말했던가? 그것은 너무나도 정확했다. 아무리 내가 남자로 돌아온 것에 이렇게 멋진 어른의 몸이 된 것은 분명 최고의 일이었지만 그것에 대한 이야기를 계속해 주다 보니 이제는 지겨워진 것이다.

어쨌든 어찌저찌 이야기를 다 들은 레미엘은 놀랍다는 시선으로 나를 훑어보았다.

"흐음, 역시 하이 엘프는 신비 그 자체군요."

그런데 왜 이 녀석의 시선이… 마치 좋은 연구 소재를 발견한 마법사의 그 시선으로 느껴지는 거지?

"자, 어찌 되었든 안으로 드시지요. 아직 대회까지는 사흘이나 남았으니까요."

레미엘은 자신이 직접 우리를 안내하는 친절을 보였고 그런 그의 태도에 조금은 속이 가라앉는 나였다.

"…해서 부탁드리겠습니다."

"……."

레미엘 녀석, 괜히 나를 따로 부른 게 아니었군. 역시 이 녀석의 뱃속에는 능구렁이가 한 백 마리는 살고 있는 게 틀림없어.

레미엘의 이야기는 간단했다. 무투회를 여는 동안에는 어찌 됐든 결국 성안의 방비가 허술해진다. 이것은 무투회를 진행하는 동안의 치안 유지 때문에 성의 군대까지도 풀어야 하기에 아무리 병사를 적게 풀더라도 성안의 경비가 약해지는 것은 분명한 일이다.

"그뿐이 아닙니다. 그들은 강합니다. 분명 보통의 병사로는 몇천, 아니, 몇만이 덤벼도 이길 수 없는 그런 상대를 이쪽으로 흘려보낼 것이 분명합니다. 물론 소수 정예겠죠."

결국 그는 나와 세린, 그리고 티니에게 이 성의 경비를 부탁하고 있는 것이다.

"설마 우리에게만 경비를 맡기는 건 아니겠지?"

내 질문에 레미엘은 소파에 등을 파묻으며 웃었다.

"하하하, 설마 그럴 리가 있겠습니까? 저희 측도 이미 각종 마법 탐색 장치를 설치해 두었습니다. 그리고 엘즈마이어 경을 비롯한 많은 근위대를 성내 경비에 배치해 두었지요."

보통 그 정도면 충분하지 않은가? 하지만 내가 직접 묻지 않았음에도 저 눈치귀신은 그런 내 표정을 읽고는 눈웃음을 지었다.

"일전에 란슬로님과 싸웠던 애거트 군만 해도 저희는 감당하기가 힘든 수준이었습니다. 그런데 그런 자들이 한둘이 아니라니, 게다가 그들 위에 군림하는 우두머리도 있다고 합니다. 그 정도의 상대를 대하는 데 이 정도의 경비조차 안 되어 있으면 어떻게 하겠습니까?"

하긴, 그것도 그렇군. 하지만 그렇게 되니 또다시 궁금해지는 것이 있었다.

대체 얼마나 대단한 것이길래 레미엘은 그렇게도 지하 4층을 지키려고 하는 것일까?

"레미엘, 솔직히 대답해. 그 지하 4층에는 대체 뭐가 있는 거지?"

"그것은……."

레미엘은 순간 묘한 웃음을 지었다. 왠지 그의 눈에 빛이 비쳤다고 생각되었을 정도로 강한 인상을 주는 묘한 웃음이었다. 그리고 그의 표정은 나에게 더 많은 호기심을 갖게 하였다.

"말해 봐. 대체 지하 4층에 무엇이 있길래 그렇게 필사적으로 감추려고 하지?"

"후훗."

레미엘은 각지를 껴 무릎 위에 올려놓으며 앉았다. 그리고 천천히 입을 열어 나에게 설명해 주었다.

"그다지 숨길 이유는 없습니다. 다만 저들에게 들키고 싶지 않은 것뿐이지요."

레미엘은 손을 뻗어 테이블에 놓인 찻잔을 잡았다. 그는 잔을 가져가 입가를 적신 뒤 설명을 계속했다.

"고대 시대의 유물입니다."

단 한 마디뿐이었지만 그 여파는 컸다. 나뿐만 아니라 세린까지 놀랄 정도였으니 말이다. 우리의 너무나도 놀라하는 모습에 레미엘은 두 손을 내저으며 어색한 웃음을 지었다.

"하하, 고대의 물건을 그대로 파낸 것이 아닙니다. 저희 나라가 크로이츠도 아니고… 그저 고대의 문헌을 기초로 그 모양을 재현해 본 복제품입니다. 물론, 내용이 고대의 그것에 비할 바가 아니겠죠."

하지만 그런다고 나와 세린의 호기심이 가라앉을 리가 없었다. 뭐라 해도 일단 고대의 물건과 관계된 것이다. 그리고 레미엘이 이 정도까지 '적' 에게 들키지 않으려고 노력하는 것을 보면 절대 보통의 물건은 아니리라.

하지만 그것 외에도 또 다른 의문이 들었다. 그렇다면 왜 그렇게 감출 정도로 중요한 물건이 있는 상황에 주위의 이목을 집중시킬 만할 이 무투회를 주최했는가?

"그럼, 레미엘. 그렇게 중요한 걸 감추겠다면서 이런 요란한 행사를 하는 이유가 뭐야?"

레미엘은 왠지 모를 묘한 미소를 지었다. 아까의 미소와는 또 다른, 어딘지 사악한 미소였다.

"이것은 감춰야 하겠지만 적을 유인하기는 해야 하니까요."

"응?"

레미엘은 들고 있던 찻잔을 내려놓으며 팔짱을 꼈다.

"제가 이런 요란한 무투회를 열었습니다. 자, 과연 적들은 이걸 가만두고 보겠습니까? 아마 제가 미친 거 아니면 무언가 꿍꿍이가 있다고 생각하겠죠. 사실 아무것도 없는데 말입니다. 뭐, 꼭 핑계를 만들겠다면 이 무투회로 쓸 만한 인재 몇 건져서 우리 프로튼에 편입시키겠다는 정도겠지만……."

아무것도 없다니? 그렇다면 레미엘은 단순히 적을 이 안으로 불러오는 것이 목적이라는 것인가? 직접 말은 하지 않았지만 내가 바라보는 의미를 이해했는지 레미엘은 고개를 끄덕이며 설명을 계속했다.

"라니오스 형이 생각하신 대로입니다. 저는 그들을 이 안으로 불러들일 겁니다. 아마 보통 인물을 보내지는 않을 겁니다. 최악의 경우 그 우두머리인 자가 직접 올지도 모르지만 아마 그 정도는 아닐 겁니다. 음… 애거트 군과 비슷한 수준의 인물을 보낼 가능성이 적지 않다고 봅니다."

왠지 점점 더 주변의 공기가 무거워지는 느낌이었다. 레미엘의 몸에서 왠지 모를 중압감이 뿜어져 나오고 있었다.

'이 녀석이 이렇게 심각할 줄 아는 녀석이었나?'

내가 이런 생각을 할 무렵 레미엘의 설명이 이어졌다.

"뭐, 생각 같아서는 사로잡는 게 최고겠지만 죽이는 것도 좋은 일이죠. 뭐니 뭐니 해도 이쪽이 훨씬 유리한 상황에서 그들을 제거할 수 있는 기회가 생기니까요. 그런데……."

돌연 레미엘은 하던 말을 멈추더니 땅이 꺼져라 한숨을 푹 내쉬었다.

"후우, 이건 원래 전쟁을 위한 것이었습니다."

전쟁? 지금도 충분히 전쟁 전인데… 하지만 레미엘의 모습으로 보아 그가 말하는 '전쟁'은 그게 아닌 듯 보였다.

"사실 저희 프로튼은 저희 할바마마 대에서부터 대륙 통일의 야심을 꿈꾸며 그 준비를 해왔죠. 하지만 이 전쟁 때문에 저희는 대부분의 밑천을 드러낼 상황에 처해 버렸습니다."

흠… 결국 레미엘 말은 원래는 프로튼이 다른 나라와 전쟁할 때 써야 할 것들을 지금 쓴다는 거로군. 그런데 3대 동안 준비했다니. 비록 300년도 안 되는 세월이겠지만 그래도 나름대로 치밀하게 전쟁 준비를 했는데 그게 김이 새게 생겼으니 한숨을 쉴 만도 하지만……

‘하여튼 인간은 왜 이렇게 자기들끼리 싸워대는 건지……’

그때 레미엘은 갑자기 무언가 생각이 난 듯 급히 찻잔을 내려놓으며 자리에서 일어났다.

“아, 이거 잊을 뻔했는데… 지금 빨리 안 가면 레노아 양이 화낼 거 같아서, 이만 실례해도 괜찮겠습니까?”

호오~ 레미엘 녀석, 이젠 공처가까지? 사랑이라는 것은 이렇게 무서운 것이로군.

“좋을 대로 해.”

“아, 그리고 이것을…….”

레미엘은 자신의 목에 손을 가져가더니 이내 그의 손에 한 개의 목걸이가 들렸다.

“이게 뭐지?”

레미엘은 나에게 그 목걸이를 내밀며 싱긋 웃음을 지었다.

“열쇠입니다.”

“응?”

내가 무슨 소리인지 알아듣기도 전에 레미엘은 나에게 다가와 직접 내 목에 목걸이를 걸어주었고 나는 저항없이 순순히 목걸이를 걸었다.

레미엘은 목걸이를 걸어주고서도 여전히 나와 얼굴을 가까이 한 채 속삭이듯이 말했다.

“라니오스 형이 지키실 무기를 보관한 방의 열쇠입니다. 여차하면 직접 열어서 사용하셔도 좋습니다. 제가 사랑했던 라니오스 형.”

쪽—

그렇게 말하며 레미엘은 내 볼에 짧게 입술을 대었다. 그리고는 내가 무슨 사태가 발생했는지 상황 분석이 끝나기도 전에 후닥닥 밖으로 나가 버렸다.

"저 녀석이······."

레미엘, 아직도 미련을 버리지 못한 것 같군. 레노아와 맺어지고 내가 남자로 되돌아온 지금도······.

나는 내 생각보다 의외로 레미엘은 미련이 많은 인간인 것 같다고 생각했다.

"여러분! 잘 오셨습니다! 전 대륙의 강자가 모인 이 프로튼 왕실 주최, 그리고 마법 왕국 프로튼에서도 제일의 도시인 아이어에서 열리는 이 무투회에!"

거 되게 시끄럽구만. 무슨 놈의 인간이 저렇게 목청 크게 말할 수 있는 거야? 음성 증폭 마법도 그저 그런 수준인데. 그리고 레미엘도 시끄럽다고 생각하는 것은 마찬가지인 듯 두 손으로 귀를 막은 채 조금 인상을 찌푸리고 있었다.

"저자가 누군지는 모르겠지만 꽤나 목청이 크군요. 아무리 목청 좋은 자를 뽑아달라고는 했지만 이건 좀 심한데요?"

누군지 모르지만 정말 대단한 인간을 뽑아왔군. 어떻게 하면 저렇게 목청이 좋을 수 있을지 궁금하네.

레미엘은 잠시 사회자의 말이 뜸해진 틈을 타 란에게 눈짓을 하며 말했다.

"그럼, 잘 부탁드립니다, 라니오스 형."

"알았어."

나는 바로 세린과 티니를 보며 손짓을 했고 그녀들은 바로 내 뒤를 따라왔다. 이제부터 경비를 서야 하는 것이다. 지하 4층의.

"여, 이드. 요즘 잘 쉬었어?"

이드는 자신을 향해 손을 흔들며 인사하는 헤라즈에게 가주 손을 흔들어줌으로써 대답을 대신했다. 그리고 리히터 역시 이드에게 가벼운 목례와 함께 인사말을 건네었다.

"이드, 오랜만이라고 하긴 조금 짧지만… 그간 잘 지내셨습니까?"

"물론. 그쪽이야말로 잘 지냈나?"

이드의 맞인사에 리히터는 장난기 어린 미소를 머금으며 대답했다.

"바보 헤라즈 덕에 심심하지는 않았습니다."

리히터의 말에 헤라즈는 눈을 부릅뜨며 리히터를 노려보았고 이드와 레노는 웃음을 머금었다. 그리고 그들은 한 작은 찻집을 찾아 자리를 잡았다.

리히터는 찻잔을 들어 입가에 가져가며 말을 꺼내었다.

"에이사나도스는 제츠, 세이폰, 미첸과 함께 북대륙으로, 리노큰사는 모이른, 소레른, 레오파드와 함께 남대륙으로 떠났습니다."

"그런가."

"이미 상당수 신족의 이동을 완료하였습니다. 이대로라면 예정되었던 한 달보다 더 빠른 시일 안에 준비가 가능할 것 같습니다."

"음."

"그런 의미에서 드리는 말씀인데… 이미 예고된 한 달이 다 채워지기 전에 선수를 치는 방법은 어떻겠습니까?"

마치 무언가 귀가 솔깃한 제안을 하기라도 한다는 듯한 리히터의 모습에 이드는 가볍게 고개를 저었다.

"그럴 필요는 없다. 그렇게까지 하지 않아도 녀석들은 제대로 된 방비를 할 수 없을 테니까."

"과연… 알겠습니다."

그 후에도 넷은 자신들이 일으킬 일에 대한 이야기를 주고받았고 그것은 대부분 순조롭게 이루어지고 있다는 식으로 이야기가 오고 갔다.

"그런데 애거트는?"

이드의 질문에 리히터와 헤라즈는 작은 한숨을 쉬며 고개를 좌우로 저었고, 그것은 그것만으로 이드에게 그의 행방에 대한 의미를 전달했다. 그들의 모습을 본 이드 역시 한숨을 쉰 것이다.

"후우, 그 바보는 정말⋯⋯."

하나같이 고개를 숙인 채 체념한 듯한 표정을 한 셋을 보며 레노는 웃음을 터뜨렸다.

"쿡쿡. 하긴 그 사람 성격이라면 그럴 줄 알았어요. 그런데 두 분은 무슨 일로 여기 오신 거죠?"

레노의 질문에 리히터는 표정을 가라앉히며 고개를 끄덕였다. 그는 왕궁이 있는 곳을 가리키며 대답했다.

"이 성을 조사해 보려고 합니다. 아무래도 뭔가 수상한 게 있거든요."

"양동이라는 생각은 안 해봤나?"

이드는 그들의 대답에 반론을 제기했지만 헤라즈는 고개를 저으며 설명해 주었다.

"유감이지만 우린 오면서 머츠론과 크로이츠도 조사해 봤다고. 아쉽게도 이렇다 할 만한 것을 발견하지 못했어."

"일단 소브런 쪽의 조사는 켄에게 맡겼습니다. 제가 이곳을, 그리고 헤라즈가 소르바스를 조사하러 갈 겁니다."

그들의 설명에 이드는 고개를 끄덕이며 찻잔을 입가에 가져갔다. 따뜻한 찻물이 입가를 적시는 것을 느끼며 이드는 찻잔을 다시 내려놓았다.

"그럼 우리는 여기서 쉬고만 있으면 되겠군."

말을 마친 이드가 막 레노와 함께 몸을 일으키려 하려는 순간 헤라즈가 그들에게 무언가를 내밀었다. 그것은 두 장의 종이였다.

“이건 뭐지?”

의아한 표정을 짓는 이드를 보며 헤라즈는 장난기 어린 표정을 지었다.

“참가 확인서. 내가 여기 오기 전에 이미 둘의 이름으로 참가 신청을 하고 왔지.”

손가락을 까닥이며 히죽거리는 헤라즈의 모습에 이드는 양 미간을 찌푸렸고 레노는 묘한 웃음을 지었다. 막 이드가 헤라즈에게 한마디 하려는 순간 레노는 재빨리 헤라즈의 손에 있던 확인서를 받아 들었다.

“알았어요. 기왕 준비해 준 거 참가하기로 하죠. 할 거죠, 이드?”

“레노, 나는…….”

레노는 무언가 반박을 하려는 이드의 입에 검지를 갔다 대었고 이드는 난처한 표정을 지었으나 레노는 방긋 웃어주며 그것을 무마시키려 하였다.

“기왕 이렇게 된 거 좀 즐기다 가자구요. 마냥 빈둥빈둥 방에서 뒹굴기만 할 수도 없잖아요. 게다가 애거트 군도 잡아와야 할 테고.”

“…….”

레노의 애교 어린 모습에 이드는 결국 마지못하면서도 고개를 끄덕였고 레노는 활짝 웃으며 이드의 팔을 잡아당겼다.

“그럼 가요. 아, 리히터, 헤라즈, 그럼 일에 대해서는 맡겨둘게요.”

이내 이드의 팔을 잡아끌며 시합장 쪽으로 사라지는 레노의 모습에 리히터와 헤라즈는 피식 웃어버렸다. 그리고는 이내 서로를 바라보며 한마디씩 주고받았다.

“이드 녀석, 처음에 만났을 때보다 많이 밝아졌지?”

“아무래도 레노 양 덕분인 듯합니다만.”

그들은 곧 잔에 있던 차를 마저 비운 뒤 찻집을 나섰다. 그리고 그들

이 각자의 일을 맡으러 가기 위해 헤어지기 전에 헤라즈는 리히터에게
한마디 건넸다.

"너도 많이 밝아졌어, 리히터."

"…그렇습니까?"

헤라즈는 그때 처음으로 희미하게나마 부드럽게 웃는 리히터의 모습
을 볼 수 있었다.

그렇게 헤라즈가 떠나간 뒤 리히터는 다시금 표정을 굳히며 왕성이 있
는 곳으로 걸어가기 시작했다.

"자, 그럼 가볼까요."

리히터의 입가에는 조금 전과는 다른 모습의 미소가 걸려 있었다. 하
지만 그는 이내 가는 발걸음을 반대 방향으로 돌리며 한마디 덧붙였다.

"일단은 해가 진 다음으로 하죠."

"자! 다음 시합은 복면을 한 수수께끼의 권사 애버스 군과 황야를 떠
돌던 고독한 검사 람호튼 군의 대결이 되겠습니다."

사회자의 외침과 함께 시합장 위로 복면을 한 애거트와 다른 한 명의
검사가 올라왔다. 애거트의 경우에는 인피니티를 가져오지 않은 맨손이
었고 상대 검사는 전체적으로 평범한 장비에 롱 소드를 들고 있는 용병
이었다.

"그럼 시작하겠습니다. 준비, 시작!"

람호튼이라고 하는 검사는 시작 전부터 상당히 긴장한 채 상대의 공격
에 대비하면서도 언제든지 공격에 들어갈 수 있도록 대비하고 있었다.
하지만 그것은 어찌 보면 헛수고였다고 할 수 있었을 것이다. 그는 '시
합 개시' 라는 사회자의 외침을 듣자마자 눈앞에 무언가의 인영이 다가오
는 것을 보며…

빠악—

갑자기 하늘이 자신의 앞으로 드러누운 것을 봐야 했다. 그리고 그것을 끝으로 이미 그의 의식은 끊어져 버렸다. 기절한 것이다.

털썩—

시합 개시를 알린 것과 동시에 쓰러지는 검사의 모습에 관중은 물론이고 사회자까지 일순 할 말을 잃었고, 그 잠시간의 침묵이 흐른 뒤에는 많은 이들의 경외감 어린 시선과 경계의 시선이 애거트에게 집중되었다.

"스, 승자는 애버스 군입니다!"

"와아아아아!!"

사회자의 선언과 함께 관중석의 관중들은 우레와 같은 환호성을 질렀고 애거트는 바로 털레털레 걸어서 시합장 아래로 내려가 대기실로 향했다.

"자, 다음 시합은… 히익!"

대진표를 보며 다음 시합을 알리려던 진행자는 돌연 헛바람을 삼켰다. 이번에 불러야 할 이름이 워낙에 대단한 이름 중 하나였기 때문이다.

"죄, 죄송합니다. 이, 이번 시합은… 현 대륙 최강 용병단, 스크렌터 용병단의 단장 제잔드 반 나츠이드 군과 행운이 따르는 검사 제롤딘 군의 시합입니다!"

사회자의 알림과 동시에 시합장 위로 올라온 한 사내는 온통 하얀색인 사내였다. 머리카락도, 옷도, 손에 끼고 있는 장갑도, 신고 있는 신발도. 심지어는 피부 색마저 조금은 창백한 하얀색이었다. 전체적으로 평범한 외모였지만 냉랭하기만 한 그의 표정은 보는 이마다 차가운 얼음을 연상시켰다. 하지만 그가 올라온 뒤 꽤나 시간이 지났음에도 반대 편에서는 아무도 모습을 보이지 않았다.

"어어, 제롤딘 군, 제롤딘 군. 안 나오십니까? 앞으로 셋을 셀 때까지

나오지 않으시면 기권패로 처리됩니다."

그 후 사회자가 셋을 셀 때까지 그 제롤던이라는 사내는 모습을 드러 내지 않았고 그는 기권패 처리되었다. 하지만 야유는 거의 들려오지 않 았고 오히려 셋을 세는 와중에 사회자와 일부 관중들은 생각했다. '댁은 자신의 호칭을 행운이 따르는 검사라고 했지만 오늘은 어지간히도 운이 없구려. 하필이면 하고많은 상대 중에 제잔드를 만나다니' 라고.

그리고 사회자의 대회 진행은 계속되었다. 그는 아직도 지치지 않은 채 우렁찬 목소리로 외치고 있었다.

"자, 다음 시합은……."

사회자의 안내와 함께 한 명의 검사와 한 명의 마법사가 시합장 위로 올라왔다. 하지만 그것은 레미엘의 관심사가 아니었다. 그는 자신의 뒤 에 서 있는 엘즈마이어에게로 시선을 돌리며 질문하였다.

"어때요, 엘즈. 저 사람, 강해 보이나요?"

레미엘의 질문에 엘즈마이어는 잠시 생각을 하는 듯하더니 고개를 끄 덕였다. 레미엘은 그의 모습에 장난기 어린 웃음을 지었다.

"후훗, 은색의 기사 엘즈마이어와 하얀 눈의 용병단장이라… 왠지 잘 어울릴 거 같은데요. 그렇게 생각 안 하나요?"

하지만 엘즈마이어는 그저 쓴웃음을 지었다. 그런 그의 모습에 레미엘 은 의아함을 느꼈지만 굳이 따지지는 않기로 했다. 레미엘이 알기로 엘 즈마이어는 따지고 드는 것을 굉장히 싫어하는 성격이었으니까.

레미엘은 옆에 놓아둔 대진표를 살펴보다 고개를 갸웃했다.

"흐음… 이번 시합은 의외로 유명인이 많이 참석했군요. 미리 스카웃 목록을 뽑아야겠는데요?"

"그리 명해두겠습니다."

레미엘의 한마디에 바로 그가 가장 듣고 싶어할 대답을 하는 엘즈마이어의 모습에 레미엘은 흡족한 듯 미소를 지었다. 레미엘은 계속 대진표를 둘러보다 무언가 재미있는 것을 발견한 듯 신기하다는 표정을 지었다.

"아, 엘즈, 지금 대진표를 보니 아아크도 참가한 듯한데요?"

엘즈마이어는 레미엘을 향해 고개를 끄덕였고 레미엘은 의자에 몸을 파묻으며 웃음을 지었다.

"우훗, 아아크 녀석, 무슨 바람이 들었을까?"

시합은 순조롭게 진행되어 이미 해는 하늘의 한가운데를 넘어가고 있었다.

"다음 시합은 아름다운 음색의 격투가 아아크 군과 그 질만은 그 누구도 따질 수 없는 소수 정예의 용병단인 젤리언 용병단의 홍일점 메데릴 양의 시합이 되겠습니다!"

사회자의 안내와 함께 한쪽 끝에서는 아아크가, 그리고 반대쪽 끝에서는 푸른색 숏컷 머리를 한 엘프 여성이 시합장 위로 걸어올라 왔다. 그녀는 자신이 용병단 소속이라는 것을 확인시키려는지 왼쪽 가슴에 검을 쥐고 있는 주먹의 문장이 작게 새겨져 있었다.

"자, 그럼 시작하겠습니다. 준비, 시작!"

하지만 이전의 시합과는 달리 두 선수는 시작 선언에도 불구하고 움직이지 않은 채 서로를 견제하고 있었다.

'아아크, 좋아해. 그러니까 딴 데로 시선 돌리면 용서 안 할 거야!'

레디가 헤어지면서 마지막으로 한 말. 아아크는 그녀와 잠시 헤어지게 되었을 때의 상황을 회상하였다.

"자, 이거 받아."

"이게 뭐예요?"

아아크는 레디가 준 작은 상자를 받으며 질문하였다. 그 상자는 신발을 집어넣는 상자와 비슷한 크기의 나무 상자였다.

"일단 열어보면 알지 않겠니?"

배시시 웃는 레디의 모습에 아아크 역시 피식 웃으며 상자를 열었다.

"이건……."

상자 안에는 한 쌍의 너클이 들어 있었다. 마치 눈과 같은 하얀색의 광택을 내는 너클은 보통의 너클과는 달리 매우 매끄러운 디자인이 되어 있어 보는 이로 하여금 이것이 무기가 아닌 예술품이라고 생각하게 할 정도였다.

"이게 모닝스톰 진품. 이것은 이 누나가 주는 이별 선물."

"네에?!"

아아크는 레디의 '이별 선물' 이라는 단어에 크게 놀라 고개를 들었다. 그런 그의 모습에 레디는 짓궂은 미소를 지으며 그의 이마에 검지를 찍었다.

"농.담! 우훗. 아아크도 어지간히 이 누나가 좋은 거지? 그렇게 놀라는 걸 보니."

"……."

아아크는 순식간에 얼굴이 붉어졌고 레디의 미소는 더욱 짙어졌다.

"하지만 얼마간 만나지 못하는 건 사실이야. 아아크한테는 미안하지만……."

뒷말을 흐리는 레디를 바라보며 아아크는 궁금한 표정을 지었다.

“왜죠? 무슨 일이라도 있나요?”

하지만 레디는 정확한 답을 해주지 않은 채 그저 웃음만 지을 뿐이었다.

“미안해. 하지만 이것은 말해 줄 수 없는 거라서… 하지만 누나는 꼭 네 곁에 돌아올 거니까 기다려야 해. 고작 이런 전쟁 속에서 죽으면 안 되는 건 당연하고. 알았지?”

자신을 걱정해 주는 듯한 말투에 아아크는 피식 웃었다. 그리고 그런 그녀의 모습에서 왠지 모르게 어머니의 모습을 보는 것도 같았다. 게다가 그녀가 자신의 뺨을 쓰다듬어 주는 것까지도……

“안 죽어요. 누나가 기다려 준다는데 죽는 일이 있을 리가 없잖아요.”

그렇게 대답하며 웃음 짓는 아아크의 모습에 레디는 왠지 모르게 기분이 좋아지는 것을 느꼈다. 이번에는 뭐니 뭐니 해도 상대가 자신의 마음을 받아주었다는 것이 가장 기뻤다.

“그럼 걱정 안 할게. 그리고 가기 전에……”

레디는 그대로 아아크와 입을 맞추었다. 아아크도 그 정도까지는 이미 짐작하고 있었으나 그녀의 혀가 감겨 들어오는 것에는 조금 당황했다. 자신은 이 정도까지의 키스는 처음 해보는 것이기 때문이기도 했다.

그렇게 또 얼마나 지났을까? 레디는 입술을 떼며 생긋 웃었다.

“이 누나가 아아크에게 힘을 나누어 주었어. 그러니까 이제 아아크는 무적이야.”

아아크는 그녀의 애정 표현에 조금은 당황스럽기도 했지만 그래도 그녀 앞에서는 웃음을 지었다. 자신도 이미 이 여자에게서 벗어날 수 없는 것을 알고 있고 자신을 속박하는 이 여자도 자신에게 속탁되기를 원하고 있음을 알기에.

그는 행복했다.

"아아크, 좋아해. 그러니까 딴 데로 시선 돌리면 용서 안 할 거야!"

그 말을 끝으로 아아크의 앞에서 순식간에 레디의 모습이 사라졌다. 하지만 그녀가 남긴 공간의 파장은 왠지 모르게 많은 미련을 남기고 있는 듯하였다.

아아크는 아직도 감촉이 남아 있는 듯한 기분에 입술에 손을 가져가며 중얼거렸다.

"레디 누나, 누나는 인간이 아닌 듯하군요. 하지만 그런다고 제 마음이 변하지는 않지만요."

그는 하늘을 올려다보았다. 왠지 모르게 그녀와 떨어져 있는 이 시간은 그리 길지 않을 거라는 예감이 들었다.

"다시 만나는 그때에는 가르쳐 주시겠죠? 모든 것을……."

아아크가 그때의 기억을 회상하며 입술에 손을 가져가는 순간 상대 여검사 메데릴은 그로 인해 생긴 아아크의 빈틈을 놓치지 않고 들어왔다.

슈각—

그녀의 바스타드 소드는 허공을 갈랐지만 갑작스러운 공격을 피하느라 아아크는 그 이후의 분위기를 제압당해 버렸다. 상대도 자신이 기선을 잡은 것을 알고는 아아크에게 맹공을 퍼부었다.

쉬쉬쉬쉭—

"으히히힉~!"

하지만 아아크는 기묘한 비명을 지르며 당장 죽을 듯한 모습을 보이면서도 정작 그녀가 내찌르는 공격은 모조리 흘리거나 피하고 있었다.

"오오."

관중들도 그녀의 빠른 맹공을 모두 피해내는 아아크의 모습을 보며 탄성을 질렀고 개중에는 그의 코믹한 모습을 보며 웃음을 흘리는 이들도 있었다. 하지만 반대로 정작 공격하는 측인 메데릴은 갈수록 열을 받기 시작했다.

"얕보지 마라!"

순간 그녀의 공격이 더욱 거세어졌고 아아크 역시 더 이상 피하기만 해서는 안 된다는 것을 눈치 채고는 자신의 너클, 모닝스톰에 힘을 집중했다.

핑—

순간 그의 너클에 강한 빛이 났고 그 짧은 시간 동안 모닝스톰은 그 형태를 변화시켰다. 단순한 은빛 너클이었던 모닝스톰은 이제는 아아크의 건틀렛과 같이 아아크의 손끝에서 팔꿈치까지 감싸는 형태로 변한 것이다.

'레디 누나, 수련의 성과를 확인해 볼게요.'

아아크는 방금 전까지의 태도와는 달리 이번에는 적극적인 공세로 돌아섰다.

"야합!"

파바박—

채챙—

하지만 메데릴도 순순히 지지는 않겠다는 듯 맞서서 검을 휘둘렀고 중간중간 아아크의 모닝스톰과 메데릴의 검이 스쳐 가며 가는 금속음을 내기도 하였다. 관중들은 드디어 서로 간에 불꽃 튀기는 멋진 승부를 하고 있는 데다 서로가 막상막하라고 생각했지만 정작 당사자들은 달랐다. 뭐니 뭐니 해도 메데릴은 조금씩 밀린다는 것을 알고는 버거운 표정과 놀라는 표정을 하고 있는 반면 아아크의 입가에는 여유로운 미소가 걸려 있었으니 말이다.

"야압!"

쉬익―

한참 동안 공격을 주고받던 둘이지만 순간 아아크가 몸을 틀어 메데릴의 공격을 흘려내며 메데릴에게 큰 빈틈이 생겼다. 그와 동시에 메데릴은 낭패를 보았다는 표정을, 그리고 아아크의 입가에는 승자의 미소가 맺혔다.

"담장 넘기!"

빡―

아아크의 외침과 함께 메데릴의 턱에 아아크의 올려차기가 작렬했다. 그리고 턱의 충격과 함께 쓰러지는 그녀의 복부에 추가로 아아크의 뒷꿈치가 꽂혔다.

털썩―

갑작스러운 두 번의 공격에 메데릴은 비명 한 번 지르지 못한 채 기절해 버렸다. 관중들은 방금 전까지만 해도 팽팽한 듯했던 승부가 이렇게도 쉽게 끝나 버리자 무언가 잘못된 것 같다는 생각을 하게 되었다. 그리고 사회자도 마찬가지였는 듯 잠시 아무 말도 하지 않은 채 잠시 후에야 정신을 차렸다.

"스, 승자는 아아크 군입니다!!"

"와아아아!!"

그제야 관중들도 상황을 판단하고는 함성을 질렀고 아아크는 기분 좋게 웃으며 뒤통수에 양손을 얹은 채 시합장 밑으로 내려갔다. 그리고 곧이어 들 것을 든 사람들이 들것에 메데릴을 실어서 의무실로 달려갔다.

"룰루루~"

가볍게 한판승을 한 뒤 아아크가 선수 대기소로 되돌아가는 도중 그는 한 사내가 자신이 가는 통로의 옆에 서 있는 것을 보았다. 갈색 머리카락에 전체적으로 다부진 몸을 한 그는 메데릴과 같은 용병단인 듯 그의 왼쪽 가슴에도 검을 쥐고 있는 주먹의 문장이 그려져 있었다.

그는 볼일이 있는 듯 아아크가 옆을 지나가려는 순간 발을 걸려고 하였다.

"읍."

하지만 아아크는 가뿐히 그의 발을 뛰어넘었다. 작은 기합 소리까지 내며 자신의 발을 여유롭게 뛰어넘는 아아크의 모습에 상대는 슬며시 화가 치밀었다.

"어이, 이봐. 거기 너."

결국 상대는 직접 아아크를 불러 세웠고 아아크는 의아한 표정으로 그를 돌아보았다.

"네가 방금 걸어찬 엘프 아가씨가 누군지 알고 있냐?"

다짜고자 위협조로 말을 걸어오는 상대의 모습에 아아크는 조금은 당황했으나 이내 평정을 찾으며 피식 웃어 보였다.

"글쎄요. 제가 그런 걸 알 리가 없잖아요?"

별로 신경 쓰지 않는다는 아아크의 여유만만한 웃음에 상대는 발끈했는지 꽤나 흥분한 목소리로 아아크를 위협하듯 말했다.

"그 엘프 여자가 메데릴인 것은 너도 알 거다. 감히 우리 용병단의 꽃을 그렇게 뭉개놓다니… 가만히 두지 않겠다!"

"아하하……."

당장이라고 검을 뽑아 들고 자신을 죽이겠다고 달려들 듯한 상대의 분위기에 아아크는 어색한 웃음을 흘리며 상황을 무마시켜 보려고 시도했다. 하지만 역시 그 정도로는 어림도 없는 데다 오히려 상대의 화를 돋우었는 듯 그는 더욱 화가 난 듯한 모습으로 아아크에게 말했다.

"각오해 둬라. 다음 시합 상대는 나라는 것을 잊지 말고. 나와 싸웠다는 사실을 기억할 때마다 두려움에 벌벌 떨게 해주지.”

자기 할 말은 다 한 상대는 아아크의 말을 들을 생각도 하지 않고는 그대로 몸을 홱 돌려 반대 편으로 사라졌다. 하지만 아아크는 곧바로 그의 뒤를 따라가야 했다.

“왜 따라오냐?!”

당연히 상대방은 아아크에게 윽박질렀고 아아크는 난처한 웃음을 지으며 대답했다.

“하지만 대기실은 이쪽인걸요.”

“…….”

너무나도 당돌한 아아크의 태도에 상대는 잠시 할 말을 잃은 채 이를 갈았다. 하지만 이내 무언가 말할 거리가 생겼는지 다시금 아아크를 바라보았다.

“이봐, 너. 우리가 누군지 알기나 하는 거냐?”

“글쎄요.”

너무나도 당연해 모른다는 듯한 아아크의 모습에 상대는 또다시 어리벙벙한 표정을 지었으나 재빨리 표정을 수습하더니 이내 자신의 가슴에 그려진 문장을 가리키며 크게 소릴 질렀다.

“이걸 보면 모르겠냐? 이걸 보면?! 우리는 젤리언 용병단 소속이란 말이다. 나나 그녀나 소드 마스터란 말이다!”

하지만 아아크는 여전히 여유있는 태도였다. 그것은 자신의 실력에 대한 자신감이기도 했다.

“그렇게 자랑할 실력을 가진 분이 저에게 그렇게도 간단하게 깨지셨군요.”

“으으으.”

상대는 또다시 할 말을 잃은 채 이만 갈았고 아아크는 그런 상대에게 반격을 가했다.

"그럼 당신은 제가 누군지 아나요?"

갑자기 자신과 똑같은 대사를 하는 아아크의 모습에 상대는 무언가 꿀리는 느낌을 받았다. 아무래도 아아크의 태도가 단순한 허세는 아니라는 것을 그의 오랜 용병 생활에서 나온 경험이 알려주고 있었다. 그렇게 그가 아무 말도 안 하자 아아크는 조금은 짓궂은 미소를 지으며 자신을 가리켰다.

"제 이름을 말씀드리죠. 저는 아아크입니다."

"그건 나도 아까 들어서 알아!"

빽 소리를 지르는 상대의 모습에 아아크는 미소를 지었다. 이미 상대가 어느 정도는 쫄아 있는 것이라는 것을 느꼈기 때문이다.

"그리고 제 성은 하스입니다. 이제 아시겠나요?"

쿵—

순간 남자의 머리 속에 무언가가 떨어진 듯한 소리가 났다. 하스 가를 왜 모르겠는가? 그 유명한 가문을. 게다가 하스 가에는 아들이 하나밖에 없다고 들었다. 만에 하나 실수로라도 자신의 눈앞에 있는 이 청년을 죽였다가는 아무리 자신의 용병단이 전부 소드 마스터이고 7서클 마스터라도 살아날 수 없는 것이다. 자신은 물론이고 심할 경우에는 자신의 용병단 전체가.

"어라, 그새 대기실에 다 왔군요. 저는 3호실인데 그쪽은 몇 호실인가요?"

이미 상대는 아아크의 배경에 위축되어 버린 상태였다. 덕분에 그는 얼떨떨한 상태로 대답할 수밖에 없었다.

"아, 아아. 나는 6호실이야."

"그래요? 조금 아쉽네요. 그런데 전 아직 당신 이름도 모르네요. 가르처 주실래요?"

"아, 나는 헤럴드라고 해."

아아크는 손을 내밀어 악수를 청했다. 그의 모습에 헤럴드도 조금은 마지못해서 그의 손을 마주 잡았다.

"그럼 다음 시합 잘 부탁해요."

"으, 응. 좋은 승부 기대하지."

그 말을 끝으로 헤럴드는 거의 도망가듯이 사라져 버렸다. 아아크도 막 자신의 대기실로 들어가려고 문고리에 손을 대려는 순간 무언가 생각이 난 듯 입가에 손을 가져가며 쓴웃음을 지었다.

"이것 참. 나도 말버릇이 많이 건방져졌군."

아마도 레디 누나 옆에서 하도 응석만 부리다 보니 이렇게 된 거 같다는 생각을 하며 대기실 안으로 들어가는 아아크였다.

"후아암."

이거 따분해서 죽겠군. 대체 누가 올지는 모르겠지만 무지 늦장 부리는구만. 그렇게 내가 늘어지게 하품을 하자 세린은 웃으며 내 입가에 손가락을 가져갔다.

"우훗, 입 찢어지겠어요."

비록 장난이겠지만 입이 찢어진다니, 그런 무서운 말을 막 할 수 있는 거야?

"부우, 세린. 언제는 귀엽다고 하면서 좋아하더니……."

하지만 그런 내 응석에도 세린은 오히려 엄해 보이는 표정을 지으려고 하며 양 허리에 손을 얹었다.

"그거야 오빠가 어린아이 모습일 때 얘기죠. 외모에 맞는 행동을 하는데에도 신경 쓰라구요."

“피.”

하긴 나도 외모에 맞게 이제는 행동도 어른스러워져야 하는데. 역시 생긴 대로 논다는 말이 틀리지는 않았나 보다. 어린아이 모습일 때는 맘 놓고 어리광 피워도 아무도 뭐라 하지 않았는데. 게다가 나도 그 어리광을 피우는 게 자연스러운 것이 되어버렸고…….

그때 막 티니가 내 옷자락을 잡아당겼다. 마치 나에게 어리광을 피우려는 듯한 그녀의 모습에 나는 웃음이 나와 버렸다.

“응? 티니, 왜 그러니?”

내가 머리를 쓰다듬어 주자 티니는 기분이 좋은지 웃음을 지었다. 기왕 내친 거 나는 아예 티니를 안아 올려주었다.

“설마 이 오빠가 티니를 신경 쓰지 않을 거 같아서 그러는 거야?”

…이런 행동 너무 자주 하면 레미엘 꼴 날 텐데. 게다가 지금은 그저 같이 좋아해 주지만 세린의 시선도 무시 못할 거 같고.

하지만 지금 나에 의해 들어 올려진 티니가 기분 좋아하며 웃는 것을 보면 어느새 그런 생각도 스르륵 사라지는 것 같고… 앗, 안 돼, 안 돼! 나한테는 이미 세린이 있단 말이다. 다른 여자는…….

하지만 티니도…

“어라? 오빠, 무슨 생각을 그렇게 해요?”

화들짝―

갑자기 세린이 걸어온 말에 나는 깜짝 놀라고 말았고 그럴수록 세린의 시선은 묘하게 돌아가기 시작했다.

“으, 으응. 아무것도 아냐.”

하지만 이제 와서 둘러대 봤자 무슨 소용이겠는가? 그것도 이런 어정쩡한 태도로… 세린은 내 코 끝에 손가락을 대며 웃음 지었다.

“우훗, 이미 다 눈치 챘어요.”

하지만 그게 끝이었다. 그녀는 내 코에서 손을 떼더니 이내 몸을 휙 돌리며 콧노래를 부르는 것이다.

"그건 그렇고 그 침입자라는 녀석은 언제 오려는 걸까?"

화제를 돌릴 겸 해서 꺼낸 내 말에 세린은 다시 나를 바라보며 대답했다.

"글쎄요. 하지만 상대는 밤에 오지 않을까요? 아무래도 '잠입' 이니까요."

하긴 아마도 그러겠지. 하지만 지금은 이제야 겨우 해가 중천을 조금 넘어간 상태이고. 그러고 보니 원래 같으면 지금 점심 먹을 시간이군. 아아~ 배고파라.

"그러고 보니 슬슬 식사 시간인데. 아무것도 먹을 게 없다니 이거 좀 섭섭……."

하지만 나의 그 말은 다 맺을 수 없었다. 언제 어디로 가지고 온지는 모르겠지만 티니가 꽤 큼지막한 바구니를 하나 꺼내고 있었으니까.

"어라? 티니, 그거 어디서 난 거야?"

내 질문에 티니는 그저 미소를 지을 뿐이었다. 하지만 그것만으로도 지금의 티니의 모습은 충분히 귀여웠다. 지금의 그녀는 마치 '저 잘했죠? 칭찬해 주세요' 라고 온몸으로 말하고 있는 듯했으니까.

"대단하다, 티니. 이걸 계속 혼자 들고 온 거야?"

세린도 기분이 좋은 듯 티니의 머리를 쓰다듬어 주며 칭찬해 주었고 티니는 다시금 환하게 웃으며 기뻐하였다. 물론 나도 그녀의 머리를 쓰다듬어 주었고.

"흐음… 그런데 지금 시합은 어떻게 되어가고 있을까?"

바구니에 들어 있던 샌드위치는 상당히 맛있었고 같이 넣어둔 우유도 괜찮았다. 이걸 먹으면서 시합 구경하면 좋을 텐데…….

"글쎄요. 이제 어느 정도 1회전들은 거의 끝날 무렵이겠군요. 일단 256명만 뽑았으니……."

레미엘은 너무 많은 인원을 참가시키면 별것없는 녀석들만 꾸역꾸역 등장해서는 대회 진행하는 데 시간만 잡아먹는다고 하면서 무려 5천에 달하는 참가자들을 줄이고 줄여 256명으로 추려내었다. 그 방식도 상당히 날림이어서 50명씩 한 시합장에 던져 놓고(…) 거기서 마지막까지 살아남는 한 명만을 본선에 진출시키는 것이었다. 물론 그 50명 중에 실력자가 여러 명 들어갈 수 있는 것을 고려해 예선 중의 실력을 심사 위원들이 판단해서 마지막까지 남지 않아도 본선에 진출하는 경우가 있었지만 말이다.

나도 그 예선을 거의 다 보았는데 그곳에는 일전에 아아크의 형이라고 하던 그 사내도 끼어 있었다. 그리고 그 외에도 상당한 실력자로 보이는 이들이 몇몇 있었다. 머리끝부터 발끝까지 온통 하얀색인 사내, 그리고 엘즈마이어라고 하는 레미엘의 근위 기사(난 솔직히 이자가 왜 참가했는지 알 수 없지만 아마 본인의 의사가 아닌 레미엘의 명령이라고 생각한다), 그리고 챙이 넓은 모자를 쓴 적갈색의 웨이브 진 머리칼의 여자, 거기에 짧게 자금 푸른 머리칼에 가슴에 검을 쥔 주먹의 문장을 그려놓은 녀석 등등 대략 20명은 거뜬히 넘을 것 같은 실력자들이 있었다.

"게다가 아아크도 있던 거 같던데… 이번 대회는 참 구경할 만했을 거야……."

내가 투덜거리며 샌드위치를 씹고 있을 때 세린이 내 곁에 다가오며 웃음을 지었다.

"우훗, 어차피 오늘 그 침입자가 오면 내일부터는 시합을 구경할 수 있을 거 아니에요?"

그녀의 농담에 나 역시 마주 웃으며 대답했다.

“하하, 그렇다면 그 침입자가 빨리 오기를 바래야 하나?”

“호호호.”

이미 할 수 있는 준비는 다 해두었다. 남은 것은 상대가 오기를 기다리는 것과 그를 물리치는 것이다.

“아뵤!”

빡—

아아크의 주먹에 헤럴드는 또다시 멀리 날려가서는 바닥에 뒹굴었다. 아아크는 그런 상대를 보며 건들거리는 태도를 취해 보였다.

“어이, 이봐요. 빨리 계속해 봐요.”

헤럴드는 어이가 없었다. 이미 저 녀석이 보통이 아니라는 것은 알았다. 소드 마스터를 이길 정도면 분명히 보통은 아니다. 하지만 메데릴이 저 녀석에게 질 때는 아아크가 무언가 속임수를 쓴 줄 알았는데 알고 보니 그게 순전히 실력이 아닌가?

‘저 녀석, 인간이 맞는 건가?’

화난다기보다는 황당했다. 하스 가의 자제는 이제 막 20살이다. 그런데 저 실력은 이미 웬만한 소드 마스터를 능가하지 않는가? 아마도 자기 용병단의 단장 가덴이 아니면 저 괴물을 상대할 이는 자신이 아는 범위에서는 그다지 많지 않을 듯하였다.

“자자, 지금까지는 봐준 거죠? 이제 슬슬 제대로 해보자구요.”

생각 같아서는 더 이상의 추태를 연출하기 전에 냉큼 기권하고 시합장 아래로 내려가고 싶은 헤럴드였지만 저런 소리를 듣고 나서 기권을 하면 얼마나 자존심 상하는 일이겠는가?

‘에라, 모르겠다. 차라리 이거 맞고 뻗어버리자!’

“으아아아!!”

헤럴드는 결국 완전히 자포자기한 심정으로 아아크에게 달려들었다. 아아크 역시 그런 헤럴드의 모습에 여유있는 웃음을 머금었다.

"쪽문 부수기!"

펑—

아아크는 여유롭게 상대가 횡으로 휘두르는 검을 피하며 그의 복부에 옆차기를 꽂아넣었고 배에 강한 일격을 먹은 상대는 아예 뒤로 쭉 날아가 버렸다.

쿵—

결국 관중석 앞의 석벽에 부딪쳐서야 날아가던 것을 멈춘 헤럴드는 그나마 본인이 원했던 대로 기절해 버린 것이 그나마 행운이었는지도 모른다.

"승자는 아아크 군입니다!"

"와아아아아!!"

사회자의 외침에 관중들도 환호성을 질렀고 일부 소녀들은 아아크의 이름을 부르며 그를 향해 꽃을 던졌다.

아아크는 문득 자신을 향해 꽃을 던지며 열렬히 환호하는 소녀들을 보며 왠지 모를 기분에 휩싸였다. 더불어 왠지 모르게 작은 장난을 쳐보고 싶은 기분도 들었다.

'나도 이럴 때 한번 해봐?'

이내 아아크는 자신을 향해 날아오던 꽃 중에 하나는 허공에서 잡아들며 그 꽃이 날아온 방향을 향해 윙크를 해 보였다. 그리고 그가 그런 행동을 하자마자 곧바로 관중석에서는 엄청난 반응이 일어났다.

"꺄악! 아아크 군이 날 보고 윙크했어!"

"웃기지 마. 날 보고 한 거야!"

"뭐야?! 저 꽃은 내 거라고!"

"아냐, 내 꽃이야!"

"아니 이게!!"

"꺄악! 이년이 어디서……!"

이내 방금 아아크가 바라본 곳에 있던 소녀들 사이에서 엄청난 싸움이 일어났고 아아크는 그런 모습에 내심 움찔하며 재빨리 도망치듯 대기실로 돌아갔다.

'…이게 아닌데.'

게다가 방금 전의 사태에 죄책감도 조금은 느끼는 그였다. 그리고 그의 등 뒤로 사회자의 안내 외침이 들려왔다.

"오늘의 시합은 여기까지가 되겠습니다. 지금까지 이 무투회를 관람해 주신 관중 여러분께 감사드리며 내일은 보다 멋진 시합을 볼 수 있게 되는 것을 약속드립니다. 그럼 안녕히 가십시오!"

이미 해는 완전히 져서 산 아래로 떨어진 지 오래였다. 비록 이제 봄이 다가오기는 했지만 아직은 겨울이라서 해가 빨리 진 것이었다. 막 대기실에 다시 들어가려던 아아크는 등 뒤로부터 들려오는 사회자의 말에 바로 출구 쪽으로 몸을 틀었다. 하지만 그는 내심 밀려오는 걱정에 몸을 떨었다.

"아까 그 소녀들 만나면 어떻게 해야 하지……?"

왠지 막막해지는 기분이 들기도 했지만 그저 뒤통수를 긁적이는 수밖에 없다고 생각하는 아아크였다.

"자, 오늘의 첫 시합은 최고로 멋진 엘프 란슬로 군과 싸우는 예술가 플로렐 군의 시합이 되겠습니다!"

"와아아아!!"

언제나처럼 사회자의 외침 뒤에 관중들의 환호성이 이어졌고 그들의 환호성에 화답하겠다는 듯 란슬로는 환하게 웃으며 관중석을 향해 손을 흔들어주었다. 그리고 상대 역시 지지 않겠다는 듯 란슬로 이상으로 웃으며 관중석을 향해 손을 흔들고 있었다.

상대는 다크 엘프인 듯 귀가 뾰족하면서도 검은 피부를 하고 있었다.

그는 란슬로를 정면으로 쳐다보자마자 비웃음을 입가에 담았다.

"훗, 소문은 많이 들었다, 엘프 중 가장 방정맞은 녀석이라고."

쩌적―

순간 란슬로의 이마에서 금이 가는 듯한 환청이 들렸다. 분명 환청이었지만 현재 란슬로의 머리 속은 실제로 금이 가 있는 듯한 느낌을 주고 있었다.

"참 별난 일도 다 있군. 뭐, 원래부터 밥맛없던 흰둥이들 사이에서 너 같은 얼간이 하나 나왔다고 별로 달라진 건 없겠지만."

빠직―

결국 란슬로의 이마에서 힘줄이 하나 굵게 솟아나왔다. 안 그래도 이 시커먼 녀석을 보는 순간부터 묘하게 기분 나쁘던 차였는데 이렇게 갈구기까지 하니 그 분노는 제곱이 되었다. 하지만 그는 그런 분노 사이에서도 묘한 웃음을 지으며 그에게 받은 만큼 돌려주는 것을 잊지 않았다.

"유명해서 미안하군. 그런데 너는 누구지?"

움찔―

사실 란슬로는 자신의 앞에 서 있는 다크 엘프 플로렐이 누구인지 알고 있었다. 다크 엘프 중에서 손꼽는 실력의 전사라고. 그리고 더불어 자신과 비슷하게 상당한 망나니라는 것도(물론 란슬로 본인은 철저하게 부인하고 있다). 물론 자신이 비교될 때마다 란슬로는 이렇게 말했었다.

'내가 왜 그런 깜씨와 비슷한 취급을 받아야 하는데요? 우씨, 기분 나빠!'

평소부터 자꾸 다른 엘프들이 들먹이던 이름이라 '이놈 걸리면 단단히 아작을 내주마' 라고 벼르던 도중 만난 상대였으니 그 흥분이 얼마나 되겠는가? 란슬로는 자신의 말에 상대가 반응한 것을 확인하고는 입가에 음흉한 미소를 지으며 말을 이었다.

"나 정도의 유명인을 상대하려면 너희 숯.덩.이.들도 그에 상응하는 녀석으로 맞춰줘야 하는 거 아니겠어? 아무리 예의가 —삐—(자진 검열)인 너희들이라도 이건 좀 심한 거 아냐?"

빠득—

명백한 비아냥에 플로렐은 이를 갈았다. 얼마나 힘을 줘 이빨을 악물었는지 그 소리가 란슬로에게 들릴 정도였다.

그리고 란슬로는 그런 상대의 반응에 속으로는 쾌재를 부르고 있었다. 그는 손가락을 까딱이며 한마디 더 도발을 했다.

"자자, 덤벼라, 검둥아. 내가 오늘 예절이 뭔지 가르쳐 주마."

란슬로는 바로 자신의 검을 바로잡으며 자세를 잡았고 플로렐 역시 자신의 클로우를 고쳐 끼며 자세를 바로잡았다.

'호오, 이놈 봐라? 역시 다크 엘프라 그런지 바로 튀어나오지는 않는군.'

란슬로는 침착하게, 하지만 눈매만은 이글이글 불태우며 자신을 노려보면서 언제라도 자신의 빈틈을 노릴 준비가 되어 있는 플로렐의 모습에 감탄했다. 보통은 이 정도로 도발하면 그 화를 참지 못하고 바로 달려드는 것이 보통인데 말이다.

"그럼 준비, 시작!"

사회자의 시작 선포에도 둘은 서로를 견제한 채 움직일 생각을 하지 않았다. 서로가 서로의 빈틈을 노린 채 전혀 움직일 생각을 하지 않는 것이었다. 그런 둘의 모습에 관중들도 조용해져서는 둘의 모습을 바라보았다.

휘잉—

그리고 그런 둘의 대치가 얼마나 계속되었을까? 한차례 그들 사이를 지나가는 겨울바람과 함께 둘의 움직임은 시작되었다.

채앵—

서로의 무기를 맞부딪치지 않았다. 다만 서로가 서로의 옆을 비껴 지나갔다. 하지만 둘의 무기가 스쳐 가며 낸 소리는 유난히 크게 들렸다. 란슬로와 플로렐은 조금 전까지 자신의 상대가 서 있던 자리에서 방금 전의 상대에 대한 공격을 평가했다.

"형편없군."

"별것 아니군."

그 평가는 상대에 대한 것이었을까, 아니면 자신에 대한 것이었을까? 란슬로와 프로렐은 그것에 대한 해답을 얻어야겠다는 듯 곧바로 거침없이 상대에게 쇄도했다.

채챙—

카캉—

이후 수차례 란슬로의 클레이모어와 플로렐의 클로우가 부딪치며 금속음을 내었고 조용한 관중들 사이를 지나는 그 소리는 다른 때보다 유난히 더 크게 들렸다.

"으!"

플로렐은 몸을 낮게 숙이며 클로우를 내질렀고 란슬로는 기다렸다는 듯이 발로 그의 손을 쳐내며 그의 위로 낮게 뛰어올랐다.

빡—

"크윽……!"

등으로 전해지는 묵직한 충격에 플로렐은 앞으로 몸이 쏠렸고 란슬로는 그 틈을 놓치지 않고 검을 휘둘렀다.

부웅—

하지만 플로렐이 허리를 낮게 숙임으로 인해 그의 공격은 무위로 돌아 갔고 오히려 방금 전의 공격으로 란슬로는 큰 빈틈을 노출하게 되었다.

"차핫!"

탁—

플로렐은 란슬로의 복부를 노리고 올려차기를 하였지만 란슬로는 무 릎을 이용해 막아내었다. 하지만 플로렐은 그것으로 포기하지 않고 바로 다음 공격에 들어갔다.

"파이어 볼!"

퓽—

순간 그의 클로우 끝에 불꽃이 맺힌다 싶더니 곧 12개의 사람 머리통 만한 불꽃덩어리가 되어 란슬로를 노리고 쏘아져 날아갔다. 하지만 란슬 로 역시 이 정도는 많이 겪어서 그런지 매우 익숙하게 날아오는 파이어 볼들을 향해 클레이모어를 휘둘렀다.

"얼어붙어라!"

쩡—

불꽃이 얼어붙는 것을 본 적이 있는가? 순간 란슬로가 들고 있는 클레 이모어에 새겨진 마법 문자들이 파랗게 빛나는가 싶더니 그것을 휘두르 는 순간 그를 향해 날아오던 불의 구체들은 순식간에 얼어붙어 눈송이와 같은 모습으로 화해서는 멀리 날아가 버렸다.

"번개 부여!"

바지지직—

란슬로의 한마디에 그의 클레이모어에는 강한 전류가 흐르기 시작했 다. 그는 자신의 검을 들어 올려 보이며 플로렐을 향해 자신만만한 미소를 지었다.

"난 마법을 쓸 줄 몰라서 말야. 하지만 검은 꽤 좋은 편이지."

하지만 플로렐 역시 마주 미소를 지으며 자신의 클로우를 들어 올려 보였다.

"무기라면 나도 지지 않을 거라고 생각하는데."

그의 클로우 빛깔은 상당히 묘한 느낌을 주는 은회색이었다. 그것의 전체적인 곡선은 투박하거나 단순한 듯하면서도 보는 사람의 눈을 떼기 힘든 묘한 매력을 가지고 있었다.

"우리 다크 엘프 최고 전사에게 주어지는 무기, 세루트. 이름은 들어 봤겠지?"

자신만만한 모습으로 팔을 들어 올리는 플로렐의 모습에도 란슬로는 상관하지 않는다는 듯 크게 하품을 할 뿐이었다.

"하암. 그런 무기라면 우리한테도 있어. 스팅이라고 말이지."

스팅이라면 플로렐도 잘 알고 있었다. 지금 자신이 하고 있는 무기인 세루트와 더불어 직접 주인을 선택하며 그때마다 가장 사용자에게 이상적인 형태로 변한다는 신의 무기. 스팅을 만든 것은 달의 하급 신인. 그중에서 달을 상징하는 에루이아, 그리고 세루트를 만든 것은 별의 신, 스테어.

"물론 잘 알고 있지. 그럼 지금 네가 들고 있는 것이 스팅인가?"

플로렐의 질문에 란슬로는 고개를 저었다.

"아니, 이건 그냥 내가 따로 주운 거고 스팅은 다른 녀석이 가지고 있지. 라니오스라고 말야. 하지만 무기 활용은 무지 못하는 편에 속하는 녀석이지."

그제야 플로렐은 현 스팅의 주인에 대해서 생각해 내었다. 라니오스, 별칭 미숙아—아직 이들에게는 라니오스가 성장한 사실이 알려져 있지 않았다— 이제 막 100살을 넘은 나이에 모든 속성의 마법을 9클래스까지 마스터한 데다가 소드 마스터이기도 한 역대 최강자라고까지 하는 엘프.

'그렇다면 이 녀석은 뭐란 말인가?'

자신은 다크 엘프 중 최고의 전사, 하지만 이자는 그것도 아니다. 어느새 이 흰둥이 엘프들이 자신들 다크 엘프의 전투 능력을 능가했단 말인가? 하지만 이내 고개를 저으며 필사적으로 그것을 부정하는 그였다. 게다가 사실로도 란슬로와 라니오스를 제외하면 대체적으로 다크 엘프들이 강했다.

"자자, 이제 끝을 내자고, 검둥이 씨. 너 정도가 검둥이 최강이면 나머지는 안 봐도 뻔하군."

제법 모욕적이기까지 한 발언을 하며 란슬로는 자신의 검에 힘을 집중했다. 그러자 그의 검에 새겨진 문자들이 빛을 내며 작은 공명음을 내기 시작했다.

그리고 플로렐 역시 지지 않겠다는 듯 단호한 모습으로 자신의 무기, 세루트에 힘을 집중했다.

"지지 않는다! 우리 다크 엘프의 명예를 걸고!"

그의 모습에 란슬로는 미소를 지었다. 서로 적절히 달구어진 듯하다는 생각을 하며.

"그럼 이 한 방이 마지막이겠군. 어찌 되든 말야."

"그렇군."

"기왕 시합인만큼 서로 죽이지는 말자고."

"가능하다면."

그들 주변의 마나는 각자의 힘에 밀려나고 흡수되어 마구 파도쳤고 그것은 바람에까지 영향을 주어 두 엘프 사이의 공기는 마구 소용돌이쳤다.

그리고 둘의 분위기가 절정에 이르렀다고 할 때에 맞추어 둘은 각자 자신이 쓸 수 있는 가장 강한 기술을 사용하였다.

"대지 가르기!"

"불꽃 부수기!"

콰광—

둘의 격돌에 커다란 굉음이 일어났고 그들이 각자의 무기를 맞대고 서 있는 부분의 돌 바닥은 둘의 힘을 견디지 못하고 움푹 패여 있었다.

콰드드득—

란슬로는 검을 위에서 아래로 비스듬하게 내려치려는 자세로 있었고 플로렐은 아래에서 위로 올려치려는 모습을 하고 있었다. 하지만 서로의 힘에 의해 더 이상 조금도 자신의 무기가 가는 길을 진행시킬 수가 없었다.

"으그그극……!"

"크으윽……!"

란슬로와 플로렐은 둘 다 이를 악다물고는 있는 힘 없는 힘 모두 쥐어짜면서 상대를 압박하고 있었고 또한 지지 않겠다는 듯 버티고 있었다.

그리고 둘이 무기를 맞대고 있는 점의 각도가 조금 어긋난다고 느끼는 순간, 둘은 서로를 지나가고 있었다.

파앙—

공기가 부딪치는 소리와 함께 둘은 서로를 비껴 지나갔다. 그리고 그 자세로 잠시 동안 서 있었다.

잠시 후 둘의 입이 천천히 열렸다. 그들은 남은 힘이 없는 듯 거의 쥐어짜듯이 말을 꺼내었다.

"아무래도…….."

"이기지는…….."

“못한 것⋯⋯.”

“같군⋯⋯.”

털썩—

그 말을 끝으로 둘은 바닥에 쓰러져 버렸다. 정신을 잃은 것이었다. 난데없는 무승부에 관중들은 물론 사회자마저 입을 벌린 채 서 있었다.

“어떻게 하시겠습니까?”

엘즈마이어의 질문에 레미엘은 고개를 돌려 그를 올려보았다. 그의 입가에는 미미한 웃음이 맺혀 있었다. 그런 당연한 질문을 왜 하느냐는 표정이었다.

“둘 다 탈락입니다.”

“네? 하지만⋯⋯.”

엘즈마이어는 무언가 반론을 하려 했지만 레미엘은 검지손가락을 세움으로 그의 말을 막았다. 곧 이어 그는 검지를 좌우로 흔들며 그에 대한 설명을 해주었다.

“엘즈, 저들은 둘 다 엘프입니다. 쓸 수가 없어요.”

“⋯⋯.”

그제야 엘즈마이어도 수긍하겠다는 듯 고개를 끄덕였다. 그리고 잠시 후 시합장의 양 끝에서 들것을 든 의사들이 나와 란슬로와 플로렐을 싣고 밖으로 나갔다.

레미엘은 방금 전까지 란슬로와 프로렐이 싸웠던 시합장을 바라보며 씁쓸하게 중얼거렸다. 그 시합장은 바닥에 패이고 여기저기 블록이 부서져 날아가 있어 상당히 난장판이었다.

“이거 아침 동안은 시합 진행이 안 되겠군요. 이렇게 망가져서야⋯⋯.”

그는 옆에 내려두었던 찻잔을 들어 올려 입에 가져갔다.

"이럴 줄 알았으면 예비 시합장을 만들어두는 건데."

"흐으음……."

새벽이 되고 아침 해가 뜨고 나서야 리히터는 잠에서 깼다. 그는 침대에서 상반신만 일으킨 채 눈을 부비며 중얼거렸다.

"으음… 늦잠을 잤군요."

그는 침대 위에서 내려온 뒤 잠옷을 벗으며 중얼거렸다.

"역시나 침대도 나름대로 좋기는 하지만 잠을 청하기에는 조금 부적절하네요. 너무 많이 자게 됩니다. 역시 저에게는 관이 최고군요."

그리고 막 잠옷을 다 벗으려는 순간, 그는 다시 잠옷을 입더니—잠옷에는 전체에 작은 박쥐들이 빽빽하게 그려져 있는 데다 심지어는 잠옷용 모자까지 꼼꼼히 챙겨서 썼다. 허미……—이내 침대 위로 올라갔다.

"…기왕 이렇게 된 거 조금 더 자도록 하죠."

그 말을 끝으로 리히터는 바로 다시금 잠이 들어버렸다. 라니오스 일행이 보면 통탄할 만한 모습이었다.

잠시 경기장 보수 문제로 지체되던 무투회는 점심 시간이 지나서야 겨우 재개되었다.

"여러분! 오늘도 이렇게 이 무투회에 와주신 것을……!!"

사회자는 오후가 된 지금도 아침과 다름없이 힘차게 외치고 있었고 관중들 역시 아침의 지루한 기다림에도 꿋꿋하게 기다리며 관중석에 앉아 있었다. 레미엘 역시 아침과 별다를 것 없는 모습으로—즉, 반쯤 졸린 눈으로……—자리에 앉아서 시합장을 내려다보고 있었다. 다만 아침과 다른 점이 있다면 그의 옆에 있어야 할 엘즈마이어가 없다는 점이었다.

"자, 오늘 오후의 첫 시합은 저희 프로튼이 자랑하는 프로튼 제일, 은색의 마법 기사, 엘즈마이어 경과 젤리언 용병단의 제일 미남자, 로트 군의 시합이 되겠습니다!"

"와아아아아!!"

엘즈마이어라는 이름에 관중들은 평소보다도 더욱 큰 함성을 질렀고 엘즈마이어는 고개를 약간 아래로 숙이며 쓴웃음을 지었다.

"훗, 은색의 마법 기사라니."

이내 엘즈마이어는 자신의 맞은편에서 걸어오는 파란색 머리의 청년을 바라보며 검을 뽑았다. 그의 검은 일반의 롱 소드치고는 조금 검폭이 얇은 감이 있었지만 레이피어보다는 두 배 정도 넓었다.

"너무 유치해."

엘즈마이어가 중얼거리는 동안 상대 검사, 로트는 멋지―다고 본인은 생각하는 듯…―게 자신의 머리를 뒤로 쓸어 넘기며 자신의 롱 소드를 뽑았다.

"그럼 준비, 시작!"

부웅―

시작을 알리는 사회자의 외침과 동시에 로트는 재빠르게 엘즈마이어에게로 다가가 검을 휘둘렀지만 이미 엘즈마이어는 옆으로 몸을 뺀 지 오래였다. 그는 몸을 빼자마자 곧바로 주문의 캐스팅에 들어갔다.

"헤이스트, 윈드 블레이드."

곧 그의 몸이 얇은 빛에 휩싸이며 움직임이 빨라졌고 그의 검에는 날카로운 바람들이 뭉쳤다. 엘즈마이어는 빠른 속도로 로트의 주변을 돌다 어느 순간 그를 향해 검기를 발산했다.

"합!"

그의 검기에는 날카로운 바람도 같이 포함되어 있었고 그것은 미리 알고 대비를 한다고 해도 충분히 위협적이었다.

하지만 속도가 앞서는 자를 상대로 함부로 몸을 굴리며 피해서는 안 된다는 것을 아는 로트는 결국 자신의 앞에서부터 다가오는 저 검기에 정면으로 대항하기로 했다.

"으랍!"

파앙—

두 소드 마스터의 검기의 충돌은 주변에 상당한 충격파를 뿌리며 소멸 되었지만 다행히도 그 여파는 관중석까지 미치지는 않았다. 하지만 다르 게 말하면 두 검사에게는 움직임을 방해할 정도의 여파를 미친 것이기도 했다.

"크윽."

"크윽."

하지만 신체 조건에서 우위를 점하는 로트는 보다 빨리 딜레이를 회복 하고는 엘즈마이어를 향해 달려들었고 엘즈마이어 역시 그대로 당하지 만은 않았다. 그는 헤이스트를 취소하며 다른 주문을 발동시켰다.

"미러 이미지."

주문이 완성됨과 동시에 엘즈마이어의 수가 6명으로 늘어났고 덕분에 로트의 공격은 멈춰질 수밖에 없었다. 그리고 엘즈마이어는 그 틈을 놓치 지 않은 채 로트에게 달려들었다. 하지만 그런다고 로트가 제대로 대처를 할 수 있는 상황도 아니었다. 그저 눈으로 보기에는 똑같은 인물 6명이 자신에게 덤벼오는 것이니까.

"흡!"

결국 로트는 엘즈마이어의 머리 위로 높게 뛰어올랐고 엘즈마이어도 그를 쫓아 뛰어올랐다. 그리고 로트는 자신을 쫓아 뛰어오른 엘즈마이어 를 향해 횡으로 넓게 검기를 날렸다.

챙—

물론 그가 날린 검기는 너무나도 간단히 부서졌지만 그로 인해 네 명의 엘즈마이어의 모습이 사라졌다.

'남은 것은 두 개, 어느 쪽이 진짜지?'

이미 다시 검기를 날릴 시간은 없다. 그렇다면 이제 남은 것은 재빠른 판단과 조금의 행운인 것이다.

'할 수 없다. 오른쪽이다!'

결국 오른쪽을 진짜라고 판단한 로트는 바로 오른쪽의 엘즈마이어를 공격했다. 하지만 그것은 단지 어느 쪽이 진짜인지 확인하면서 상대를 밀어내기 위한 목적이었고 그러면서도 왼쪽이 진짜 엘즈마이어일 경우에도 대비하는 그의 모습은 그가 상당히 잔뼈가 굵은 용병임을 보여주었다.

슈악—

하지만 그의 검은 안타깝게도 그저 허공을 가를 뿐이었다. 오른쪽이 아니라는 것을 안 로트는 곧바로 왼쪽으로부터 들어올 공격에 대비하며 방어 자세를 취했다.

스륵—

하지만 공격은 들어오지 않았다. 왼쪽의 엘즈마이어마저도 환상이었는 듯 그대로 스르륵 사라져 버린 것이다.

"그, 그럼……!"

그리고 그의 머리 위로부터 엘즈마이어가 나타났다. 하지만 아직 허공에 떠 있는 로트로서는 바로 몸을 돌릴 수가 없었다.

퍽—

"으큭!"

엘즈마이어는 곧바로 검의 힐트 부분으로 로트의 등을 찍어 눌렀고 로트는 갑자기 등으로 전해지는 충격과 함께 시합장 바닥으로 추락했다.

통—

콱—

엘즈마이어는 떨어진 로트의 머리 바로 옆에 자신의 검을 박았고 로트는 떨리는 목소리로 자신의 패배를 선언했다.

"져, 졌습니다."

로트의 말이 끝남과 동시에 엘즈마이어는 땅에 꽂았던 검을 뽑았고 사회자는 엘즈마이어의 승리를 알렸다.

"승자는 엘즈마이어 경입니다!"

"와아아아!!"

엘즈마이어의 승리에 관중들은 열광했으나 아아크의 때처럼 꽃을 던지는 소녀는 없었다. 엘즈마이어도 그저 담담한 표정으로 다시 레미엘이 있는 자리로 되돌아갈 뿐이었다.

"다음 시합은 소개는 필요없다는 이드 군과 젤리언 용병단 최고의 도끼 렌더루 씨의 시합이 되겠습니다!"

"와아아아!!"

관중들은 마치 자신은 언제나 최고의 상태를 유지하는 목을 가지고 있다고 자랑이라도 하는 듯 계속해서 엄청난 환성을 토해내었고 그런 환호 속에 이번에는 이드가 그 모습을 드러내었다. 다만 평소의 그와 다른 점이 있다면 지금의 그의 양손에는 그의 검인 로넬 휨이 아닌, 보통의 대장간에서 파는 흔하디흔한 롱 소드 두 자루가 들려 있다는 점 정도였다.

이드의 상대는 드워프였다. 텁수룩한 수염과 양손에 굳게 쥔 배틀 액스에서 풍겨 나오는 기도는 그가 결코 평범한 드워프가 아니라는 것을 보여주고 있었다.

둘은 서로가 서로를 견제하며 시합이 시작되기만을 기다렸고 그런 둘의 모습은 매우 팽팽하게 당겨진 줄을 연상시켰다. 적어도 관중이 보기에는 그러했다.

"그럼 준비, 시작!"

팟—

하지만 승부는 한순간이었다. 사회자의 시작 선언과 동시에 이드는 빠른 속도로 렌더루의 곁을 지나갔고 그 한 번으로 렌더루의 갑옷은 모두 끈이 잘려서는 땅에 떨어졌으며 그의 몸 곳곳에는 작은 생채기가 나 있었다. 만약 이드가 손에 조금만 더 힘을 주었더라면 지금쯤 그의 몸은 수십 개로 분리되어 바닥을 구르고 있었을 것이다.

"……!!"

마치 소설 속에서나 나올 법한 모습이 연출되자—어이, 이건 소설이야—사회자는 물론 관중까지, 심지어는 렌더루 본인조차 할 말을 잊은 채 그 자리에서 굳어버렸다. 그리고 그들이 현재의 상황을 파악하기도 전에 이드는 이미 자신의 롱 소드를 양 허리의 칼집에 집어넣은 상태였다. 그리고 렌더루도 자신과 상대의 실력 차를 인정하고는 고개를 떨구었다.

"져, 졌다."

렌더루는 바닥에 떨어진 자신의 갑옷을 주섬주섬 주워 들고는 힘없는 걸음으로 시합장 아래로 내려갔다. 아무리 상대가 자신으로서는 도저히 이길 수 없는 상대라 해도 이렇게까지 맥없이 지는 것은 아무래도 힘 빠지는 일이 아닐 수 없을 것이다.

"승자는 이드 군입니다!"

"와와아아아!!"

관중의 환호를 뒤로 한 채 다시 대기실로 돌아가는 이드의 입에서는 단 한 마디의 말만이 흘러나왔다.

“유치해.”

그는 잠시 멈추어 선 채 힐끔 뒤를 돌아보았다. 하지만 역시 그의 기대에 미치지 못하는 모습들은 그에게 실망감을 안겨줄 뿐이었다.

“적어도 그곳은 이렇게 싱겁지 않았어.”

그는 곧 입가에 웃음을 머금었다. 하지만 매우 자조적인 미소였다.

“훗, 하긴 지금의 나는 그때의 내가 아니군.”

그는 다시 멈춰 있었던 발걸음을 옮겨 대기실로 향했다.

“이럴 때일수록 그때가 생각나는군. 내가 이드로 존재했을 때가.”

이제는 한계였다. 이런 어두컴컴하고 퀴퀴한… 은 아니지만, 어쨌든 이런 땅속에서 하루 종일 버틴 것도 지금의 나로서는 엄청난 일이었다.

“후으으… 죽겠다.”

티니야 원래 어쌔신이었고, 세린은 본디 드래곤인만큼 버틸 수 있을지 모르지만 나는 엘프다. 아주 평범한 보통의 엘프—…정말?—가 이렇게 하루 종일 풀 한 포기 나 있지 않은 지하실에서 있는다는 것은 상당한 고역이었다. 그것도 언제 누가 쳐들어올지 모르는 상황인만큼 계속 긴장하고 있는 상태에서는 더 더욱.

“호홋, 오빠도 어지간히 지겨운가 봐요?”

분명 지금은 어린아이 모습이 아님에도 세린은 마치 나를 어린아이 취급하듯 보드랍게 내 머리를 쓰다듬었고 그런 그녀의 행동에 나는 양 볼을 부풀렸다.

“부우, 세린. 난 어린애가 아니라고.”

“우후훗. 하지만 지금 행동은 하나같이 어린아이 같은데요, 뭐.”

뭐, 세린이 쓰다듬어 주는 건 기분이야 좋지만. 그래도 어린아이 취급 받는다는 사실은 왠지 내키지가 않아서……

"그런데 이 녀석은 정말 늦잠이라도 자는 건가? 아니면 오다 죽었나? 왜 이렇게 안 와?"

그 순간이었다, 무언가 이상한 느낌을 받은 것은.

핑—

"……!"

그것은 참으로 기묘한 감각이었다. 마치 보이지 않는 수많은 얼음의 바늘이 온몸을 관통하고 지나간 것 같은 느낌이라고 할까?

"세린, 방금……."

"네? 무슨 일 있었나요?"

하지만 세린은 아무것도 느끼지 못한 듯하다. 그리고 그것은 티니도 마찬가지인 듯 '무슨 일 있었나요?'라는 질문이 담긴 듯한 시선으로 나를 바라보고 있었다.

"아, 아냐. 워낙 따분해서 잠깐……."

"헤에."

세린은 잠시 나를 묘한 시선으로 훑어보았으나 이내 어깨를 으쓱하며 다시 앞으로 시선을 두었다.

"하긴, 이곳은 너무 지루한 곳이네요."

"어어……."

적당히 대답을 하는 나의 머리 속으로 수많은 생각이 스치고 지나갔다. 대체 방금 전에 내가 느낀 그 감각은 무엇인가? 하지만 곧 상당히 유력한 가설 하나가 머리 속에 떠올랐다.

'설마… 이노센트?!'

이곳 지하 5층에 있을 전설의 초마동포 이노센트가 관련된 느낌일 확률도 제법 있었다. 아니, 상당히 높았다.

하지만 그렇다면 어째서 나만이 이 감각을 느꼈던 것일까? 하지만 더 이상은 이렇다 할 생각이 나지 않았다.

라니오스 일행이 아라나스, 아시아스와 이야기를 나누던 도중에도 무투회는 순조롭게 진행되고 있었다.

"다음 시합은 복면을 한 수수께끼의 권사 애버스 군과 창을 쓰는 빛의 여엘프 레노 양의 대결이 되겠습니다!"

"와와와아아아!!"

사회자의 소개에 언제나처럼 관중들의 환호성이 뒤따랐고 시합장의 양 끝에서는 각각 여전히 복면을 하고 있는 애거트와 그런 그를 보며 미미한 웃음을 짓고 있는 레노가 올라오고 있었다. 애거트 역시 자신의 앞으로 다가오고 있는 레노를 보고는 손을 흔들었다.

"여어, 레노 양. 이런 데서 만나게 되다니 상당히 의외입니다."

하지만 레노의 반응은 의외로 쌀쌀맞았다.

"어차피 제가 출전할 거라는 것 정도는 알고 계시지 않았나요?"

레노의 반응에 애거트는 머쓱한 모습이 되어 뒤통수를 긁적였다.

"하하하, 요새는 잘 안 보인다니까요."

그리고 둘이 무슨 대화를 나누든 간에 사회자는 어김없이 시합의 시작을 알렸다.

"그럼 준비, 시작!"

사회자의 외침에도 그들은 여전히 여유만만한 태도로 서로를 바라보며 이야기를 나누고 있었다.

"그런데 맨손으로 저와 싸우실 건가요? 아무리 시합이라지만 얕보는 거 아니에요?"

애거트는 여전히 여유가 넘치는 태도로 양손을 앞으로 내밀었다.

"하하하, 걱정해 주시는 겁니까?"

이내 애거트는 두 주먹을 쥐며 싸울 자세를 갖추었다.

"걱정 마십시오, 하스 가문은 격투술에도 상당한 조예가 있으니까. 비록 인피니티가 있을 때보다는 못하겠지만 그래도 섭섭하게 생각하실 수준은 아닙니다."

애거트의 모습에 레노 역시 창을 바로잡으며 자세를 잡았다.

"후우, 그런가요? 어디 한번 보도록 하죠."

"얼마든지 오시죠."

팟—

애거트의 말이 끝나는 순간 레노는 마치 화살과도 같은 빠르기로 애거트에게 다가갔다.

퓨퓨퓻—

수많은 찌르기가 애거트를 향해 날아들었지만 애거트는 조금씩 몸을 움직이는 것으로 그녀의 찌르기를 모두 피해 버렸다. 그런 그의 움직임은 '최소한의 움직임으로 최대한의 효과를 본다'는 것이 어떤 것인지 여실히 가르쳐 주는 모습 같았다.

"이거이거, 정말 절 죽이기라도 하실 생각입니까? 이거 무섭군요."

자신의 맹공을 받는 와중에도 실실 웃는 여유를 보이는 애거트의 모습에 레노는 조금 골이 당기는 것을 느꼈다. 하지만 그러는 와중에서도 자신의 맹공을 저렇게 쉽게 피하는 애거트의 모습에는 새삼 놀라움과 경외심도 느껴졌다.

"그럼 갑니다. 담장 넘기!"

부웅—

순간 레노의 턱을 노리는 애거트의 올려차기가 날아들었으나 레노는 가까스로 그의 공격을 피하는 데 성공했다. 하지만 아직 애거트의 공격은 끝나지 않았다.

“다음 갑니다. 장판 깔기!”

레노의 턱을 맞추지 못하고 위로 솟아올랐던 발은 순식간에 땅에 바짝 붙어서 그녀의 발목을 노렸고 그런 애거트의 민첩함에 놀란 레노는 간신히 그의 발을 뛰어넘으며 그를 향해 창을 겨누었다.

하지만 그녀가 공격을 하기도 전에 이미 애거트의 모습은 한참 물러서 있었다. 그는 이미 더 이상의 공격을 그만둔 채 뒤로 물러서 있었던 것이다. 그는 오른발을 땅에 찍으며 레노를 바라보았다.

“자자, 이제 슬슬 본격적으로 하자구요. 제가 입만 산 녀석이 아니라는 걸 보여 드릴 테니까요.”

레노도 이미 애거트가 평소에 자신이 가볍게 보던 그 애거트가 아님을 알고는 진지한 모습을 하였다.

‘이 사람도 할 때는 하는 스타일인가 보네.’

이런 생각을 하면서도 그녀는 재빠르게 마법 주문을 시전하고 있었다.

“헤이스트, 스트렝스, 윈드 세이버, 프로젝트 이미지!”

순식간에 레노의 주변에 엷게 붉은색과 하늘색의 기운이 생겨났으며 검에도 하늘색의 기운이 맺혔다. 그리고 그런 레노의 모습이 열두 명으로 늘어났다.

“당신 말대로 제대로 해보도록 하지요.”

마치 당장이라도 튀어 나가겠다는 듯 레노의 몸은 잔뜩 웅크러들었고 애거트 역시 아까 전의 장난스러운 표정이 아닌 자못 진지한 모습으로 그녀의 공격에 대비했다.

피융—

타닥—

열두 명의 레노는 각자 다른 각도에서 애거트를 향해 공격을 하였으나 애거트는 몇 번의 다리 놀림만으로 그 모든 공격을 피해내었다. 하지만 레노는 기세를 몰아 계속적인 공격을 퍼부었다.

"매직 미사일!"

퓨퓻—

작게 공기를 가르는 소리와 함께 42발의 마법 화살이 애거트를 노리고 날아갔으나 애거트 역시 간단히 그것을 맞아주지는 않았다.

"파리 낚시!"

파바바밧—

순간 애거트의 주먹 부분에만 얇은 무색의 막이 생겨났고 그는 그 양손을 휘둘러 자신에게 날아오는 모든 마법 화살을 소멸시켰다. 그런 그의 모습은 마치 자신을 향해 날아오는 무언가를 잡아채는 듯한 모습이었다.

"야압!"

피핏—

애거트가 매직 미사일들을 쳐내는 동안 그에게 접근한 레노는 그의 빈틈을 노리고 찌르기 공격을 하였고 동시에 그녀의 열한 개의 분신들도 각자 다른 모습으로 그에게 공격을 가했다.

"바람 날리기!"

팡—

애거트가 양팔을 벌리며 크게 발을 구르자 그의 주변으로 충격파가 생겨났다. 그 충격파는 주변에서 자신을 공격하던 열한 명의 레노를 없애고 나머지 한 명의 레노를 바깥으로 조금이나마 밀어내었다. 열두 명 중에서 진짜가 누구인지를 알게 된 애거트는 밀려나며 빈틈을 노출한 그녀를 밀어붙이기 시작했다.

파파팟—

애거트의 팔다리가 그녀를 노리며 날아들었고 레노는 순식간에 뒤집힌 입장에 당황하면서도 열심히 몸을 움직여 그의 공격을 피하거나 흘려 내었다.

"블링크!"

순간 애거트의 앞에 있던 레노의 모습이 사라지더니 곧 그의 머리 위에서 나타났다.

"합!"

풋— 탁!

날카로운 파공음과 함께 레노의 창이 애거트를 노리고 날아들었으나 이미 그녀의 창은 애거트의 주먹에 의해 진로가 틀어져 있었다. 그는 재빨리 몸을 돌리며 주먹으로 그녀의 창대 옆을 친 것이었다. 하지만 레노역시 그냥 지지는 않겠다는 듯 옆으로 돌아가는 창대의 기세를 이용해 창의 반대쪽 끝으로 그를 공격했다.

빡!

애거트도 그것은 막지 못하고는 그녀의 창대가 어깨에 부딪치고 말았고 덕분에 애거트의 몸체가 한쪽으로 쏠리게 되었다.

"으!!"

퍽!

곧 이어 레노의 뒤꿈치가 애거트의 옆구리에 꽂히며 애거트는 순식간에 시합장 끝으로 날려가 버렸다.

"어머, 왜 그러죠? 입만 살지 않았다는 것을 보여주시겠다면서요?"

조금은 비꼬는 듯도 한 레노의 말에 애거트는 너털웃음을 지으며 일어났다.

"하하, 역시나 상당하시군요. 좋습니다. 이제 저도 장난만 치지는 않겠습니다."

순간 애거트의 몸 전체에 무언가 알 수 없는 중압감이 생겨났고 그것을 느낀 레노는 지금까지와 전혀 다른 분위기를 흘리는 그의 모습에 긴장하였다.

"어때요, 저 둘?"

시합장에서 한창 시합을 펼치는 애거트와 레노를 손가락으로 가리키며 자신을 바라보는 레미엘의 모습에 엘즈마이어는 고개를 끄덕였다.

"아무래도 맞는 듯하오만… 저들을 어떻게 하실 것이온지……?"

그 뒤에 생략된 말이 '저들을 죽이겠습니까, 사로잡으시겠습니까?'라는 것은 너무나도 확연한 것이었다. 그것을 안 레미엘은 고개를 뒤로 젖히며 크게 웃었다.

"하하하하하! 엘즈, 무리는 하지 말자구요."

"네?"

레미엘은 여전히 웃음을 진정시키지 못한 채 키득거리며 다시 시합장 쪽으로 고개를 돌리며 턱에 손을 가져갔다.

"후훗, 엘즈의 눈에는 저게 저들로서 전심전력을 다하고 있는 것이라고 보이나요?"

"……."

엘즈마이어 역시 저들이 지금 보이고 있는 실력이 본실력이 아님을 알고 있었기에 레미엘의 질문에 고개를 저을 수밖에 없었다.

"엘즈가 보기에는 어떤가요? 저들을 죽이려면 얼마만큼의 희생이 필요할지 알겠나요?"

어찌 보면 상당히 잔인한 질문이었다. 엘즈마이어는 잠시 생각하는 듯한 모습을 보이더니 이내 곧 대답했다.

"아마 저 둘을 죽이려면 저희 프로튼의 모든 정예를 동원한다고 해도 2할 정도의 희생을 각오해야 할 겁니다. 아니, 어쩌면 더 큰 희생이 필요

할지도 모르겠죠.”

“만약에 사로잡으려 한다면?”

엘즈마이어는 이를 악물었다. 저들을 사로잡으라니? 그게 가능할 법한 질문인가? 그것은 상상하는 것만으로도 끔찍했다.

“아마… 4할 이상의 희생은 각오해야겠죠.”

엘즈마이어의 반응에 레미엘은 흡족한 미소를 지으며 의자 속으로 몸을 묻었다.

“그거 보세요. 아무리 저들이 지금 싸우고 있는 듯해도 어차피 놀고 있는 겁니다. 이런 상황은 중간에 이득을 취하고 말고 할 것도 없는 상황이라구요. 저들에게 손을 대는 것은 꽤나 무모한 행위라는 거죠.”

레미엘은 찻잔을 들어 올렸다. 그는 잠시 찻잔을 코에 가져가 그 향을 음미한 뒤 덧붙였다.

“그리고 아마 더 있을 겁니다. 저들 정도, 아니면 그 이상 수준을 가진 동료가.”

“그렇겠군요…….”

새삼 엘즈마이어는 몸을 떨었다. 대체 저런 자들이 얼마나 될까? 우리가 상대해야 할 ‘적’은 대체 얼마만큼 강한 자들이 얼마나 많이 있는 것일까?

그리고 레미엘은 마치 그의 의문 사항을 직접 듣기라도 한 듯 엘즈마이어를 향해 한마디 했다.

“너무 걱정하진 마십시오. 저들쯤 되면 아마 거의 최고 간부 수준일 테니 말입니다. 제 생각에 저 정도 수준의 인물이라면 아마 많아야 열 명 안팎이 되지 않을까 생각합니다.”

“……!!”

열 명이라고 했다. 지금 자신의 주군은 저런 자들이 열 명은 될 것이라고 했다.

열 명, 분명 숫자로만 보면 그리 큰 숫자가 아니다. 하지만 그 열 명이 이번 전쟁에 미칠 파급 효과는 장난이 아닌 것이다. 그 '파급 효과'에 대해 생각하는 것만으로도 엘즈마이어는 불안감을 감출 수 없었다.

"걱정 마세요, 엘즈. 전쟁을 하는 것은 비단 우리 나라만이 아니니까."

"아······."

그제야 엘즈마이어는 생각해 내었다, 전 대륙의 모든 국가가 연합해서 저들과 싸우는 것이라는 것을.

"최대한 아껴야 합니다. 우리 프로튼의 전력은 최대한 아끼면서도 다른 나라 전력은 많이 줄게 해야 합니다. 그래야 이 전쟁이 끝난 다음에 다시 전쟁을 하지요."

"······!!"

역시나··· 하는 생각이 들었다. 지금 여기 있는 자신의 주군은 결국 대륙을 통일하겠다는 야심을 불태우고 있는 것이다, 이런 상황에도.

"인재는 아끼고 대신 물질을 좀 많이 쓰면 됩니다. 그동안 비축했던 재화를 모두 동원해서라도 일단 병사는 아껴야겠죠. 어차피 저희 프로튼이 대륙의 주인이 된다면 모두 되찾을 수 있을 테니."

"만약에 타 국가에서 의구심을 느끼면?"

하지만 레미엘은 여전히 여유만만한 웃음을 짓고 있었다. 그는 옆에 놓아둔 와인을 들어 잔에 부으며 대답했다.

"일전에 라니오스 형이 대단한 이야기를 해주더군요. 뭔지 맞춰보실래요?"

잔을 채운 뒤 와인병을 옆에 내려놓으며 레미엘이 지은 웃음은 상당히 교활한 자의 미소였다. 그런 레미엘의 웃음을 본 적이 없는 엘즈마이어는 그런 웃음을 짓는 주군의 모습에 왠지 모를 섬뜩함을 느꼈다.

"모르겠… 습니다만."

레미엘의 웃음이 더욱 짙어졌다. 그는 와인잔을 들어 올려 이리저리 흔들었다. 그의 손 움직임에 따라 잔에 들어 있는 액체가 출렁거렸다.

"이노센트. 그 전설의 무기가 저희 프로튼에 보관되어 있다고 하더군요. 저희 왕궁 지하 5층에."

"……!!"

이노센트, 그것이 어떤 것인지 직접 본 일은 없다. 하지만 그것에 대한 이야기는 너무나도 많이 들어온지라 그 이름의 무게를 절실히 느끼고 있는 엘즈마이어는 눈을 크게 부릅떴다.

"그, 그렇다면……!"

"예. 제가 머릿수를 많이 아끼려는 이유를 아시겠습니까? 그것을 쓰기 위해서입니다."

이노센트. 길었던 인간과 드래곤의 전쟁을, 그것도 한때 인간의 패배가 거의 확정적이던 때에 순식간에 그 판도를 바꾸며 인간을 승리자로 만든 초마도병기. 그것에 의해 대부분의 드래곤이 죽고 대륙의 일부가 사라졌다. 그 위력은 순간이나마 각 대륙 사이에 존재하는 초차원 결계를 모두 뒤흔들어 부술 정도의 위력을 가지고 있다고 전해진다.

그것을 사용한다, 이 전쟁에.

"이 대회에서 최대한 많은 인재를 회유하십시오. 필요하다면 후에 이노센트를 쓸 때 '사용' 하게 될 테니까요."

소속이 정해지지 않은 인재들을 기용하여 소모품으로 쓴다. 만약 이노센트를 쓴다면 각 나라가 동등한 수의 '제물' 을 제공해야 할 것이다. 그때 프로튼은 진짜 본국의 중요 인재 대신 이때 포섭한 인물들을 사용하면…….

"이미 서류 준비는 거의 다 되어 있습니다. 이제 그 서류들에 이름만

새기면 되는 거지요. 그것은 엘즈에게 맡기려고 하는데, 괜찮겠습니까?"

엘즈마이어는 별로 내키지 않으면서도 겉으로 내색하지 않은 채 고개를 끄덕였다. 레미엘은 들고 있던 와인잔의 내용물을 모두 입 안으로 털어 넣으며 다시금 시선을 시합장으로 돌렸다.

"어라? 아직도 끝나지 않았군요, 저 시합."

그의 눈에는 아직 결말을 내지 못한 채 서로를 바라보며 대치 상태에 있는 애거트와 레노의 모습이 들어왔다.

"휘유, 아직도 계속하실 겁니까, 레노 양?"

애거트는 아직도 여유롭다는 것을 과시하기 위함인지 휘파람을 불며 레노를 바라보았다. 하지만 레노 역시 기세에서 밀리지 않겠다는 듯 입가에 웃음을 머금으며 대답했다. 하지만 이미 그녀의 얼굴에는 피곤한 기색이 조금씩 엿보이고 있는 상황이었다.

"저야 아직 멀쩡하죠. 애거트 군이야말로 계속하실 생각인지 묻고 싶은데요?"

하지만 애거트는 그녀의 반응에 어색한 웃음을 지었다. 무언가 불안하다는 듯한 표정이기도 했다.

"이봐요. 아까 대문 쪼개기를 정통으로 맞아버리고서 무슨 허세예요? 지금 다리가 지끈거리는 거 저도 잘 알고 있다구요, 레노 양."

"에? 어, 어떻게……."

하지만 레노는 그 질문을 하려는 순간 깨달았다. 지금 자신의 앞에 있는 상대는 상대를 꿰뚫어 보는 눈이 있다는 것을. 그런 데에까지 생각이 미치자 슬며시 열이 받는 레노였다.

"그럼… 설마 지금까지 제 행동을 읽으며 싸우신 건가요?"

은근히 분노가 깔린 레노의 말투에 애거트는 흠칫했지만 이내 웃으며 양팔을 들어 올리는 동시에 고개를 젓는 등 적극적인 부인을 하였다.

"하하, 설마요. 저를 그렇게 비겁한 녀석으로 보십니까? 어디에라도 맹세하라고 하시면 맹세하지요. 저는 순전히 실력으로 레노 양을 상대해 드리는 거라구요."

하지만 믿지 못하겠다는 듯한 레노의 시선에 애거트는 한숨을 쉬었다.

"에휴, 이렇게까지 미움받다니… 나도 참 신세 처량하구나."

마치 자괴감에 사로잡히기라도 한 듯한 애거트의 모습에 그제야 레노는 마지못해서라도 그런 셈 쳐주겠다는 듯한 모습을 보였다.

"알았어요. 그렇다고 인정해 드리면 되잖아요."

"정말이죠?"

마치 귀를 쫑긋 세우며 강아지나 고양이 같은 모습을 보이는 애거트의 모습에 레노는 가벼운 실소를 머금었다.

'우훗, 이럴 때 보면 참 귀여운 사람이야.'

그녀가 그런 생각을 할 때쯤 애거트는 그녀를 향해 검지까지 세워가며 말했다.

"이봐요, 레노 양. 어떻게 할 거예요? 생각 같아선 제가 항복해 드리고 싶지만 다음다음 시합이 이드 녀석과의 시합이라 그러기도 곤란하다구요. 한 번쯤은 다시 그 녀석과 붙어보고 싶었거든요."

한쪽 눈까지 찡긋하는 애거트의 모습에 레노는 문득 대진표의 배치를 생각해 보았다. 그 결과 그의 말대로 다음다음 시합이 이드와의 시합이었다.

"후우, 알았어요. 제가 졌어요."

어차피 억지를 써서 지금 이긴들 이드와의 시합에서 어떻게든 조금 곤란한 상황이 되어버린다. 그렇다면 차라리 여기서 빠지는 게 나을 거라는 게 레노의 생각이었다.

“오, 잘 생각하셨습니다.”

애거트는 빙긋 웃으며 손을 흔들어 보였고 그런 둘의 모습에 사회자는 관중들을 향해 크게 외쳤다.

“승자는 애버스 군입니다!”

“와아아아!”

하지만 화려한 시합을 하다 갑자기 기권승으로 끝나 버리는 결과로 인해 조금은 맥이 빠진 듯한 함성이었다.

“잠깐요, 애거트.”

레노는 막 자신의 대기실로 돌아가려는 애거트를 쫓아갔고 애거트는 자신을 따라오는 레노의 모습에 마냥 좋아서 싱글싱글 웃으며 대답했다.

“네? 무슨 일이죠?”

휙 돌아서며 반짝반짝하는 눈으로 자신을 바라보는 애거트의 모습에 레노는 잠시 놀란 가슴을 진정시킨 뒤 그에게 말했다.

“저기, 대단한 건 아니구요. 애거트는 제가 생각했던 것보다 강하구나 해서…….”

“흐음?”

조금은 더듬거리는 레노의 태도에 애거트는 인상을 쓰며 그녀의 앞에 자신의 얼굴을 들이밀었다. 그런 그의 표정은 비록 인상을 쓰고 있지만 거기에 가득 섞인 장난기는 그것이 일부러 그러고 있다는 것을 여실히 보여주고 있었다.

“뭐, 뭐예요?”

레노는 깜짝 놀라며 뒷걸음을 쳤지만 그럴수록 애거트는 더욱 가까이 그녀에게 다가갔다.

“허어, 저를 그렇게 우습게 보고 계셨다니… 이거 슬프군요. 적어도 저희들 사이에서 4번째로 강하다고 확신하는 저인데 말입니다.”

“네?”

의아한 표정을 짓는 레노를 보며 애거트는 잠시 ‘귀엽다~’ 라는 생각을 하였다. 물론 표정도 황홀경에 빠진 표정으로 변했었고. 하지만 이내 표정을 지우려 고개를 저으며 그런 생각들을 떨쳐 내었다. 그래 봐야 이미 레노에게 보일 표정 다 보인 후였지만 말이다.

“우선 이드, 그 다음으로 그 신족과 마족의 두목 씨들을 제외한 그 다음으로는 아마 제가 제일 강할 겁니다. 이건 자신할 수 있죠.”

“……”

하지만 이미 레노의 시선은 어딘가 미심쩍다는 표정이었다.

‘이런 바보가 그렇게 강하다고?

딱 그런 생각을 하는 표정이었고 덕분에 애거트는 울상이 되었다. 물론 일부러 만든 표정이지만 당황하는 레노의 모습에 속으로 쾌재를 부르며 더욱 과장된 표정을 지었다.

“흐윽, 그렇게 절 못 믿으시다니 전 슬프군요.”

레노로서는 물론 일부러 저러는 것을 알고는 있지만 그래도 왠지 미안한 감정이 드는 것은 어쩔 수 없었다.

“아, 저기 너무 그렇게……”

“책임지세요!”

갑자기 덥석 자신의 손을 붙잡는 애거트의 태도에 레노는 크게 놀랐다. 그리고 그 놀람이 지나가기도 전에 자신의 입술에 무언가가 닿았다.

“……!”

그리고 잠시 후 애거트는 레노의 입술에서 자신의 입술을 떼며 빙긋 웃음을 지었다.

“하하, 또 해버렸습니다, 레노 양.”

“…당신은 정말……!”

그리고 그렇게 그들이 떠드는 사이 그들 바로 다음 시합을 치렀던 선수가 그들 사이를 지나가려 하고 있었다.

"거기, 비켜주시겠소?"

한 덩치 좋은 사내가 분위기 좋을 때—…정말?—끼어들어 다 망쳐 놓자 애거트는 왠지 모를 분노를 느꼈다. 그리고 그는 바로 그 기분을 해소하기 위한 행동의 실천을 위해 상대에게 어딘지 모르게 살벌한 미소를 지어 보였다.

"아하하, 이거 죄송합니다. 저희가 그만 방해가 되었나 보군요. 그런 의미로 제가 따로 사과를 하는 차원에서 둘.이.서.만. 조.용.히. 이.야.기.를 하고 싶은데… 괜찮으시겠습니까?"

"에? 아, 저, 저기… 그러니까……."

상대 사내도 무언가 잘못되었다는 느낌을 받았지만 이미 엎지른 물이요, 쏘아버린 화살이었다. 상대가 도망갈 틈을 주기 전에 애거트는 아주 다정하게(?) 어깨동무까지 하며 사내를 끌고 갔다.

"아, 사양하지 말고 가실까요? 아, 레노 양, 전 먼저 실례하겠습니다. 조심해서 돌아가세요~"

"어, 어어, 저기……."

자신을 보며 정겨운 미소를 지어 보이는 애거트를 보면서도 레노는 아무것도 하지 못했다. 그리고 그의 모습이 사라진 뒤에도 레노는 잠시 멍한 모습으로 서 있다 천천히 자신의 입술에 손을 가져다 대었다.

"또 당했어……."

레노는 손으로 입가를 매만졌다. 이상하게 저 남자에게서는…….

'그런데 왜 난 저 남자에게 입술을 뺏길 때에도 별 거부감이 없는 걸까?'

하지만 그녀에게 해답을 따로 말해 줄 이는 아무도 없었다.

"음냐~ 이제 더는 못 마셔……."

잠꼬대하며 어린아이처럼 침대에서 이리저리 뒹구는 뱀파이어를 상상
해 본 적이 있는가? 리히터는 이미 해가 중천을 넘은 지금도 잠의 세계에
서 헤어나지 못한 채 웃기지도 않는 잠꼬대를 하며 침대 위를 뒹굴고 있
었다.

"흐음. 아버지, 강제로 먹이지는 말라구요. 진짜 더는 못 먹는다니까
요……."

찰칵—

리히터가 얼마나 잠꼬대를 하고 있었을까? 그가 있는 방의 문이 열리
며 누군가가 들어왔다. 그렇다고 리히터가 문을 잠그지 않고 잔 것은 아
니다. 오히려 힘의 일부를 사용해 철저—이미 문이 열린 지금으로서는 상당
히 설득력이 떨어지지만—하게 잠가두었으니까. 상대는 문을 잠그는 리히
터의 힘을 무력화시키며 방 안으로 들어온 것이다.

"아, 이제는 정말로 취해 버릴 거야."

리히터를 내려다보는 이의 머리카락은 에메랄드 색이었다. 외모는 어
딘지 냉소적으로 생긴 20대 후반 정도의 사내였다. 그는 다짜고자 리히
터의 옆구리를 걷어찼다.

펙—

"우읍!"

갑작스럽게 옆구리로 전해지는 충격에 애거트는 신음성을 흘렸다. 발
끝이 옆구리 안쪽으로 깊숙히 들어올 정도로 세게 찼기 때문이다.

쿠당탕!

당연하게도 리히터는 침대 아래로 굴러 떨어져 버렸고 상대는 그런 리
히터를 한심하다는 표정으로 내려다보며 말했다.

"언제까지 잠만 잘 거냐?"

하지만 리히터는 바로 일어나지 못한 채 한참을 부들부들 떨다가 간신히 몸을 일으켰다.

"이, 이거 너무 센 거 아닙니까?"

하지만 상대는 오히려 우습다는 듯 비웃음의 표정으로 리히터를 노려보았다.

"논다, 놀아. 네가 지금 얼마나 잤는지 알고나 있냐? 하루 하고도 반나절이 넘게 자고 있었단 말이다."

리히터는 그제야 조금은 머쓱해진 듯 뒤통수를 긁적였다.

"아, 제가 그렇게 잠을 잤습니까? 이거 이드 군에게 죄송하게 되었군요."

미안하다는 모습으로 고개를 숙이는 리히터의 모습에도 에메랄드 색 머리카락의 사내는 팔짱을 끼며 더욱 그에게 핀잔을 주었다.

"하도 아무 일도 없길래 이드가 나에게 직접 알아보라고 부탁했다. 알았으면 빨리 튀어 나가!"

하지만 리히터는 깡으로 버티기라도 하겠다는 듯 느릿느릿 움직였다. 흐느적거리듯 일어나서는 꾸물꾸물 잠옷을 벗고 천천히 옷걸이에 걸린 옷들을 하나하나 걸치기 시작했다. 하지만 그 종류도 많아서 모두 걸치는 데는 장장 10여 분이 걸렸다. 그 후에는 코트를 걸치고 그 위에 다시 망토를…

그리고 그 다음에는 부드러운 손 움직임으로 천천히 옷매무새를…

빡— 쿵!

…다듬으려는 때 결국에는 화를 참지 못한 에메랄드 빛 머리칼의 사내가 휘두른 주먹에 뒤통수를 맞고는 앞으로 쓰러져 버렸다. 그는 아직 화가 풀리지 않은 듯 주먹을 치켜든 채 소리를 질렀다.

“빨리 못 나가?!”

그제야 리히터도 사태의 심각성을 절실히 느끼고는 움직임을 서둘렀다.

“알았어요. 알았다구요, 형님.”

리히터는 재빨리 망토 끈을 묶은 뒤 밖으로 나갔다. 그가 나간 뒤 에메랄드 머리칼의 사내는 한숨을 쉬며 고개를 좌우로 저었다.

“후우, 내가 어쩌자고 저런 녀석과 의형제를 맺었는지…….”

찰칵.

하지만 금방 나갔던 리히터는 바로 다시 방으로 돌아왔고 덕분에 그의 미간은 마구잡이로 구겨졌다.

“또 왜 왔냐?”

냉기가 풀풀 날리는 목소리를 들으며 리히터는 어정쩡한 웃음을 지었다.

“아, 저기… 지금은 낮인데…….”

빠각—

“으큭!”

상대는 가차없이 리히터의 목을 꺾었고 덕분에 리히터는 목이 좌우로 대롱거리는 끔찍한 모습이 되었다.

“아, 이건 좀 심하다고 보지 않습니까? 저도 아픔은 느낀다구요.”

하지만 불평을 하는 리히터의 목은 곧 ‘우두둑’ 하는 뼈 소리와 함께 언제 부러졌었냐는 듯 제자리를 찾았다. 하지만 그것은 상대도 이미 예상했고 자주 보아온 터라 별로 놀라거나 하지는 않았다. 상대는 리히터의 건방지기까지 한 태도에 인상을 찌푸렸다. 하지만 더 이상의 폭력 행사는 하지 않은 채 그저 미간에 손을 가져갈 뿐이었다.

“으이그, 내가 왜 너 같은 녀석과 의형제를 맺었는지 이해할 수가 없다, 정말."

"취소할 건가요?"

리히터의 질문에 상대는 못 이기겠다는 듯 고개를 절레절레 저었다. 하지만 그래도 '당장 너랑 나의 연을 끊자!' 라는 등의 소리가 나오지 않는 것으로 보아 정말로 리히터를 싫어하는 것 같지는 않은 듯하였다.

"됐다, 됐어. 관두고, 그럼 오늘은 확실하게 해라. 내 예감에 아무래도 이곳에 무언가 있는 듯하니까."

"잘 알겠습니다. 걱정 마시라구요."

부드럽게 미소 짓는 리히터의 모습에 에메랄드 머리칼 사내도 마주 미소 지었다. 그의 미소는 매우 화사하게 빛나고 있었고 그의 뒤로 꽃밭 내지는 무지개의 환상까지 보일 정도로 빛이 나는 미소였다.

"그럴수록 못 믿겠단 말야."

행동과 정반대의 분위기를 풍기는 대사 내용에 순간 리히터의 뒤통수에 큰 땀방울이 흘렀다. 하지만 그럼에도 여전히 상대는 예의 그 화사한 웃음을 유지하고 있었다.

"그럴수록 못 믿겠단 말야."

쟈밀 역시 화사한 웃음을 짓고 있었다. 하지만 전의 에메랄드 빛 머리칼의 사내같이 그 대사의 내용은 전혀 어울리지 않는다는 것 역시 동일했다.

—이, 이봐…….

쟈밀의 반응에 그가 들고 있는 수정 구슬에 비치고 있는 인물은 상당히 당황한 듯한 반응을 보였다. 하지만 무언가 통신 상태에 문제가 있는 듯 그 영상은 상당히 흔들리고 있었고 들려오는 소리 역시 잡음이 많이 끼어 있었다.

"응? 또 뭔가 할 말 있어?"

여전 화사한 웃음을 지은 채 자신을 바라보는 쟈밀의 태도에 상대는 매우 겁을 먹었다. 하지만 그것을 아는지 모르는지 쟈밀은 여적 예의 그 웃음을 짓고 있었다.

"응? 더 말할 게 있으면 빨리 말해. 후딱 가서 네 녀석 목을 따버리게."

보통 이런 계열의 말은 있는 대로 인상을 잔뜩 쓴 채 주먹이라도 들어올리고 목소리를 잔뜩 깔아놓은 상태에서 하는 것이 보통이다. 하지만 여전히 화사하게(…) 웃고 있는 그의 입에서는 표정에 어울리지 않는 말들이 튀어나왔고 상대의 얼굴은 점점 더 당혹감으로 물들어갔다.

―아니, 내 말은… 그게 저기…….

너무 당황한 나머지 순간 말을 더듬으며 뭉기적대는 그였다. 하지만 이렇게 계속 어물거리기만 해서는 안 된다는 것은 상대도 잘 알고 있었기에 아무 말이나 하자는 생각으로 소리 지르듯 말을 꺼내었다.

―이건 레이도 잘못한 거잖아?!

빠직― ×2

하지만 역효과가 나버린 듯 순간 쟈밀이 들고 있던 수정 구슬에 균열이 생겼다. 그리고 더불어 그의 이마에도 상당히 굵은 힘줄이 솟아나왔다. 그리고 더불어 그의 얼굴이 순식간에 일그러졌다. 일그러진 그의 얼굴 표정은 마치 악귀를 연상시켰다. 일전에 레이에게 자주 짓던 표정이 다시 재현되는 순간이었다.

"말이라고 하냐! 레이 그 쉐이야 이미 포기한 녀석이지만, 너까지 이 따구로 굴면 난 어떻게 하라는 거냐?! 아주 대대적으로 늘 엿먹이려고 작정했냐? 앙?!"

쩌적, 쩍―

매우 화가 난 듯 쟈밀의 손에는 점점 더 힘이 들어갔고 그럴수록 그의 손에 있는 수정 구슬의 균열은 더욱 커지고 그 수도 많아져 갔다. 그리고 상대의 얼굴에 흐르는 땀 또한 점점 그 크기와 양이 늘어나고 있었다.

—아하하, 나도 별수없었다고. 워낙 장인의 혼이…….

"장인의 혼 같은 소리!!"

쩡—

결국 그의 악력과 방금 전의 음파 공격(…)에 의해 그의 손에 있던 수정 구슬은 산산이 부서져 버렸고 쟈밀은 그제야 아차 하는 표정을 지었다.

"이런, 내가 좀 흥분했군."

언제 흥분했냐는 듯 그의 표정은 아무 일 없는 것마냥 평온했고 곧 책장을 뒤지더니 이내 방금 전의 것과 똑같은 수정 구슬을 꺼내었다.

"아브라 타브라. 싸브라 코브라……."

상당히, 굉장히, 엄청나게 품위가 떨어지는 주문과 함께 다시금 수정 구슬에 예의 상대의 모습이 비추어졌고 쟈밀은 언제 자신이 침착했었나는 듯 금세 또다시 악귀 모드로 들어가며 다시금 수정 구슬을 잡고 흔들었다.

"그래서? 어떻게 하자는 거야? 네가 이쪽으로 와서 다 회수해 갈래?! 아냐, 네가 직접 와! 와서 알아서 다 해결하고 가!"

쟈밀의 말에 상대는 크게 당황한 듯 몸을 움찔했다.

—이, 이봐… 나는 이쪽에…….

"그럼 자리 바꿔! 내가 잠시 맡아주지."

하지만 그도 더 이상 밀릴 수는 없다고 생각했는지 혼자만으로 안 되니까는 타인을 끌어들이기 시작했다.

—그럼 네 조카는……?

움찔─

이번에는 쟈밀의 몸이 크게 꿈틀했고 상대는 이거면 되겠다는 생각에 기세를 몰아 몰아붙였다.

─거봐, 어쩔 수 없다니까? 안 그래?

"……."

쟈밀은 아무 말도 하지 못한 채 이만 갈 뿐이었다. 그는 이내 한 자 한 자 또박또박 끊으며 상대의 이름을 불렀다. 그의 등 뒤로는 검은 오로라가 조금씩, 하지만 매우 짙게 피어오르고 있었다.

"알.카.드."

─응? 왜?

쟈밀의 모습은 그야말로 수라를 연상시킬 수준이었다. 그의 얼굴은 도저히 사람의 얼굴이라고 생각할 수가 없을 정도로 일그러져 있었고 그의 뒤로는 지옥의 불꽃과 같은 화염이 이글거리는 듯하였다

"너. 나.중.에. 각.오.해."

자신이 잘못한 상황이고 그로 인해 상대가 저렇게 열이 받았다면 어떻게 하겠는가?

─아, 아하하. 미, 미안…….

"끊어!"

핏─

그 말을 끝으로 쟈밀은 통신을 끊어버렸고 수정 구슬에서 사내의 모습은 사라졌다. 그는 책상 옆에 놓아둔 와인 병마개를 따며 신경질적으로 중얼거렸다.

"알카드 녀석, 정신이 있는 거야, 없는 거야? 인간들이 쓰는 기계에 대소멸 캐논 급의 무기를 달아놔?"

그는 잔에 와인을 따르면서도 연신 뭐라고 궁시렁대었다. 하지만 대부

분이 앞뒤도 안 맞는 문장이었다.

"끄으응, 이제 내일이나 모레면 이드 녀석과 붙어볼 수 있겠구나."

당일의 시합이 끝난 뒤 애거트는 여관으로 돌아가며 크게 기지개를 켰다. 그의 얼굴은 기대감으로 인해 매우 밝은 표정이었다.

"물론 이길 수 있을 리는 없겠지만 그래도 녀석이랑 붙을 때가 제일 재미있단 말야."

순간 애거트는 기묘한 웃음을 지었다. 어찌 보면 마치 자조적인 웃음이기도 하였다.

"뭐니 뭐니 해도 가장 힘들고 오래가는 싸움은 자기 자신과의 싸움… 이겠지?"

하지만 이내 애거트는 좌우로 크게 고개를 저으며 다시금 표정을 평소의 웃는 얼굴로 되돌렸다.

"이런, 내가 무슨 생각을……."

그때 애거트는 그의 앞에서 누군가가 자신을 바라보고 있는 것을 느꼈다. 적대적인 시선 따위는 아니었다. 그리고 그 느낌은 상당히 익숙한 느낌이었다.

애거트는 자신을 바라보는 이를 향해 손을 들어 올려보았다.

"아, 안녕하십니까? 참 오랜만이군요."

상대인 에메랄드 빛 머리칼의 남자 역시 손을 들어 올려 마주 인사하였다.

"그렇군. 너희 인간의 관점에서는 꽤 오랜만에 만나는 거군, 얼간이."

빠직—

애거트의 표정은 변함없이 밝게 웃는 모습이었다. 다만 좀 전과 비교했을 때 옆 이마에 꽤 큰 힘줄이 하나 솟아 있다는 것과 그의 움직임이 마치 석고상같이 굳어져 있다는 점을 제외하면 말이다.

"응? 왜 그러나, 얼간이? 뭐 이상한 거라도 있나?"

여전히 애거트는 밝게 웃고 있었다. 다만 이번에는 입가에 약간의 주름이 잡혀 있고 여전히 옆 이마에 힘줄이 솟아 있다는 점을 제외하면 말이다.

"얼.간.이.라니요? 설마 그 불유쾌한 단어가 저를 지칭하는 것이라는 건 아니겠죠?"

하지만 에메랄드 머리칼 사내는 매우 당당하게, 그것도 아주 큰 움직임으로 천천히 고개를 끄덕임으로써 애거트의 힘줄을 더 굵게 만들었고 애거트 역시 더 이상 당하고만 있지는 않겠다는 듯 당장 반격(?)에 나섰다.

"호오, 제가 그렇게 멍청했다니 죄송하군요. 아, 그러고 보니 벌써 슬슬 저녁 시간이군요. 걱정 마시죠. 댁을 잡아먹는 등의 야.만.적이고 비.위.생.적인 행동은 두. 번. 다.시. 안 할 테니까요."

빠직—

흔히들 사람들은 이런 광경을 보고 상황 역전이라고들 한다. 조금 전까지만 해도 입가에 미소를 지으며 애거트를 약 올리던 상대는 조금 전의 애거트와 같이 옆 이마에 힘줄이 솟은 채 석고상처럼 굳었고 애거트는 마치 세상 모든 것을 상대로 승리를 얻은 듯 흡족한 미소로 더욱 그를 갈구기 시작했다.

"아, 왜 그런 표정을 지으시나요? 안 잡아먹으니까 걱정 마세요. 저도 '음식' 하나 잘못 먹었다가 배.탈.이나 식.중.독. 걸리기는 싫거든요."

상대는 떨리는 손을 들어 올리며 굳게 주먹을 쥐어 보였다. 상당히 세게 주먹을 쥔 듯 그의 손은 여전히 떨리고 있었으며 손등에는 상당히 큰 힘줄이 솟아 있었다.

“내… 세상에 태어나서 우리들을 잡아서 식용으로 쓰려는 녀석은… 처음이었다.”

하지만 여전히 애거트는 여유있는 미소를 지으며 대답하고 있었다.

“아아~ 그때는 너무 배고파서 정신이 없었거든요. 아아~ 지금 생각해 보면 미친 짓이었지. 방사능에 절어버린 듯 녹색으로 물든 생물을 잡아먹으려 했다니……..”

에메랄드 빛 머리칼의 사내는 화를 내는 도중 애거트의 입에서 나온 생소한 단어에 잠시 호기심이 생겼다.

“뭐냐, 그 ‘방사능’ 이라는 게?”

그의 질문에 애거트는 머리 뒤로 깍지를 끼며 간단하게 대답했다.

“몰라요.”

휘청—

순간 다리에 힘이 빠지는 것을 느끼며 그는 옆으로 쓰러져 버렸고 애거트는 그의 앞에 검지를 가져가며 말을 이었다.

“제 능력 아시죠? 미래에는 그런 물질도 있다는 거 같더군요.”

“…뭐 하는 물질인데?”

“좋은 물질이에요. 신체 기능 증진 및 건강 보조에 대단한 효험이 있다고 하던데요?”

하지만 누가 그런 말을 믿겠는가? 그리고 그것은 에메랄드 빛 머리칼 사내도 마찬가지였다. 심지어는 얼굴 가득 미심쩍다는 표정을 하고 있었던 것이다.

“…너 같으면 이런 상황에 그런 말을 믿겠냐?”

“아니오.”

애거트 역시 어색한 미소를 지으며 대답했고 상대는 이쯤에서 그만 하자는 듯 화제를 돌렸다.

"그건 그렇고, 오늘은 질문할 게 있다."

"네? 뭔데요?"

애거트는 '이 양반이 웬일이람?' 이라는 생각을 담아 그를 쳐다보았고 상대 역시 그런 애거트의 시선에 눈을 가늘게 떴다.

"왜? 내가 뭐 질문하면 안 된다고 누가 정해놨냐?"

상대의 과격한 반응에 애거트는 난처한 웃음과 함께 양손을 앞으로 내밀었다.

"아하하, 설마 그럴 리가요. 얼마든지 질문하시죠, 우드 씨."

여전히 미덥지 못한지 눈을 가늘게 뜨는 상대 우드였지만 일단 질문은 하고 보자는 생각에 입을 열었다.

"⋯있냐?"

그 질문의 대상은 언급되지도 않은 짧은 질문이었지간 애거트에게는 그것으로 충분했다. 그는 고개를 끄덕이며 대답했다.

"네, 있군요. 그것도 상당히 가까운 곳에."

순식간에 우드의 얼굴이 밝아졌다. 하지만 애거트는 검지를 좌우로 흔들며 그에게 충고했다.

"하지만 지금 만나지 않는 게 좋아요. 아니, 만나면 안 돼요."

이번에는 순식간에 우드의 얼굴이 어두워졌다. 그를 보며 애거트는 '정말 다채로운 표정 변화로군' 이라는 생각을 하였다. 그는 애거트가 어떤 인물인지 잘 아는 만큼 순순히 그의 말을 인정하였다.

"그런가⋯⋯? 그럼 할 수 없겠지."

우드의 반응은 의외로 담담했다. 애거트는 그런 우드의 모습에 내심 안타까움을 느꼈지만 그렇다고 위로한답시고 어설픈 거짓말을 하는 어리석음을 범하지는 않았다. 오히려 거짓말은커녕 일체의 우회적 언어 사용 없이 너무나 직선적으로 하는 그의 말은 우드의 귀에, 그리고 머리 속에 확실히 새겨지고 있었다.

"당신이 정말로 그 상대를 소중히 여긴다면… 차라리 영원히 만나지 않는 게 그쪽을 위하는 것일지도……."

우드는 고개를 끄덕였다. 애초에 그다지 기대는 하지 않았지만 막상 이렇게 결과를 듣고 나니 정말로 참담한 생각이 들었다. 이것이 운명이라는 것인가? 내가 짊어진 업은 얼마나 되기에 이렇게도 무거운 형벌이 따르는 것일까?

"알았다. 그럼 난 이만……."

짧은 주문과 함께 우드의 모습은 순식간에 애거트의 앞에서 사라졌다. 애거트는 잠시 우드가 서 있던 곳을 바라보며 서 있었다.

"우드, 말 안 한 것이 한 가지 있군요."

그는 곧 발걸음을 옮겼다. 왠지 그 장소에 계속 서 있으면 점점 더 이상한 기분이 되어갈 것 같아서였다. 하지만 그러면서도 할 말은 다 해야겠다는 듯, 정작 들을 당사자가 없음에도 그는 할 말을 다 하였다.

"하지만 얼마 안 가서 만납니다."

"저기, 스프린."

"네? 무슨 일이에요, 주인님?"

스프린은 얼마 전 발견했던 프리텐스를 정비하고 있었다. 비록 자신이 살던 곳과 다른 시대와 차원인만큼 많은 것에서 모자랐지만 그렇다고 안 할 수도 없는 것이었다. 무엇보다도 발견했을 당시의 추락으로 인해서인지, 아니면 다른 무언가의 원인 때문인지 겉모습만 멀쩡하게 남아 있지 정작 속은 엉망이어서 대부분의 부속 무장을 사용할 수 없는 상태였다.

"그 기계는 왜 이 세상에 떨어진 걸까? 아니, 그것보다……."

세인은 뒷말을 흐렸다. 스프린도 자신의 주인이 무슨 말을 할지에 청각을 집중했다.

"역시 그 기계는……."

세인은 그 이상 아무 말도 하지 않았지만 그 정도로 충분했다. 이미 그녀는 자신의 주인이 어떤 말을 하고 싶은지 다 이해한 상태였다.

"그것은 우리가… 아니, 내가 살던 곳의 기계가 아냐. 아무리 우리 시대의 과학력이라도 저 정도의 비행선은 제작할 수 없다구."

잠시 둘 사이로 긴 적막이 흘렀다. 세인은 스프린에기 대답을 요구했고 스프린은 입 열기를 꺼려했다.

"스프린, 대답해 줘. 본래 네가 살던 곳에 대해서."

"주인님……."

스프린은 고개를 저었다.

"안 돼요. 전에도 말씀드렸지만… 이것은 그분과의 약속. 그리고 가장 기본적인 금기 중 하나……."

"……."

세인은 아무 말도 할 수 없었다. 하지만 이내 다시금 환하게 웃으며 고개를 들었다.

"뭐, 할 수 없지. 그럼 나중에 네가 말하는 '그분'에게 직접 물어보는 수밖에."

스프린 역시 희미하게나마 그의 웃음에 보답하였다. 비록 서로의 웃음이 모두 지어진 미소였지만 서로가 서로에게 미소 짓는 순간 가식적인 웃음은 진심으로 바뀌었다.

똑똑—

"누구시죠?"

막 잠이 들려고 하던 애거트는 의아한 표정을 지으며 자신이 묵고 있는 여관 방의 방문을 바라보았다. 자신이 아는 이 중에서 이런 시간에 자신을 찾아올 이는 거의 없었기 때문이다.

"접니다, 리히터. 들어가도 되겠습니까?"

"리히터라고?"

문 건너편으로 들려오는 것은 분명 리히터의 목소리가 맞았다. 하지만 그것이 더욱 의아한 것이다. 아마도 그가 자신에게 용무가 있어서 찾아온 것은 아마 이번이 처음이리라.

"문은 잠겨 있지만 일단 들어와 봐."

상당히 어문상 어색한 말이었지만 더 놀랄 만한 일은 애거트가 말을 마치자마자 리히터가 방 안으로 들어온 것이었다. 그는 마치 허상으로 만들어진 문을 통과하듯이 문을 '지나치고' 온 것이었다. 딱 '유령'이라는 단어가 떠오를 모습이었다.

"어이, 이봐. 기왕이면 좀 덜 무섭게 들어오라고. 놀랐잖… 히익!"

불면증 환자 뱀파이어를 봤는가? 지금의 리히터는 그야말로 불면증에 시달린 딱 그 모습이었다. 안 그래도 원래 뱀파이어라 창백한 얼굴은 더욱더 창백해져 있었고 얼굴은 몇 달은 물 한 잔조차 마시지 못한 이처럼 핼쑥해진 데다 눈가에는 푸른 멍까지 들어 있었다. 거기에다 그의 뒤로 펼쳐진 회색의 배경은 그야말로 시체 중의 시체라고 해도 어울릴 법한 모습이었던 것이다. 게다가 옷도 제대로 입지 못한 채 반쯤 흘러내린 잠옷―일전에도 언급했지만 잠옷 전체에 작은 박쥐들의 그림이 빽빽이 그려져 있는 잠옷이다―위로 망토 하나만 걸친 그의 모습은 묘하게 어울렸다(…).

"죄송합니다. 이런 모습으로 찾아와서……"

"무, 무, 무, 무, 무슨 용건이야? 지금은 겨, 겨, 겨울이라고. 나, 납량 특집은 여름에 해!"

언제나 실실 웃으며 밝은 분위기를 연출하는 애거트였지만 그에게도 약점은 있었다. 그는 무서운 것을 거의 병적으로 싫어하는 성격이었던 것이다. 덕분에 어렸을 때에도 무서운 이야기 등을 들으면 온몸이 하얗게 질려 버리고 심지어는 기절까지도 하던 그였다. 그런데 지금 이야기 정도가 아닌 실물(…)을 보고 있으니 그의 공포가 오죽하겠는가?

뒤로 있는 대로 물러나며 일명 '훠이훠이' 손짓을 하는 애거트의 모습에 리히터는 희미하게나마 미소를 지었다.

'이 사람한테 이런 면도 있었구나.'

하지만 오히려 그런 그의 웃음은 더욱 애거트를 겁에 질리게 만들었다. 결국 그는 양손으로 인피니티를 굳게 쥐고는 리히터를 겨누며 떨리는 음색으로 외쳤다.

"너, 너, 너, 너, 무, 무슨 일이야? 설마… 나, 나, 나, 나, 날 죽이려고 온 건 아니겠지?"

삐질—

그야말로 '말도 안 되는' 애거트의 말에 리히터는 뒤통수에 큰 땀이 맺혔다. 그는 고개를 저으며 사태에 대한 해명을 하기 시작했다.

"그게 아니라… 오늘은 애거트 군에게 부탁할 일이 있어서 왔습니다."

"부타~악?"

'이 양반이 오늘 뭘 잘못 먹었나?' 라는 생각을 할 수밖에 없는 애거트였다. 게다가 이렇게 흐트러진 리히터의 모습은 처음 보는 일이었기에 애거트에게는 더욱더 의아한 일이었다.

"저걸 좀 빌려주시면 감사하겠습니다만……."

"저거… 라니?"

애거트는 리히터가 가리키는 곳으로 천천히 고개를 돌렸다. 그는 고개를 돌리는 와중에도 무언가 불안함을 떨칠 수 없었다. 이런 정도는 운명을 보고 뭐 하고도 없는 순수한 예감으로도 느낄 정도였다.

"……?!"

아니나 다를까, 그의 불안감은 적중했다. 리히터가 원하는 것이 무엇인지 알게 된 애거트의 두 눈은 크게 부릅떠졌고 굳게 쥔 양손은 부르르 떨리고 있었다.

"안 돼! 절대 안 돼!!"

애거트는 온몸으로 거부 의사를 표시했고 리히터의 안색은 더욱더 파리해졌다.

"제가 지금 관이 없다 보니 요새 잠을 자도 잔 것 같지가 않습니다. 그래서 부탁드리는 건데……."

그러는 와중에도 리히터의 안색은 눈에 보일 정도로 나빠지고 있었다. 하지만 그런 리히터의 얼굴을 바라보는 애거트의 안색 역시 눈에 보일 정도로 나빠지고 있었다.

"하, 하지만 나도 저게 없으면 잠을 못 잔단 말야……."

"저는 지금 생사가 걸린 문제입니다. 지금 제 관은 정기 점검 및 보수 중이라서……."

"……."

애거트는 '하긴 1, 2백 년 산 녀석도 아니니 관도 보수를 잘 해야겠지…' 라는 생각을 하면서도 왠지 '관의 정기 점검 및 보수' 라는 단어에는 굉장한 이질감과 황당함을 느끼고 있었다.

하지만 역시 애거트의 태도는 단호했다.

"안 돼! 무엇보다도 대체 뱀파이어의 수면하고 토끼 인형하고 무슨 상관인데?!"

"……."

절규하듯이 따지는 애거트의 모습에 리히터는 슬며시 얼굴을 붉히며 자신의 쳐다보는 그의 시선을 외면하였다.

"안 돼, 못해, 절대 못 줘!"

하지만 이미 애거트의 속마음은 많이 흔들리고 있었다. 아무래도 그는 동생(아아크) 못지않게 의외로 정이 많은 타입이었던 것이다.

"…누구한테 맡긴 건데? 관의 보수."

"아는 이한테 맡겼습니다. 그런데……."

리히터는 끈질기에 애거트에게 매달렸고 그 결과 애거트는 두 손 들고 말았다. 그는 하룻밤의 숙면보다는 심장의 안정적인 박동을 원한 것이었다.

결국 애거트는 리히터에게 자신이 잘 때마다 안고 자는 토끼 인형을 건네었고 리히터는 좋지 않은 안색에서도 희미하게나마 웃어 보임으로 감사의 뜻을 표했다.

"그런데 리히터, 잠깐만."

"네?"

막 방을 나서려는 리히터를 애거트가 불러 세웠고 애거트는 짐짓 심각한 표정으로 그를 정면으로 바라보며 질문했다.

"너, 여기서 네가 묵고 있는 여관이 어디야?"

"저기 길 건너 옆 골목을 돌면 있는 큰길 쪽의 '악의 총본산' 여관입니다만……."

애거트는 잠시 리히터에게 부러움을 느꼈다. '악의 총본산'이라면 그 누구도 대륙 최고로 쳐주는 여관, 게다가 이곳은 그 최고 여관의 본점이 있는 프로튼의 수도, 아이어 아닌가? 애거트 역시 원래대로라면 그곳에 투숙하고 싶었지만 자신이 이곳에 도착했을 때는 이미 '악의 총본산'의 모든 방이 나간 뒤였다.

잠시 그런 생각을 하던 애거트는 이내 고개를 세차게 흔들면서 리히터에게 본론을 말했다.

"너, 지금 햇빛을 쬐면 안 죽을 수 있겠어?"

"죽지는 않겠지만 이 상태로는 멀쩡하지도 못하겠군요."

그야말로 죽어가는 목소리로 대답하는 리히터를 보니 이제는 애처로움마저 느끼는 애거트였다(정상인이 이 정도였다면 그건 이미 시체다). 하지만 그렇다고 정이 들거나 한 것은 아니다. 아직 시체보다도 더 시체 같은 그의 모습이 무서워서는 반경 2미터 안으로는 접근도 못하고 있었으니 말이다.

"어쩌지? 지금 해가 뜨는데."

"이런……."

애거트의 말대로 그의 방에 달린 창문으로 막 산을 넘어 솟아오르는 태양의 모습이 보였다. 리히터는 직사광선이 미치지 않는 곳으로 몸을 피했고 애거트는 곧바로 커튼을 쳐 그가 직사광선에 몸이 닿는 것을 막아주었다.

"할 수 없군. 오늘은 네가 여기서 자라."

"죄송합니다. 신세 지게 생겼군요."

리히터는 정중히 고개 숙여 그에게 사과를 표했고 애거트는 '오늘은 참 이 녀석의 또 다른 면모를 많이 보는구나' 라는 생각을 하였다. 그리고 그것은 리히터 역시 마찬가지였다.

"치, 나는 이제 시합 나가야 하니까 여기서 적당히 잔 다음에 네 여관으로 돌아가라고. 알았냐? 그리고 빨리 저기 왕성에 가보고."

"네, 그러겠습니다."

"야야, 빨리 자라. 이러다 너, 진짜 죽겠다."

애거트는 급히 리히터를 침대 위로 뉘어주었고 리히터는 곧 원래는 애거트가 안고 있었을 토끼 인형을 품 안에 꼭 안고 곤히 잠이 들었다.

"후우, 오늘 밤은 정말……."

이마에 흐른 땀을 닦은 뒤 애거트는 곧바로 옷을 갈아입고 여관 밖으로 나왔다. 어느 정도 무서움이 가신 그의 표정은 한층 밝아져 있었다.

"후우, 역시 누군가를 돕는 건 기분 좋은 일인… 가?"

하지만 이 질문은 스스로도 납득시키지 못하고 있었다.

전주곡

"끄아암······."

아주 죽이는구나, 죽여. 혹시 이것도 적의 계략인가 생각해 보아도 좋을 정도였다.

"이걸로 또 하루가 그냥 지났네요."

세린은 자신의 옆에서 모래시계를 뒤집는 티니를 바라보며 한숨을 쉬었다. 그녀 역시 이제는 지겹고, 온몸 뻐근해지고, 나른해지기 시작한 듯 보였다.

"이거 안 오는 거 아냐? 올 거면 좀 빨리 오고 안 올 거면 안 온다고 편지라도 보낼 것이지······."

하지만 이 말은 당장 뱉고 보니 정작 이 말을 한 나조차도 어이없다고 생각될 정도였다. 물론 내 옆에 있는 세린 역시 어처구니없다는 표정을 최대한 억제하려 하고 있었고 티니는…

"티니, 이제 실뜨기는 그만 해. 할 때마다 네 손 다치는 거 아닌지 심장이 왔다 갔다 한다."

티니가 실뜨기를 그렇게 잘하는 것도 신기했지만, 세상에 저런 날카로운 실로 실뜨기를 할 수 있다는 것도 전대미문이다.

아마도 어제 아침부터였을 거다. 연신 지루함과 뻐근함, 나른함에 몸을 주체하지 못하는 나를 보고 티니는 자신의 손목에 장치된 팔찌 비슷한 물건에서 예의 그 실(은사)을 어느 정도 뽑아내었다. 그러더니 이내 그것으로 실뜨기를 하는 것이었다. 맙소사!

물론 그녀의 능수능란한 실뜨기 솜씨에 나와 세린은 재미, 그리고 호기심 가득한 눈으로 그녀를 바라보았고, 나도 해보고 싶다는 생각에 그녀가 이리저리 가지고 놀던 실을 받아 들었다. 그리고…….

당연한 결과… 라고 해야 할까? 얄짤없이 손을 베었다. 조금만 더 세게 실을 당기고 죄었으면 손 하나 날렸을지도 모르는 일이었다. 게다가 내 손에서 피가 나는 것을 본 티니는 내 옆에서 그야말로 죽을 죄를 진 죄인과도 같은 표정으로 울먹였고(물론 바로 마법으로 치료했다).

"응."

최근 티니는 이상하게도 말을 아낀다. 내가 여자였을 때는 그래도 자주 말하던 편이었는데 내가 남자로 되돌아온 이후로는 거의 말을 안 하는 것이었다. 그것은 단순히 내가 세린과 잘 놀아서 혼자만 있다 보니 심심해하는 정도가 아닌 게 분명한데…….

내 생각에는 아마 자신의 듣기 거북한 목소리를 부끄러워하는 듯한데, 왜 이제 와서? …라고 묻는다면 나도 할 말이 없다. 간혹 음성을 낸다 해도 그것은 '응' 등의 짧은, 그리고 의성어 수준의 한마디뿐이었다.

"티니, 무슨 일 있니? 요즘 말을 안 하고……."

하지만 그런 내 질문에도 티니는 그저 얼굴을 붉히며 고개를 저을 뿐이었으니.

"후우, 무언가 말 못할 이유가 있니?"

그래도 그저 몸을 꿀 뿐이다. 결국 나는 차라리 화제를 옮기는 쪽이 낫겠다고 판단했다.

"아, 세린, 그런데 이번 전쟁에서 말야."

"네?"

세린은 바로 나를 바라보았고 나도 바로 내 궁금한 점을 물어보았다.

"드래곤은 이번 전쟁에 어떤 자세를 취할까?"

내 질문에 세린은 검지를 입가에 가져가며 생각하는 듯한 모습을 취했다. 아마 세린도 생각해 본 적이 없는 모양인 듯하였다.

"글쎄요… 사실 저도 잘 모르겠네요. 인간은 아무래도 일단 공식적 관계로는 철천지원수지만 이번 전쟁은 아무래도 이 중간계가 걸린 문제이니… 의무상으로 개입할지도 모르겠군요."

드래곤, 비록 지금은 그 수가 영웅전쟁 시절에 비하면 턱도 없을 정도로 적지만 그런다고 그들의 강력함이 어디 가지 않는다. 그들이 참가해 준다면 그 승세는 우리 중간계 쪽으로 크게 기울게 된다. 때문에 그들의 전쟁 참가 여부는 대단히 중요한 것이다.

"그건 그렇고, 지금 무투회 얼마나 진행되었을까?"

차라리 거기 참가까지는 안 하더라도 구경만이라도 할 수 있으면 좋을 텐데… 라는 생각이 절실했다. 지금 여기는 너무나 따분했기 때문이다.

"글쎄요. 이제부터는 쟁쟁한 인물들만 남았을 테니 한 시합 한 시합이 길어지겠죠."

쟁쟁한 인물이라… 그럴수록 구경하는 재미도 상당할 텐데.

"에휴, 아아크 녀석은 아직 남아 있을라나?"

"글쎄요. 운이 좋으면 32강 정도까지는 가능하지 않을까요?"

그 녀석, 전에 볼 때는 나보다 꽤 어느 정도쯤 모자라는 실력을 가지고 있었는데… 아무래도 무언가 비전이 있으니까 이런 시합에 나왔을 텐데.

무슨 비밀 훈련이라도 했었던 것일까?

"자, 다음 시합은 지상 최강의 미남자 가덴 군과 아름다운 음색의 격투가 아아크 군의 시합이 되겠습니다!"

"와아아아아!!"

가덴, 젤리언 용병단의 단장이다. 용병단을 구성하는 인원은 고작 15명에 지나지 않지만 그 인원 하나하나가 검술이 전문이라면 소드 마스터, 마법이라면 모든 속성이 7클래스 이상 되는 쟁쟁한 실력의 소유자들이 모인 용병단이다. 더불어 그 구성 인원도 특이하여서 4명이 엘프이고, 3명이 드워프, 그리고 2명이 다크 엘프인 독특한 용병단이었다.

그리고 그 용병단의 단장인 가덴 그는 그런 실력자들만 모인 젤리언 용병단에서도 최고의 실력을 자랑하는 이로 더불어 엄청 여자 버릇이 나쁘다고 알려져 있다. 엄청나게 여자를 밝히며 성욕을 충족시킬 때 유곽을 찾는 보통 용병들과는 달리 경험이 없고 풋풋한 어린 소녀를 침대 위로 끌어들이기를 좋아하는 성격이다. 그가 지금까지 만지작거린(…) 소녀의 수는 감히 레미엘에 비할 바가 아니었다. 다만 그렇다고 죄없는 어린 소녀들을 마음대로 잡아가거나 노예 시장이나 창녀촌 등에서 돈으로 사서 즐기는 것이 아니라 자신의 실력으로 꼬시는 것이 특징이라면 특징이겠다.

"하스 가의 도련님이군."

가덴은 아아크를 보자마자 짧게 한마디 했다. 역시 레미엘의 대선배(…) 답게 목소리부터 상당히 세련되었다는 느낌을 받았다. 물론 그것은 외모도 마찬가지여서 단순한 용병 복장이었음에도 깔끔하고 세련되게 멋을 내고 있는 옷차림에 짧게 자른 머리카락 등 깔끔한 외모를 하고 있었다.

‘어쩌면 이렇게 그때와 달라진 게 없이 여전히 멋질까?

여자라면 반해 버리고 남자라면 그 뒤를 따르게 한다는 외모이다. 아아크는 과거를 보았을 때에도 지금과 같은 모습이었던 그를 회상하였다.

“특이하군. 하스 가 정도나 하는 대귀족의 자제가 이런 시합에 다 나오고.”

‘하스 가의 분들은 모두 특이한 성격을 가지고 있단 말야’ 라는 생각을 하며 가덴은 문득 과거에 대한 일을 떠올리게 되었다.

“그러고 보니 한 3년쯤 되었나?”

“그렇게 되네요.”

대단한 일은 아니었다. 다만 용병으로서 잠시 하스 가에 고용되었던 것뿐이다. 하지만 왠지 가덴은 그때 만났던 붉은 머리 소년이 뇌리에 남아 있었던 것이다.

“그때에도 참 영리한 소년이었는데, 이제는 강인해지기까지 한 건가?”

“아하하, 뭐 강인해지기까지나…….”

상대의 솔직한 칭찬에 아아크는 쑥쓰러운 듯 귀통수를 긁적이며 어색한 웃음을 지었고 가덴 역시 미소를 지었다.

“후훗, 하지만 그런다고 해서 봐주거나 하지는 않는다고. 각오는 되어 있나?”

가덴은 자신의 검을 꺼내었다. 그의 검은 날의 길이가 고작 50센티 정도에 이르는 짧은 검 두 자루였다. 손잡이를 합쳐도 그 길이는 고작 70센티 정도였다.

“그럴 각오가 없었으면 애초에 이런 곳에 나오지 않는다구요.”

아아크 역시 마주 웃으며 자세를 잡았다.

“그럼 준비, 시작!”

쩡!

시작 선언과 함께 들려오는 엄청난 금속음에 사회자는 물론 관중들도 크게 놀랐다. 심지어는 귀빈석에 앉아 있는 레미엘조차 깜짝 놀라서 들고 있던 찻잔을 떨어뜨릴 정도였다.

"으그그극."

"끄으으음."

아아크는 오른 주먹을 길게 내지른 상태였고 가덴은 두 검을 교차시켜 그의 주먹을 막아내고 있었다. 둘은 그 상태로 서로의 힘을 겨루고 있었다. 하지만 그것도 잠시였다. 이 상태로 힘만 겨루다가는 있는 힘만 다 빠지겠다는 생각을 하고 둘이 동시에 뒤로 빠진 것이다.

"이거이거, 생각한 것보다 힘이 세군, 공자."

가덴은 양팔을 주무르며 아아크에게 한마디 건네었고 아아크 역시 자신의 오른팔을 주무르며 대답했다.

"조금요. 그리고 공자라고 부르지 마세요. 쑥쓰럽네요."

"그럼 어떻게 부르기를 원하는가?"

"그냥 이름으로 부르세요."

가덴은 점점 보통의 귀족 자제와는 확연히 다른 이 소년에게 호감이 가고 있었다. 현재 그의 기분을 말하자면 '의형제를 맺고 싶을' 정도랄까?

'이 시합이 끝나고 꼭 한번 말해 봐야지.'

이런 생각을 굳히며 가덴은 다시 양손에 든 검을 들어 올렸다.

"자, 이제 계속해 볼까?"

"그러죠."

둘은 곧 빠르게 서로의 주변을 돌며 상대의 빈틈을 살폈다. 덕분에 그들은 시합장을 빙빙 도는 조금은 우스운 상태가 되어버렸다. 그리고 그렇게 1분여 동안 시합장을 뛰어다니기만 하던 둘은 곧 서로가 시합장 중앙으로 달려가며 다시금 서로의 무기를 맞부딪쳤다.

채챙—

아아크는 빠른 속도로 주먹을 연달아 내지르고 있었고 가덴 역시 지지는 않는다는 듯 빠르게 검을 휘둘렀다. 그런 둘의 속도는 대단히 빠른 것이어서 보통의 관중들은 서로의 팔의 잔상만을 간신히 볼 수 있는 수준이었다.

캉—

순간 아아크가 팔을 크게 휘둘러 가덴의 검 하나를 쳐내었고 그로 인해 가덴은 비록 검을 놓치지는 않았지만 큰 빈틈을 노출하고 말았다.

"도장 찍기!"

빈틈을 노린 아아크의 주먹이 가덴의 명치를 노렸으나 역시 그는 노련한 용병이라는 것을 증명하는 듯 바로 몸을 뒤로 빼 그의 사정거리로부터 벗어났다.

"장판 깔기!"

뒤로 빠지는 상대의 모습에 아아크는 주먹을 도로 회수하지 않고 그대로 앞으로 나아가 몸을 크게 숙이며 다리로 가덴의 발목을 노렸다. 하지만 가덴은 살짝 뛰어오르는 것으로 간단히 피해 버렸다.

"하압!"

공중에서 한 바퀴 돌며 그대로 뒤꿈치로 아아크를 찍어 내리려 하였고 아아크는 피하거나 막지 않고 그대로 맞공격을 하였다.

"담장 넘기!"

픽—

정확하게 둘의 뒤꿈치가 부딪쳤고 동시에 둘은 뒤꿈치가 박살나는 듯한 충격에 눈물이 찔끔 나올 정도의 아픔을 맛보아야 했다.

'뎬장맞을, 무슨 발이 이렇게 단단해?' ×2

둘의 공통적인 생각이었다. 그리고 아아크의 차기에 의해 반대쪽으로

한 바퀴 돌게 된 가덴은 그 기세를 몰아 다시금 아아크에게 발차기를 날
렸다.

퍼억—

"우읍!"

아아크도 이번 공격은 피하지 못한 채 허용하고 말았고 여전히 낮게
숙인 자세에서 공격을 당한 그는 데굴데굴 굴러 날아가 버렸다.

"차앗!"

파파팟—

가덴은 역전된 기세를 놓치지 않고 바로 아아크에게 달려가 열심히 그
를 향해 검을 휘둘렀으나 아아크도 열심히 몸을 굴리며 그의 공격을 피
해내었다.

빡—

한순간 가덴의 검이 한쪽으로 몰렸다고 생각한 순간 아아크는 두 발을
모아 가덴을 향해 올려쳤고 가덴은 양팔로 그의 공격을 막아내었다. 물
론 그로 인해 아아크는 또다시 큰 빈틈을 노출할 수밖에 없었다.

뻥—

"우갹!"

통쾌한(…) 타격음과 함께 아아크는 상당히 추한 자세로 멀리 날아가
버렸다. 가덴이 빈틈을 노출한 아아크의 엉덩이를 가차없이 세게 차서
날려 버린 것이었다. 덕분에 아아크는 상당히 추한 비명과 함께 또다시
바닥을 굴렀다.

"타아!"

가덴은 아까와 마찬가지로 땅에 구른 아아크가 일어날 새를 주지 않고
바로 그를 향해 공격을 퍼부었고 아아크는 또다시 이리저리 바닥을 구르
며 그의 공격을 피하기 바빴다.

파팍—

아아크는 양다리를 벌린 채 크게 휘둘렀고 갑작스러운 그의 반격에 가
덴은 잠시 공격이 끊어지게 되었다. 그리고 그 틈을 이용해 간신히 일어
서게 된 아아크는 바로 반격에 들어갔다.

“도장 찍기!”

“점 찌르기!”

까앙—

아아크의 너클, 모닝스톰과 가덴의 검끝이 부딪치면서 다시금 커다란
금속음이 울렸고 그 요란한 소음에 몇몇 이들은 인상을 찌푸리며 귀를
막았다.

“이기긱……!”

“으그극……!”

또다시 둘은 힘겨루기에 들어가려는 듯 보였고 실제로 잠시 둘은 서로
조금이라도 더 밀어붙이겠다는 듯 안간힘을 썼다. 하지만 가덴은 곧 그런
힘겨룸을 그만두었다. 그는 아아크의 너클과 마주하고 있는 검의 끝을 살
짝 들어 올렸고 그로 인해 아아크는 갑자기 어긋나는 힘의 방향으로 몸이
앞으로 쏠리게 되었다. 그리고 그런 큰 틈을 놓칠 가덴이 아니었다.

“하압!”

퍼억—

“꾸엑!”

아아크의 품 안으로 파고든 가덴은 팔꿈치로 아아크의 명치를 강하게
때렸고 아아크는 숨이 막히는 충격과 함께 그다지 듣기에 좋지 않은 비
명을 지르며 나가떨어졌다. 그리고 그는 그대로 의식을 잃고는 기절해
버렸다.

“승자는 가덴 군입니다!”

"와와아아아아!!"

사회자의 외침에 관중들은 환호성을 질렀지만 그중 일부, 특히 어린 소녀들은 걱정스러운 시선으로 아아크를 바라보고 있었다. 하지만 사회자는 그런 관중들의 반응에 상관없다는 듯 여전히 마이페이스로 시합을 진행하고 있었다. 물론 그런 그의 모습에 뭐라고 하는 관중은 없었고 실제 관중들도 그럴 생각은 전혀 없었다.

"자, 다음 시합은……."

"꺄악! 아아크, 아아크!!"

열심히 아아크의 시합을 구경하던 레디는 가덴의 공격에 의해 아아크가 쓰러지자 놀란 얼굴로 자신의 앞에 놓인 수정 구슬을 잡고 마구 흔들고 있었다. 그 수정 구슬은 평소에 쟈밀이 통신용으로 쓰던 것—어른 머리통보다 조금 작은 크기—과 비교했을 때 20배 이상 큰 구슬이었다. 하지만 레디는 그런 건 상관없다는 듯 그 무거운 구슬을 마치 종이공 다루듯 마구 상하좌우로 흔들고 있었다.

"그만 좀 해라, 레디. 망가진다."

그런 그녀의 오도방정(…)을 보다 못한 쟈밀은 결국 입을 열어 그녀를 나무랐지만—무, 무슨 전파상 아저씨도 아니고—지금의 레디의 귀에 그런 말이 들어올 리가 만무했다.

"쟈밀, 아아크가 다쳤어요. 이거 봐요, 일어나지도 못하잖아요?"

레디는 당장이라도 울 것 같은 모습으로 눈을 글썽글썽했으나 쟈밀은 오히려 그런 그녀의 모습에 한숨만을 푹 쉴 뿐이었다.

"하아, 레디, 누가 들으면 그 녀석이 무슨 불구라도 된 줄 알겠다. 그냥 기절한 거잖아?"

하지만 역시나 쟈밀의 이번 말도 그녀의 귀에는 들어오지 않는 듯했다. 그녀는 꽤나 노기 어린 얼굴로 자리에서 일어나며 두 주먹을 불끈 쥐었다. 그녀의 두 눈은 당장이라도 태양 대용으로 쓸 수 있을 정도로 불타고 있었다.

"내가 지금 당장 저기 가서 저 건방진 인간을⋯⋯!"

레디는 정말로 가덴을 박살(⋯) 내러 가려는 듯 성큼성큼 걸음을 옮겨 쟈밀의 방을 나가려는 듯 문으로 향했고 쟈밀은 정말 저곳에 가려는 듯한 레디의 모습에 크게 놀라며 잽싸게 그녀를 붙잡았다.

"이거 놔요! 우리 아아크를 때려눕히다니. 저걸 그냥 콱!"

"레, 레디. 진정해, 진정하라고!"

"지금 당장 저 건방진 녀석을 지옥의 밑바닥에 던져 버릴 거예요!"

"이, 이봐. 진정해, 진정하라고!"

"§↓╱←╱↓↘→ K⇧ 우 ♨♨♨·$%&$!!"

하지만 이미 상당히 흥분한 레디는 쉽게 화를 가라앉히지 못한 채 자신을 붙들며 가지 못하게 말리는 쟈밀을 향해 알아들을 수 없는 악다구니를 썼다. 물론 그런다고 놓아주거나 할 쟈밀은 아니었지만.

사정은 이랬다.

쟈밀은 언제나처럼 자신의 방에서 일을 보고 있었는데—물론 일하는 이상으로 놀기도 했지만⋯—돌연 레디가 들어오더니 대뜸 수정 구슬 좀 빌려달라는 것이었다. 아아크의 시합을 구경하고 싶다고 하면서 말이다.

"구슬이라면 너도 있잖아?"

하지만 레디는 좀 더 큰 화면으로 보고 싶다며 그를 졸라댔고 결국 쟈밀은 그녀에게 자신이 가지고 있는 가장 큰 수정 구슬을 '빌려' 주었다. 하지만 문제가 있었으니⋯

"안 빠져⋯ 끄응!"

쟈밀이 빌려준 그 구슬은 너무 큰 바람에 그의 방문을 지나갈 수가 없었던 것이다. 그것을 본 쟈밀은 조금 작은 것으로 가져가라고 했으나 레디는 반드시 가장 큰 화면으로 봐야겠다며 억지를 썼고 그리하여 결국 레디는 쟈밀의 방에서 아아크의 시합을 보게 되었는데⋯⋯.

"꺄악~ 쟈밀, 이거 봐요. 우리 아아크가 또 이겼어요~"

그녀가 조금 시끄러워야 일을 하던, 아니면 하다못해 잠이라도 잘 텐데⋯ 고작 이틀이었지만 그 이틀은 쟈밀에게 최악의 고문⋯ 까지는 아니었지만―엄연히 레이가 있는 와중에 이 정도야⋯―어쨌든 상당한 고문이었다. 뭘 하려 해도 꺅꺅거리는 레디의 목소리는 그의 머리 속을 헤집어놓는 것이었다.

그런데 오늘 결국 일이 터져 버린 것이다. 저 레디의 애인이라는 저 인간이 한 대 맞고 뻗어버린 것이다. 물론 그전에도 아아크가 가덴에게 맞을 때나 그에 의해 땅을 구르게 되었을 때마다 뭐라뭐라 떠들어대기도 엄청 떠들었다. 그야말로 '머리가 깨질 지경' 까지 이르렀던 것이다.

"자자, 레디. 속 좀 삭이고⋯ 이제 좀 진정됐어?"

얼마나 그녀를 붙들고 매달렸을까? 쟈밀은 간신히 레디를 말리는 데 성공했다. 만약 그녀를 그대로 저곳에 보냈다가는 아마 그날로 최소한 중앙대륙은 끝장이 났으리라.

"히잉, 아아크 괜찮을까⋯⋯?"

여전 아아크가 걱정되는지 레디는 여전히 '아아크' 라는 단어를 입에 매달고 있었고 그런 그녀의 모습은 쟈밀이 보기에도 썩 좋지 않았다.

"하아, 레디. 네 애인 좋은 건 알겠는데⋯⋯."

그렇게 말을 꺼내려던 쟈밀은 막 한 가지 의문점에 생각이 닿았다. 원래 궁금한 것은 잘 참지 못하는 그인만큼 그는 바로 레디에게 질문했다.

"아, 그런데 레디. 저 녀석의 어디가 그렇게 좋은 거야?"

"아아크요?"

쟈밀의 질문에 레디는 입가에 검지를 가져가며 잠시 생각에 잠기는 듯하였으나 마땅히 정확하게 짚어낼 수는 없었다.

"글쎄요… 그냥 다 좋아요."

"그러니까 어디가?"

구체적으로 캐고 들어오려는 듯한 쟈밀의 모습에 레디는 얼굴을 붉히며 손가락을 꼼지락대기 시작했다.

"응… 그러니까 아아크는 귀엽고, 멋지고, 똑똑하고… 그러니까… 저기……."

"단순히 하루아침에 끝낼 사랑은 아니지?"

쟈밀은 그것이 가장 걱정이 되었던 것이다. 지금 그녀가 좋아하고 있다는 저 아아크라는 인간은 말 그대로 인간이다. 자신들과는 엄연히 다른 존재인 것이다.

"당연하지요! 쟈밀이 루나를 좋아하는 것보다 휘~얼~씬 많이 아아크를 사랑하고, 아껴주고, 예뻐해 줄 거예요! 저를 뭘로 보는 거예요?"

하지만 쟈밀은 당당하게 대답했다.

"2천 6백여 년을 갓 넘긴 햇병아리."

삐득―

너무나도 당연하다는 듯이 말하는 쟈밀의 모습에 레디는 이마에 피가 몰리는 것을 느꼈다. 그리고 그 결과로 레디의 이마에는 작은 힘줄 하나가 솟아나왔다.

"늙은 게 자랑이에요? 그러는 쟈밀은 꼭 몇백만 년은 산 것처럼 말하는군요?"

"그렇게 오래 산 것은 아니지만 연장자로서 많은 경험을 가지고 있다는 것이 부끄러운 사실은 아니지."

쟈밀의 대답에 레디는 결국 할 말을 잃고는 양 볼을 부풀리고 팔짱을 끼며 몸을 휙 돌렸다.

"흥, 몰라요. 늙은이 씨."

"아하하……."

'요새 삐친 척하는 모습을 자주 보는군' 이라는 생각을 하며 쟈밀은 어색한 미소를 흘렸다.

"자자, 이제 볼 거 다 봤으면 어여 나가달라고. 나도 그동안 밀린 일이 산더미니까."

"예이예이."

탕―

"살살 닫아!"

조금은 거칠게 문을 닫고 나가는 레디의 모습에 쟈밀은 눈살을 찌푸렸다.

'레디, 이번에는 잘되었으면 좋겠구나.'

하지만 그러면서도 내심 레디가 잘되기를 응원해 주기도 하는 쟈밀이었다.

피이이잉―

"후우……."

원래대로라면 자신의 기체는 방금 전에 직격으로 당한 기사일에 의해 산산조각이 났어야 했다. 하지만 다행히도 이 기체, 프리텐스에 장착된 바리어는 방금 전의 일격을 아무렇지도 않게 방어해 내었다.

"받아랏!"

방금 전 자신을 향해 미사일을 날렸던 적 기체를 타깃에 잡은 세인은 적기를 록하는 순간 가차없이 버튼을 눌렀다. 그와 동시에 프리텐스의 양 옆에 장착된 총구가 빛을 머금었다.

쉬리리링—

마치 두 개의 칼날을 맞대고 비스듬히 마찰시킬 때 날 듯한 소리와 함께 프리텐스로부터 수십 갈래의 광선이 뿜어져 나갔다. 그리고 그 빛은 완만한 곡선을 그리며 적기를 향해 뻗어 나갔다.

카라랑—

하지만 적기 역시 순순히 격추당하지는 않겠다는 듯 그쪽 역시 실드를 펼쳐 공격을 막아내었다. 하지만 완벽하게 방어하지는 못한 듯 그 충격에 동체가 옆으로 쏠리는 것이었다.

"마무리다!"

두두두두—

가장 원시적인 방법이 가장 효과적인 방법이다. 문득 세인은 이런 생각이 들었다. 여러 가지의 화려한 공격 속에서도 쉽게 격추되지 않는 적기가 가장 간단한 공격 중 하나인 개틀링에 의해 떨어지다니. 어찌 보면 맥이 빠지는 일이기도 했다.

"시뮬레이션 종료. 타임은 33분 39초 03."

적기가 격추되는 순간과 거의 동시에 방금 전까지 자신의 눈을 어지럽히던 영상들이 사라지며 그의 귀로 음성이 들려왔다. 젊은 남성의 목소리를 한 음성은 조금은 중성적인 것이 묘한 느낌을 주는 그런 목소리였다.

"하아… 아직도 30분을 깨려면 멀었나?"

세인은 자신의 머리 전체를 감싸던 헬멧을 벗으며 중얼거렸다. 그의 얼굴은 방금 전의 시뮬레이션으로 인해서인 듯 얼굴 전체가 붉게 물들어 있었고 이마에는 굵은 땀방울들이 흘러내리고 있었다.

"그건 그렇고 들을 때마다 묘하게 기분 나쁜 목소리로군."

그렇게 말하며 세인은 조종석 옆에 달린 해치의 손잡이를 돌렸다. 그러자 손잡이 옆에 위치하던 해치가 열리며 바깥의 풍경이 세인의 눈에 들어왔다.

"아, 주인님. 끝났어요?"

프리텐스에서 나온 그의 눈에 가장 먼저 들어온 존재는 스프린이었다. 그녀는 마치 그가 지금 나올 것을 알고 있었다는 듯한 모습으로 자신을 올려다보고 있었다.

"아아, 아직 30분을 깨려면 먼 것 같아."

세인이 프리텐스에서 나왔을 때는 이미 태양이 산에 걸쳐 있을 때였다. 그가 프리텐스 안에 들어간 것이 점심 식사를 끝낸 직후였다는 걸 생각하면 그가 매우 오랜 시간을 조종석 안에서만 있었다는 걸 알 수 있다.

"아아, 한참 하고 있을 때는 몰랐는데 엄청 배가 고픈걸?"

웃음을 지으며 자신의 배를 문질러 보이는 세인의 모습에 스프린은…

"호호. 그럴 줄 알고 식사를 준비하고 있었지요."

그녀의 옆에는 작은 간이 식탁이 있었고 그 위에는 몇 가지 음식이 차려져 있었다. 수프와 햄, 소시지, 빵과 말린 고기, 그리고 비스킷 등 간단한 음식만이 올려져 있었지만 세인은 불평하기는커녕 오히려 과장된 모습으로 입맛을 다시며 식탁으로 달려갔다.

"오옷! 잘 먹겠습니다!"

"주인님, 천천히 드세요. 체하겠어요."

"아, 괘아아. 오그 헤하아오 욱이 아으이까(아, 괜찮아. 조금 체한다고 죽지 않으니까)."

식탁에 차려진 음식의 양은 그리 많은 것이 아니어서 세인은 순식간에 식탁 위의 음식들을 점령해 가기 시작하였다. 그는 이제 마지막 한 조각만이 남은 사과를 먹으며 스프린에게 질문하였다.

"그런데 말야, 스프린. 물어볼 게 있어."

“말씀하세요.”

“저 프리텐스라는 전투기 말야…….”

막 본격적인 질문을 하기에 앞서 세인은 잠시 뜸을 들였다. 그는 고개를 돌려 잠시 동안 프리텐스를 노려본 뒤 하던 질문을 계속했다.

“저 물건은 어디를 봐도 수상한 게 한둘이 아니라고. 내가 알기로 우리 세계에서는 저 정도로 고도의 과학력을 갖춘 물건이 존재할 수가 없어. 행여나 게임 안에서라면 모를까.”

“그렇겠죠.”

마치 따지는 듯한 태도로 질문하는 세인의 모습에도 스프린은 태연했다. 게다가 그녀는 마치 ‘날씨가 좋군요’ 라는 식으로, 마치 대답할 필요도 없는 질문을 받았다는 식으로 가벼운 말투로 대답을 한 것이었다.

“그렇겠죠라니? 그럼 저것은 우리의 세계와는 또 다른 세계의 물건이라는 거야?”

“그럴 수도 있겠군요.”

“농담이 아냐! 그렇다면 어떻게 해서 저 녀석이 우리 세계의 말을 알고 있는 거지? 분명히 이곳과 우리 세계만 해도 언어가 체계부터 다르다고. 안 그래?!”

“불가능한 일은 아니잖아요?”

“크아악! 스프린, 좀 성실한 대답을 해달란 말야!”

탕—

스프린의 뜬구름 잡는 듯한 대답에 흥분한 듯 세인은 식탁을 내려치며 자리에서 일어섰다. 하지만 문제는 거기서 시작되었다.

“…….”

질문을 하는 와중에도 세인은 열심히 나온 빵을 씹으며 우유를 마시고 있는 상태였는데 그것을 잠시 망각한 세인의 행동으로 인해 우유와 뒤섞인 빵덩어리의 일부가 스프린의 안면을 향해 날아가 버린 것이었다.

"……."

그녀의 얼굴은 세인의 입으로부터 나온 음식물 조각이 군데군데 묻어 보기에 상당히 안 좋은 모습을 하고 있었다. 그리고 방금 전까지 웃는 얼굴을 유지한 채 굳은 스프린의 얼굴은 묘한 공포감을 형성하고 있었다.

"주인님……."

"으, 응?"

"일단, 식사부터 다 하세용!"

스프린은 그대로 자리에서 일어나며 몸을 돌렸다. 아마도 음식물이 튄 얼굴을 닦으러 가는 것이리라.

'…화를 내고 싶은 건 나란 말야.'

세인은 속으로는 그렇게 생각하면서도 더 이상 아무 말도 하지 못한 채 얌전히 자리에 앉아 남은 음식을 먹기 시작했다.

'그런데 저 기계는 대체……'

하지만 세인은 여전히 프리텐스에 대한 의혹을 떨쳐 낼 수 없었다.

"…오늘도 저희 프로튼 왕실 주최의 이 무투회에 참가해 주신, 그리고 이 시합을 보러 와주신 여러분들께 진심으로 감사의 말씀을 드립니다! 내일은 보다 화려한 시합을 약속드리며 오늘은 이만 대회의 막을 내리겠습니다!"

사회자의 말이 끝나자 오늘의 볼거리가 모두 끝난 것을 확인한 관중들은 썰물처럼 관중석을 빠져나갔다. 하지만 미리 왕실에서 배치해 둔 여러 직원들 덕에 그리 큰 사고는 일어나지 않았다.

선수 대기실도 마찬가지여서 대기실에 있던 이들도 모두 출구로 나가고 있었다. 그리고 그 와중에는 애거트도 섞여 있었다.

“룰루루~ 내일은~ 드디어~ 이드와의~”

그는 다음날 있을 이드와의 시합이 기대되는 듯 연신 콧노래를 부르며 대기실 복도를 걷고 있었다. 그는 이드에게 걸려서 혼날 것을 우려해 다른 선수들이 다 빠져나간 이후 나가는 것이라 복도를 걷고 있는 것은 애거트 혼자뿐이었다.

“즐거운~ 첫날밤… 이 아니라.”

순간 위험한 내용의 노래 가사가 나올 뻔… 이 아니라 이미 나왔지만 재빨리 수습하며 혼자서 허둥대는 애거트를 바라보는 이가 한 명 있었다. 벽에 기댄 채 서서 그를 노려보는 아아크의 모습은 마치 애거트가 오기를 기다리고 있었다는 듯한 모습이었다.

“정말 늦는군. 하여튼 옛날이랑 달라진 게 없어.”

아아크는 자신의 형, 애거트를 바라보며 짜증이 묻어나는 말투로 말을 꺼내었다. 하지만 애거트는 뭐가 즐거운지 얼굴 가득 미소를 머금었다.

“이야, 아아크가 웬일일까? 이 형을 만나기 위해 지금까지 기다려 준 거냐?”

동시에 아아크의 얼굴이 구겨졌다. 그는 사나운 표정으로 그를 노려보며 낮게 깐 목소리로 말을 걸었다.

“대체 무슨 속셈이야? 아무 생각 없이 이런 데에 나왔을 정도로 바보였다고는 보지 않았는데.”

애거트는 자신을 노려보는 아아크의 모습에도 불구하고 여전히 여유 있는 웃음을 고수하고 있었다. 그는 아아크의 반대쪽 벽에 기대며 그의 질문에 대답했다.

“운명… 이었다면?”

쾅—

“웃기지 마!”

아아크의 주먹이 애거트의 머리 옆에 꽂혔다. 아아크는 여전히 웃는 표정을 지우지 않는 애거트의 눈을 정면으로 응시하였다. 하지만 애거트의 눈동자는 조금도 흔들림이 없었다. 심지어 그의 눈은 웃고 있는 얼굴 근육과는 완전히 별개의 존재라 말하고 싶은 듯 담담하고 고요했다. 마치 호수와 같이.

"운명, 운명! 언제나 운명이야! 인피니티를 잡을 때에도, 어머니를 죽일 때에도, 그리고 집을 뛰쳐나갈 때에도! 할 수 있는 말이 그저 운명뿐이야?!"

"아아크……."

애거트의 입가에서 웃음기가 사라졌다. 두 형제는 잠시 서로의 눈을 바라보기만 하였다.

얼마간의 침묵이 흘렀을까? 먼저 정적을 깨며 입을 연 것은 애거트였다.

"…너는 크게 될 거 같구나."

"……?"

애거트의 알 수 없는 한마디에 아아크의 얼굴에 의문이 지나갔다. 하지만 언제나 그랬듯이 애거트는 더 이상의 어떤 설명도 해주지 않았다. 그것 역시 그가 자신의 형과 함께 지냈을 때와 다를 게 없었다.

"나는 그저 보기만 하고 그대로 움직이기만 할 뿐이지만… 너는 바꿔라, 운명을."

"무슨 소리야? 설명을 해봐!"

하지만 이런 말 해도 절대 설명해 주지 않는다는 것 정도는 이미 알고 있었다. 하지만 이런 질문이라도 하지 않으면 더 이상해질 것 같았다.

하지만 더 이상 애거트의 입은 열리지 않았다. 마치 자물쇠로 걸어 잠근 듯 굳게 잠긴 그의 입은 열릴 기미를 보이지 않았다.

그리고 애거트는 아아크의 옆을 지나쳤다. 그저 아무 일 없었다는 듯이.

“……!”

아아크는 붙잡으려 했다. 하지만 잡을 수가 없었다. 자신을 지나쳐 가는 형의 모습은…

“형…….”

너무나 초라해 보였다. 어깨가 너무 작아 보였다. 붙잡기라도 했다가는 당장 모든 것이 부서질 것 같은 나약한 모습이었다.

“아아크, 너는 운명이라는 게 어떤 거라고 생각하니?”

문득 어렸을 때 애거트가 자신에게 했던 질문이 생각난다. 그때는 그저 모르겠다고 대답했다. 하지만 지금은 이렇게 대답하고 싶었다. 그리고 그런 그의 생각은 무의식 중에 그의 입을 움직여 자신의 생각을 말하게 하였다.

“단지 막간극… 이었을 뿐.”

자신의 형, 이제는 형이 아니라고 하고 싶은 형. 그는 운명의 포로였다. 단지 막간극에 불과한 운명 따위에 진 패배자. 짧은 막간극을 위한 마리오네트. 운명이라는 십자가에 몸을 매달은 희생자.

한심하게 느껴졌다. 경멸스러웠다. 그리고 애처로웠다. 불쌍했다. 그 외에도 수많은 감정이 교차했다. 그리고 그 감정들의 대상은 자신의 형이었다.

“내가 형을… 구할 수는 없을까?”

그러기에 지금 이 순간만큼은 그를 그의 운명으로부터 구해주고 싶었다.

이미 애거트의 모습은 자신의 앞에서 사라졌음에도 아아크는 그의 뒷모습을 보고 있었다.

● 제11장
피의 노예

‘어쩌면 그때의 그 일은 나에게 있어 가장 큰 사건이 아니었을까 싶다.

이 세상의 그 누가 살아생전 한 번이라도

그들과 같은 존재를 만날 수 있을까?

드래곤같이 오랜 시간을 사는 이들조차

살아가는 도중 한 번이라도 만나는 것이 불가능에 가까운 그들이다.

하지만 나는 선택받았다고 해야 할까? 나는 그들과 만났다.

그리고 그들에게서 지식을 전수받기까지 했다.

비록 내가 그들의 ‘수단’ 으로 사용되기 위해 전수받은 지식이었지만

그것만으로도 나는 분에 차서 자신을 주체할 수가 없었다.

비록 그들이 나의 기억을 조작하지 않은 것에 매우 감사할 일이지만

나의 일기장 안에서조차 ‘그들’ 이 누구인지 밝히는 게

불가능하다는 것이 안타깝다.

하긴, 그들을 글로써 표현한다는 것 자체가 불가능에 가깝지만.

하지만 나는 궁금한 점이 하나 있었다.

‘왜’ 그때 그들은 내 앞에 나타났을까?

고작 그 소녀 하나를 위해서라고 하기에는

너무나도 그들의 존재는 컸던 것이다.’

—레이너드의 일기장에서 발췌.

한밤중의 난동

철컥—

"뭐야, 아직도 자는 거야?"

정말 '잠탱이'라는 단어가 안 나올래야 안 나올 수가 없는 광경이었다. 그도 그럴 것이 저 허연 머리 뱀파이어는 오늘로 삼 일을 내리 잠만 자고 있었으니까. 물론 중간에 조금씩 깨기도 했지만 그것은 어디까지나 '잠깐'이었다. 차라리 '잠깐'보다는 '찰나'라는 단어가 어울릴 정도로.

"얌마, 일어나. 나 자야 해."

애거트는 여전히 잠에서 깨어나지 못하는 리히터를 손가락으로 거칠게 찌르며 그를 깨우려 하였으나 그럼에도 리히터는 깨어날 기미를 보이지 않았다. 덕분에 꽤나 짜증이 솟아버린 애거트는 아예 그를 발로 차버리려고 다리를 들어 올렸다.

"……!"

하지만 애거트는 리히터를 발로 차서라도 깨워야겠다는 소기의 목적을 달성하지 못한 채 다시 조용히 다리를 내려야 했다.

"어, 어이……."

"으흑, 흐윽."

리히터는 울고 있었다. 침대 위에서 몸을 웅크린 채, 자신의 인형을 껴안은 채 낮게 흐느끼고 있었다.

"메릴, 메릴, 메릴……."

그의 입에서는 '메릴'이라는 단어만이 연달아 나올 뿐이었다. 하지만 애거트는 그걸로 충분했다. 봐버린 것이다, 그의 과거에 지나쳤던 운명들을.

어처구니없는 만남, 원한에 맺힌 관계에서 바뀌어간 감정들. 그리고 오해…….

"…리히터."

하지만 그런다고 지금 그가 저지르고 있는 죄(?)가 없어지는 것은 아니었다. 그리고 죄에 대한 벌을 내리는 것에 대해서 애거트는 아주 용서 없었다.

"비켜, 임마! 언제까지 잠만 퍼질러 자고 있을 거야?!"

뻥—

쩍—

애거트는 아주 통쾌한 하프 발리 슛으로 리히터를 날려 버렸고 덕분에 리히터는 세게 날려가서는 벽에 대 자로 붙어버렸다.

"으윽……."

지금 그의 눈가에 맺힌 눈물은 아픔으로 인한 것일까, 아니면 아직 헤어나지 못한 꿈속의 슬픔으로 인한 것일까? 하지만 애거트는 일부러 그의 눈에 맺힌 물기를 못 본 척 넘어갔다.

"흐음, 무슨 일이십니까? 이렇게 거칠게……."

다행히도 리히터는 자신이 애거트에게 보인 추태에 대해서 기억하지
못했고 덕분에 그는 아무 일 없는 듯 눈을 비비며 눈물을 지우고는 애거
트를 올려다보았다.

"비켜! 여기가 네 방이냐?"

리히터가 정신을 차리고 처음 본 것은 양 허리에 손을 얹은 채 도끼눈
을 뜨고 자신을 내려다보고 있는 애거트의 모습이었다. 그리고 그는 그
자세로 한참을 멈추어 있은 후에야 자신이 애거트의 방에서 신세(…)를
지고 있었다는 걸 생각해 내었다.

"아, 실례했습니다. 그럼 전 이만……."

하지만 아직 완전히 정신을 차린 것이 아니었는지, 아니면 은근슬쩍
구렁이 담 넘어가듯 그 상태로 달아나려고 했는지 의도는 모르겠지만 아
직 그의 품에는 애거트의 토끼 인형이 들려 있었고 그것을 놓치지 않은
애거트는 여지없이 리히터의 목덜미를 붙잡았다.

"이봐, 놓고 가."

"예……."

리히터는 아쉬운 기색을 보이면서도 결국에는 애거트의 침대 위에 자
신이 들고 있던 토끼 인형을 내려놓았다.

"아, 그리고 이드한테 네 이야기를 좀 했어."

"이드 군한테… 말입니까?"

리히터는 의외라는 듯한 표정을 지었고 애거트는 머쓱해진 듯 뒤통수
를 긁적였다.

"뭐, 네 생각 해주려고 한 건 아냐. 일단 뭘 하려면 최상의 컨디션에서
해야지. 그리고 자, 여기."

애거트는 잠시 방문을 열고 밖으로 나가는 듯싶더니 곧 무언가를 들고
안으로 들어왔다.

쿵—

"자, 이거 가져가고."

애거트가 들고 온 것은 관이었다. 관의 겉면에 비치는 마치 흑요석과
도 같은 느낌의 검은 광택은 그 관이 보통의 관이 아니라는 것을 증명하
는 듯했다.

"내참, 내가 왜 택배까지 해줘야 하는지는 모르겠지만 뭐, 일단은 하
루 푹 쉬고 내일 가보라고. 알았어?"

리히터는 잠시 아무 말 없이 애거트를 바라보았고 애거트는 그런 리히
터의 시선을 애써 외면하며 뒷머리를 긁적였다.

"…감사합니다."

이내 리히터는 자신의 관에 다가가 그 위에 손을 얹었고 이내 그와 그
의 관은 검은 기류에 휩싸이는 듯하더니 곧 애거트의 방에서 그 모습을
감추었다. 저 정도는 할 수 있는 것을 보니 제법 체력은 회복되었구나 하
는 생각에 애거트는 안도하며 작은 한숨을 쉬었다.

"이것 참, 조금 신경 써준 거 가지고 되게 쑥쓰럽게 하네."

애거트는 문득 좀 전의 리히터의 모습을 떠올렸다. '요새 그놈 망가지는
거 참 많이 보는군' 이라는 생각과 함께 그에게 내심 측은한 생각도 들었다.

"으흐흐, 좋은 덜미 잡았다. 나중에 잘 써먹어야지."

하지만 곧 평소의 장난기 넘치는 미소로 되돌아가는 동시에 아주 흉악
한 음모를 획책하는 그이기도 했다.

쾅!

"레미엘!"

이 녀석, 오늘은 아주 단단히 따져야겠다. 일단 몇 대 때리고 시작하는
것은 물론이고 어줍잖은 변명 따위 늘어놨다가는 그 변명이 유언이 되게

해주마… 등의 각종 험악한 생각들을 하며 나는 레미엘의 방으로 쳐들어
갔다. 일전에 본 바로는 그의 방은 그의 집무실과 그리 멀지 않은 곳이었
던 것으로 기억하는데…

"누, 누구……!"

…젠장, 이번에도 허탕이군. 나는 내 요란한 외침에 놀란 상대—아마
하녀인 것으로 추측된다—가 정신을 차리기 전에 바로 주문을 외웠다.

"슬리핑."

역시나 내 마법은 바로 상대를 재워 버렸고 나는 바로 다음 방의 수색
에 나섰다.

쾅—

"누구… 으음."

벌컥—

"누구… 니으아… 쿨~"

탕—

"꺄……! 아아아아(점점 꺼지는 목소리)……."

왈칵—

"아학, 아아앙~ 아아… 앙(역시 점점 꺼지는 목소리)……."

망할, 대체 어디야? 이거 마치 내가 길을 잃은 것 같다는 느낌이 들기
시작하는데. 티니도 이곳은 처음인지 길을 잘 모르는 듯한 모습이었고…

"레미엘 녀석, 무슨 건물을 이렇게 복잡하게 지어놓은 거야?"

하여튼 꼭 엘프 환장하게 한다니까. 이래도 저래도 사람 살 집이거늘
이렇게 쓸데없이 거창하게 짓는 이유는 뭔지.

"티니, 짐작 갈 만한 곳 없어?"

내 질문에 티니는 잠시 주변을 살펴보는 듯하더니 곧 대충 감을 잡은
건지, 아니면 찍은 건지 모르겠지만 일단 내 옷자락을 잡아당겼다. 나야

아는 바가 전혀 없으므로 그냥 그녀를 따라갔다.

그렇게 얼마를 걸었을까? 아무리 생각해도 왔던 데 다시 온 것 같다는 생각이 드는 통로를 지나 내가 갔던 반대 편으로 지나가자 그제야 어딘가 익숙한 듯해 보이는 복도가 나왔다.

'길을 알고 있었으면 왜 진작 알려주지 않은 거야……?'

그런 생각을 하며 티니를 노려보자 그녀는 배시시 웃으며 얼버무리려고 하는 것이었다. 덕분에 제법 따져 보려는 나였지만 귀엽게 웃고 있는 그녀의 모습을 보고 있으니 어느새인가 그런 생각은 완전히 사라져 없어지게 되었다. 그렇게 어느 꽤 큰 방문 앞에 선 티니는 손가락으로 그 방문을 가리키며 나를 바라보았고 나는 그녀를 향해 고개를 끄덕여 준 뒤 바로 방문을 열었다.

"……."

방 안에는 레미엘이 있었다. 아주 편~하게 자고 있었다. 보고 있으니 절로 분노가 솟구치는 광경이었다. 왜냐하면…

"일어나!"

아니나 다를까, 시트를 들추니 레미엘 말고도 다른 한 명의 인간이 옆에 누워 있는 것이다. 그것도 둘 다 알몸으로.

'이 녀석… 여전하구나.'

당연히 그 여자는 레노아가 아니었다. 이 여자 고루 섭취(…)하는 버릇은 언제쯤 고쳐질는지.

하지만 이놈의 레미엘 녀석은 나와 티니가 보고 있든 말든 시트를 들추든 말든 그저 세상 편하게 잠을 자고 있는 것이었다. 아니, 달라진 점이 하나 있었다. 시트를 들춰 버려서 꽤 추운 듯—봄이 바로 직전까지 다가왔다고 하지만 아직은 겨울이다—자기 옆에 있는 여자를 더 꼬옥 껴안으며 몸을 비비는 것이었다. 상대 인간 여자도 마찬가지로 추운 듯 레미엘을 마주 껴안았다.

아… 왠지 얼굴로 피가 쏠리는 것 같다는 느낌을 받는다. 하지만 일단은 저 레미엘 녀석을 먼저 깨우고 보자는 일념으로 녀석의 뺨을 가볍게 쳤다.

찰싹찰싹—

"얌마, 일어나."

분명히 살살 쳤다. 세게 한 대 갈기거나 하지는 않았다. 가볍게 쳤을 뿐인데 얼마나 쳤는지 레미엘의 양 볼이 발갛게 물들어서는 살짝 부어오를 쯤에야 그는 눈을 부비며 일어나는 것이었다.

"으음, 누구… 히익!!"

레미엘은 뭔가 못 볼 것을 보았는지, 아니면 아직 잠이 덜 깨었는지 마치 악귀라도 본 듯 얼굴색이 새파래졌다. 그리고는 막 비명을 지르려 하였고 미리 그것을 눈치 챈 티니가 재빨리 그의 입을 막았다.

"읍, 읍."

레미엘은 아직 자신의 눈앞에 있는 이가 누구인지 잘 분간이 안 되는 듯 한참 동안 발악을 했고, 그 상태가 어느 정도 지속되고 나서야 나와 티니를 알아보고는 진정되는 듯한 모습을 보였다.

"흠흠, 그런데 무슨 일이십니까, 이런 밤중에……?"

그래도 부끄러운 것은 아는지 그는 시트로 하반신과 자기 옆에 있는 인간 여자를 가리며 헛기침을 하였다. 그런데 아무래도 내가 보기에는 자신의 프라이버시(…)를 가리려는 목적보다는 자기 옆에 누워 있는 여자를 가리려는 목적이 더 큰 듯 보이는데…….

"밥 줘."

"하아?"

레미엘은 내가 요구하는 바를 잘 이해하지 못한 듯한 고습을 보였고 덕분에 나는 한 번 더 용건을 말해 주는 수고를 하였다.

"밥 줘. 배고파."

그제야 레미엘은 우리를 삼 일 동안이나 굶겼다는 사실—티니가 가져
왔던 바구니는 예외로 하겠다—을 인식한 듯 머쓱한 표정을 지었다.

"아, 제가 미처 그걸 생각하지 못했군요. 이거 죄송합니다."

그렇게 허허 웃으면서 뒤통수 긁으면 누가 용서해 준데? 오히려 괘씸
하게 보일 뿐이라고. 레미엘도 점점 굳어져 가는 내 인상을 보고는 재빨
리 옆에 있는 줄을 잡아당겼다.

딸랑—

"으음… 전하, 무슨 일인가요?"

그때에 맞춰서인지, 아니면 방금의 종소리 때문인지 레미엘의 옆에 있
던 여자가 잠에서 깨어 가는 신음성과 함께 일어나려 했고 레미엘은 당
황하며 그녀에게 마법을 걸었다.

"스, 슬리핑."

"흐음……."

아무 저항 없이 마법에 걸린 그녀는 곧바로 다시 잠들었다. 그리고 일
차 목적을 달성한 나는 바로 지금 일어난 레미엘의 작태에 대해 추궁하
기 시작했다.

"그런데 레미엘(눈가와 입가에는 웃음 생글생글, 이마에는 굵은 힘줄 하나
빠직!), 지금 네 옆에 있는 여자는 대체 뭐야아~?"

"네? 아, 이거요……?"

당연하게도 레미엘은 아무 변명도 하지 못한 채 허둥댔고 나는 그런
그에게 마지막 일침을 가했다.

"레미엘, 레노아한테 이를까, 아니면 제나한테 이를까?"

"아하하, 그건 말이죠……."

녀석, 아주 죽으려고 하는군. 이미 다리 두 개를 걸친 상태인 녀석이

대체 뭐가 모자라서 이러는 건지. 조금은 봐줄까 하는 생각이 들었지만 이내 이 녀석이 우리에게 저지른 만행—밥 안 준 거—을 떠올리며 그런 생각들을 날려 버리는 나였다.

"아니, 역시 둘 모두한테 말해 주는 게 좋겠지?"

달각—

"전하, 무슨 일이신지요?"

이제 슬슬 레미엘에게 처벌(?)을 시작하려고 하던 차에 문이 열리며 시종이 들어왔고 동시에 레미엘의 얼굴에는 안도의 표정이 스쳤다.

"식사를 만들어주세요. 도시락으로 가져갈 거니까 바구니에 싸주시고요. 최대한 빨리 만들어주시고 양은 3인분으로 세 개 만들어주세요."

"네, 전하."

시종은 곧바로 공손하게 인사를 하며 물러갔다. 물론 잠시뿐의 안전이 끝난 레미엘의 얼굴은 다시 핏기가 사라지기 시작했다. 그 다음? 당연히 나의 처절한 복수전이 시작되었다.

"레미엘, 우리를 쫄쫄 굶기는 와중에도 여자 생각은 나더냐?"

"아하하, 그건 제가 어쩌다 보니… 으갹!"

빠득—

"흐꺅!"

뿌득—

"꺄울!"

우두둑—

"우게게!"

그날, 나는 일전에 아아크와 제라드에게도 시술(…)했던 고문 테크닉을 레미엘에게도 몸소 체험할 기회를 만들어주었다. 이걸 국왕 폭행이라고 해야 하나?

포석

"여러분, 오늘도 저희 프로튼 왕실 주최의 이 무투회에 와주신 것을 진심으로 감사드립니다!"

모두들 오늘도 저렇게 힘차게 외쳐 대는 사회자를 보며 생각했다. '참 기운도 좋다' 라고. 하지만 정작 당사자인 사회자는 그걸 아는지 모르는지, 아니면 신경을 안 쓰는 것인지 전날과 같이 힘차게 외치고 있을 뿐이었다.

"예선을 거쳐 256명의 정예들이 모여 치러졌던 이 무투회도 어느새 16명만이 남게 되었습니다! 남은 열다섯 번의 시합들은 여러분의 시선을 결코 다른 곳으로 향하지 못하게 할 것이라 믿어 의심치 않습니다!"

그의 말대로일까? 벌써부터 관중들의 흥분한 모습들은 전날들에 비할 바가 아니었다. 이제부터는 그야말로 진짜배기들의 시합들이 펼쳐질 테니 말이다.

"그럼 첫 시합은… 오옷! 첫 시합부터 숨막히는 결투의 예감을 오게 하는군요! 여러분, 궁금하십니까?!"

오늘따라 유난히 말이 많은 데다 뜸 들이기까지 하는 사회자의 모습에 관중들의 열기는 더욱 달아오르고 있었다. 사회자는 마치 달아오르는 관중들의 열기가 느껴진다는 모습을 하다 어느 정도 시간이 지나서야 하던 말을 계속했다.

"전 이 시합의 이름을 이렇게 붙이겠습니다! '진정한 최고의 용병단은 어디일까?' 라고. 자, 이제 아시겠습니까?'

퍼엉—

사회자의 질문에 타이밍을 맞추어 시합장의 테두리를 따라 설치해 두었던 폭죽들이 폭발하기 시작했다. 이미 상당수의 관중들이 이번 대전자들이 누구인지에 대해 짐작을 하고 있었고 그런 만큼 더욱 관중들의 열기는 고조되어 가고 있었다.

"바로 대륙제일의 자리를 놓고 다투는 스크렌터 용병단의 단장 제잔드 반 나츠이드와 젤리언 용병단의 단장 가덴 군의 시합이 되겠습니다!'

"와아아아아아아!!"

관중들의 환호성은 전날의 것과 비교할 만한 것이 아니었다. 심지어는 아직도 터지고 있는 폭죽들의 소리까지도 잠식할 정도로 커다란 환호성이었다. 그리고 그 환호성은 두 명의 당사자들이 무대 위로 올라오자 더욱 커져 갔다.

최강의 용병단 단장들의 대결, 이것은 그 자체만으로도 몇 년은 술자리에서 이야기될 정도의 대단한 관심거리였던 것이다.

"들었냐? 최강의 용병단이 누구냐고 묻는데?"

"단장의 실력으로 용병단의 우위를 정할 수는 없다."

가덴은 입가에 웃음을 머금으며 제잔드를 쳐다보았으나 제잔드는 일체의 표정 변화 없이, 심지어는 얼음장 같다고도 할 수 있을 표정을 고수

할 뿐이었다.

"쳇, 여전히 재미없는 녀석이군. 뭐, 일단 시합이 이렇게 돌아가는 거니 붙기는 해야겠지만 그전에 질문 하나 하자."

가덴의 말에 제잔드는 할 말 있으면 해보라는 듯 미미하게나마 고개를 끄덕였고 가덴은 그럴수록 정 떨어지는 것을 느끼면서도 일단 질문이나 해보자는 심정으로 말을 꺼내었다.

"너, 이런 시합에 참가한 이유가 뭐냐? 사실 조금 궁금했거든."

가덴의 질문에 제잔드는 고개를 들어 그를 정면으로 쳐다보았다. 하지만 가덴은 기세에서 지지 않겠다는 듯 오히려 웃음을 지으면서 그의 눈을 마주 보았다.

"…어쩌면 만날 수도 있을지 몰랐으니까."

"엥?"

가덴은 그의 말뜻을 이해하지 못한 듯한 모습을 보였으나 제잔드는 더 이상 아무 말을 하지 않은 채 자신의 검을 쥐었다. 그의 검의 길이는 대략 1미터, 검폭은 3~4센티 정도로 얼핏 보면 보통의 레이피어와 비슷해 보이기도 하였으나 매우 얇은 검폭은 그것이 결코 보통의 검과는 다르다는 것을 보여주고 있었다. 너무나도 얇은 그의 검은 마치 종이로 만든 칼을 연상하게 하였고 당장 옆으로 흔들면 종이처럼 팔랑거릴 듯하였다.

"실력을 보도록 하지, 군단장."

"오오, 그건 나도 바라고 있던 바라고."

가덴 역시 양 허리에 차고 있던 검을 뽑았다. 이미 그의 머리 속에서 방금 전 제잔드가 한 말의 의미를 알아보겠다는 생각 따위는 사라져 버린 상태였다.

"그럼 준비, 시작!"

사회자는 큰 목소리로 시합의 시작을 알렸으나 제잔드와 가덴 두 사람은 바로 움직이지 않았다. 그들은 조금도 움직이지 않은 채 상대의 움직임을 기다리고 있었다.

가덴의 경우에는 몸을 뒤로 빼며 잔뜩 웅크리고 있었고 제잔드의 경우에는 검을 앞으로 갖다 대는 듯한 자세를 취하고 있었다.

팟—

대치 상태를 먼저 깬 것은 가덴이었다. 그는 웅크렸던 상태의 탄력을 이용해 그야말로 화살과도 같은 속도로 제잔드에게 육박해 들어갔다. 제잔드 역시 검을 앞으로 내민 채로 그를 향해 달려갔다.

스르릉—

마치 검집에서 꺼낼 때와도 같은 듯한 소리가 나며 서로를 교차해 지나갔다. 둘은 정면으로 검을 맞대지 않은 채 날 부분만을 스치며 지나간 것이다.

"타앗!"

제잔드를 지나친 가덴은 바로 몸을 아래로 숙이며 뒤꿈치로 제잔드의 발목을 노렸으나 제잔드는 마치 물이 빠져나가듯 유연한 움직임으로 그의 사정거리에서 벗어났다.

"빠르구나. 그럼 이건 어떠냐?!"

파바바밧—

가덴은 양손에 쥔 검을 빠르게 번갈아 휘두르며 마치 그물을 치려는 듯 수많은 검기를 발산하였고, 제잔드 역시 이번에는 피할 수 없다는 것을 느끼고는 자신의 검으로 그의 검기들을 받아냈다.

파파파팡—

가덴이 날리는 검기와 제잔드의 검에 맺힌 검기가 맞부딪칠 때마다 나는 소음은 관중들이 귀를 틀어막게 할 정도였다. 하지만 둘 다 쓸데없는 소모전으로 힘을 낭비하고 싶은 생각은 없는 듯 오래갈 것 같았던 검기

날리기와 받아내기는 금방 끝이 났다.

“어디 이것도 받아봐라!”

하지만 제잔드는 자신에게 달려드는 가덴의 검을 정면으로 받아내지는 않았다. 다만 처음 검을 맞대었을 때와 같이 스치듯 흘려내었을 뿐이다.

스릉―

스르릉―

분명 둘 다 금속으로 된 검인데도 불구하고 듣기 불쾌한 소음은 없었다. 다만 처음 때와 같은 검을 뽑을 때 나는 소리가 잇달아 날 뿐이었다.

챙―

그러다 마침내 둘의 검이 맞부딪쳤다. 관중들은 만약 둘의 검이 부딪친다면 얇은 제잔드의 검이 불리할 것이라고 생각하였으나 막상 실제로 부딪쳐 보니 나타난 결과는 그 반대였다.

툭―

잘려 나간 가덴의 검끝이 바닥에 떨어졌다. 비록 끝 부분만을, 고작 손톱만한 면적이 잘려 나간 것이지만 그 예상외의 결과는 많은 이들을 놀라게 하였다.

“이런, 잘렸나?”

하지만 정작 당사자인 가덴과 제잔드는 별 대수롭지 않다는 태도였다. 특히 가덴의 경우는 전부터 무기에 대한 불만이 많았는지 이때다 싶어서는 투덜댔다.

“내가 이래서 미스릴은 안 된다고 그렇게 얘기를 했더니만……. 루돌프 녀석, 이번에는 꼭 오리할콘으로 만들어 달라고 해야지.”

그런 그의 모습에 제잔드조차 조금은 어이가 없었는 듯 잠시 멍한 시선으로 그를 바라보았으나 이내 원래의 표정을 회복하며 그에게 검을 겨누었다.

"계속 하도록 하지."

"안 그래도 그럴 생각이라고."

다시금 둘의 긴장감은 고조되었고 이내 또다시 빠르게 검을 교차하였다.

"역시 최강의 용병단의 단장들이라는 이름이 아깝지 않군요. 저 정도라니."

레미엘은 진심으로 탄복한 듯 연신 감탄을 하고 있었다. 사실 지금 그들이 벌이는 대결은 자신의 눈으로는 마법을 동원하고 있는 지금으로도 따라가기가 힘든 상황이었다.

"하지만 그만큼 '이용' 하기에는 무리가 있을 것 같군요. 그냥 평범하게 용병 대우를 해야 할 듯한데……."

레미엘은 뒷말을 흐리며 자신의 옆에 서 있는 엘즈마이어를 올려다보았다. 그의 표정은 무언가 좋지 않은 일이 있는 듯 굳어 있었다.

"엘즈, 무슨 일 있나요? 아까부터 인상을 쓰고 있고."

"아무 일도 아닙니다."

하지만 엘즈마이어의 대답은 여전했다. 원체 이렇다 할 표정의 변화가 없는 엘즈마이어였지만 오늘은 평소보다 표정이 굳어 있는 것이 보이는데도 말이다.

"후우~ 알았어요. 안 물어볼게요."

체념조로 말하며 의자에 몸을 파묻는 레미엘의 말은 반은 진심이었고 반은 거짓이었다. 그는 지금 속으로 '나중에 꼭 조사해 봐야겠군' 이라고 생각하고 있는 것이다. 그리고 그 정도는 엘즈마이어도 짐작하고 있었기에 앞으로 자신의 주군이 할 행동이 걱정되기도 하였다.

"아, 그런데 전하."

엘즈마이어는 지금의 상황을 벗어나기 위해서라도 화제를 돌리기로 결심했고 그런 엘즈마이어의 말에 레미엘은 다시금 그를 향해 시선을 돌렸다.

"왜요, 말해 줄 생각이 들었나요?"

"오늘 보니 무언가 불편하신 듯 움직임이 어색하시던데, 어젯밤에 무슨 일이라도 있으셨던 겁니까?"

뜨끔.

레미엘은 깜짝 놀라며 동시에 어젯밤의 일(…)을 회상했다.

'으으, 정말 끔찍한 기억이야. 라니오스 형이 그렇게 사악했다니…….'

비록 자신이 왕인 관계로 그리 험한 일을 당해본 일은 별로 없었지만 험한 일을 저지르는 현장은 많이 목격했었다. 그리고 어젯밤에 라니오스가 자신에게 저지른 일은, 직접 경험한 게 아닌 구경했던 일을 합한다 하더라도 그의 가장 끔찍한 기억 중 하나로 자리하고 있었다.

"아, 아무것도 아니에요. 어제 조금 무리해서……."

'확실히 무리하긴 했었지. 그야말로 생사의 고비를 넘나드는 것 같았으니…….'

엘즈마이어는 레미엘의 말을 본인의 의도와는 다른 뜻으로 알아듣고는 이내 어색한지 약간 얼굴을 붉히며 슬며시 고개를 시합장으로 돌렸다. 아무도 모르게 '그러니까 그 여자 버릇 좀 고치시란 말입니다' 라고 중얼거리며…….

쩡—

그때 막 커다란 금속음과 함께 허공으로 검의 파편들이 튀어 올랐다. 제잔드의 검에 의해 가덴의 검이 부서진 것이었다.

"이런, 결국 깨져 버렸군."

가덴은 맥이 빠진 듯한 모습으로 이제는 자루만 남은 자신의 검을 바라보았다. 조금만 더 버텨주었으면 했었는데 이 배은망덕한 자신의 검은 그 짧은 순간을 버티지 못하고 부서져 버린 것이다. 그것도 산산이.

"졌다, 졌어. 내가 졌수다."

가덴은 하나는 자루만 남고 다른 하나 역시 비슷한 꼴이 된 자신의 검들을 어깨 뒤로 내던지며 두 손을 들어 올렸고 제잔드는 고개를 끄덕이며 검을 다시 허리에 있는 검집에 집어넣었다.

"승자는 제잔드 군입니다!"

하지만 이번에는 아무도 환호성을 지르지 않았다. 너무나도 어처구니없이, 그리고 맥 빠지게 끝나 버린 시합은 많은 이들에게 아쉬움을 남겼다.

"이봐, 설녀아들내미."

설녀의 아들, 제잔드에게 붙여진 많은 별명 중 하나다. 하얀 머리카락부터 시작해서 옷차림 등까지, 그야말로 머리끝부터 발끝까지 하얀 그의 모습은 마치 눈을 연상시켰던 것이다.

"다음에 다시 한 번 붙어보자고. 그때는 확실히 이겨줄 테니까."

자신을 향해 주먹을 내밀며 눈을 찡긋하는 가덴의 모습에 제잔드는 고개를 끄덕이며 자신의 주먹을 그의 주먹에 부딪쳤다.

"와아아아!!"

순간 관중들의 환호성이 들려왔다. 모든 관중이 아무 말 하지 않은 채 있었는지라 방금 전의 가덴의 말은 관중석에 있던 많은 이들이 들을 수 있었고 방금 보여준 둘의 모습은 상당히 멋있는 모습이었다. 아마 여기 있는 이들 중 상당수는 지금 일어났던 일을 가지고 꽤나 오랫동안 술과 함께 곁들여 이야깃거리로 삼으리라.

그렇게 시합을 마친 제잔드와 가덴이 대기실로 돌아가는 모습을 보며 사회자는 다음 시합에 대한 안내를 하기 위해 크게 외쳤다.

"자, 다음 시합은 복면을 한 수수께끼의 권사 애버스 군과 소개는 필요없다는 이드 군의 시합이 되겠습니다!"

"와아아아!"

관중들의 환호성은 좀 전의 가덴과 제잔드의 시합에 비하면 미미하다고 할 수준이었다. 덕분에 애거트는 관중에 의해 생긴 불만을 이드에게 풀겠다는 듯 무대 위로 올라오자마자 입술을 비죽 내밀고는 툴툴대었다.

"쳇, 우리들 시합이 더 굉장할 텐데 반응이 이렇다니. 쳇쳇!"

그런 애거트를 향해 이드는 짧게, 하지만 강력하게 일침을 가했다.

"주접 떨지 마라. 보기 추하다."

휘청—

효과는 확실했는 듯 애거트는 앞으로 크게 휘청였다.

"망할 녀석, 꼭 말을 그렇게 해야겠냐?"

애거트는 자신의 패배를 시인하며 손을 내저었고 이내 허공에 손을 휘저었다. 그리고 그의 손짓이 끝나는 순간 그의 앞 허공에 무언가가 생겨났다. 그의 무기 인피니티였다.

"자자, 너도 빨리 꺼내라고. 네 전용 검 말야."

은근히 도발기가 섞인 애거트의 말에도 이드는 여전히 아무 변화가 없었다. 오히려 비웃음 띤 표정을 지을 뿐이었다.

"그럴 필요는 없다고 보는데. 어차피 이건 장난이고 말야, 너나 나나."

애거트는 수긍하지 못하는 듯하면서도 마지못해 고개를 끄덕였고 곧 몸을 낮게 숙이며 인피니티를 앞으로 향했다.

"자, 해볼까?"

"그러지."

이드 역시 양 허리에 찬 검을 뽑아 앞으로 뻗으며 자세를 잡았다.

"그럼 준비, 시작!"

사회자의 외침과 동시에 애거트는 이드를 향해 달려가며 공격을 시작했다.

"먼저 가겠다 이거야!"

쉬익―

하지만 이드는 별 어려움 없이 그의 첫 공격을 피했다. 그는 옆으로 몸을 트는 것만으로 그의 공격을 피한 것이다. 그것은 완벽하게 상대의 공격을 파악하고 있다는 것이기도 했다.

"느려."

"…뭐라고!"

애거트는 상당히 당황했다. 전에도 분명 이 정도는 아니었다. 그렇다면 저 녀석이 그사이 강해진 것일까?

'설마, 그럴 리가.'

그렇다면 저 녀석은 전에 자신을 봐주었다는 것인데…

"농담이 아냐!"

콱―

애거트는 세게 바닥을 찍었다. 그의 목소리에는 상당한 당혹감이 실려 이었다.

"이것도 받아봐라, 실 자르기!"

피잇―

이번 공격은 이드도 완전하게 피하지 못하고 옷자락 끝이 베이는 결과를 만들고 말았다.

"헤헹, 그거 봐라. 처음과 그리 달라진 게……."

빠악—

애거트는 무언가 더 말하려고 하였으나 그의 입은 순간 턱으로부터 전해오는 강한 충격에 말을 이을 수가 없었다. 어느새 그의 앞에 나타난 이드는 강하게 그의 턱을 올려친 것이다.

"으큭, 이 녀석……."

"너도 그때와 변한 게 하나도 없군."

뻐억—

이드는 애거트를 세게 걷어차 버렸고 덕분에 애거트는 멀리 날려가 버렸다. 하지만 그는 땅을 구르기 전에 손으로 바닥을 짚어 일어서며 다시금 이드에게 달려들었다.

"그때처럼 딱 7대만 때려보자고!"

이 말을 꺼내며 문득 애거트는 잠시 그때의 일을 회상했다. 단지 일곱 대를 때린 뒤 그야말로 복날 개 맞듯 맞았으니까. 게다가 후에 이드가 말하는 바로는 정확히 칠백칠십칠 대를 때렸다고 했었다. 이드를 향해 인피니티가 옆으로부터 날아들었다. 이드도 이번에는 피하지 않고는 자신의 양손의 검을 이용해 그의 검을 받아 흘려냈다.

채앵—

카가각—

애거트의 인피니티와 이드의 검이 부딪칠 때마다 여러 가지의 금속음이 나며 시합장을 울렸고 그에 따라 관중들의 흥분과 환호성도 커져만 갔다.

"와아아아아!!"

좀 전의 시합 이상이었다. 굉장했다. 그 한마디면 이 시합이 설명되었다. 보통의 사람들은 그들의 움직임을 따라가는 것만으로도 눈에 상당한 부담이 되었다. 어느 정도 검을 쓴다고 자부하는 이들조차 그들의 모든 움직임을 파악할 수 없었다.

"굉장해……."

이드와 애거트의 시합을 보던 가덴의 입이 벌어졌다. 이미 그의 손에 있던 찻잔은 바닥에 떨어져 깨진 지 오래였다.

"이봐, 설녀아들. 너 혹시 저 녀석들에 대해 아는 거 있냐?"

가덴의 질문에 제잔드는 고개를 저었다. 자신으로서도 저런 실력자가 있다는 이야기는 들은 적이 없었다.

"이거, 저 녀석들에 비하면 우리는 아직 한참… 은 아닌 거 같지만 꽤 나 하수로군. 역시 뛰는 놈 위에 나는 놈 있다는 말이 틀리지 않는구만."

비단 감탄을 하고 있는 것은 그들만이 아니었다. 아아크 역시 믿을 수 없다는 모습으로 그들의 시합을 바라보고 있었다.

"저것이… 형?"

무의식 중에 '형' 이라는 단어가 나왔다. 그 행동에는 스스로도 놀랄 정도였다.

'내가 아직도 저자를 형이라고 생각하는 건가?'

하지만 이내 아아크는 세차게 고개를 저었다. 지금의 자신으로서는 도 저히 그것을 인정하고 싶지 않았다. 그리고 아아크 반대쪽의 선수용 관 중석에서 그들을 지켜보는 레노 역시 상당히 놀라고 있었다.

"저 사람이 정말… 애거트인가?"

언제나 실실 웃으며 실없는 소리만 하던 그라고는 믿을 수 없는 실력 이었다. 저 정도라면 정말 그의 말대로 자신들 중에서 네 번째로 강할 수 도 있을 것 같다는 생각이 들었다.

"한 가지 묻고 싶은 게 있다."

아무 말 없이 애거트의 공격을 피하던 이드는 문득 입을 열었다. 그의 모습에 애거트는 그를 공격하던 와중에도 고개를 끄덕임으로 그의 행동을 허락했다.

"너는… 누구지?"

하지만 대답은 없었다. 그는 그저 싱긋 웃음 지을 뿐이었다. 하지만 이드는 포기하지 않고 연이어지는 애거트의 공격을 피하면서도 끈질기게 그에게 질문을 던졌다.

"대답해라. 너는 누구냐? 왜 너는 운명을……."

순간 애거트는 눈을 가늘게 뜨며 입가를 길게 늘어뜨렸다. 그런 그의 모습은 보는 이들에게 섬뜩함을 안겨줄 수준이었으나 이드 외에 그의 표정을 볼 수 있는 이는 없었다.

"글쎄, 그런 너는 뭐지? 피하지만 말라고! 등잔 *끄기*!"

대화 아닌 대화를 하는 와중에도 애거트는 관중을 의식하는 듯 크게 자신이 펼치는 기술의 이름을 외쳐 대었다. 하지만 그것은 목소리뿐이었다. 지금의 그의 표정은 그 전례를 찾아볼 수 없을 모습이었다. 가늘게 뜬 눈에서부터 나오는 시선은 싸늘했고 입가에는 조소의 웃음이 길게 걸려 있었다.

"나는……."

애거트의 질문에 이드는 잠시 흠칫했다. 그리고 스스로에게 질문했다.

'그러고 보니… 나는 뭐란 말인가? 나는, 나는…….'

"담장 넘기!"

빡—

순간 이드의 턱에 애거트의 발이 꽂혀 들어갔다. 불의의 기습을 당한 이드는 그대로 뒤로 쓰러져 갔고 그런 이드의 복부에 애거트의 발차기가 한 대 더 작렬했다.

퍽—

"*끄윽……!*"

털썩—

갑작스런 충격에 이드는 신음성을 흘리며 쓰러졌고 그런 이드를 바라보던 애거트는 그에게 인피니티를 겨누었다.

"시합 중에는 딴생각하지 말라고. 지금 그런 거 생각해 봐야 쓸데없는 거 아냐?"

"……."

하지만 이드는 아무 대답이 없었다. 그는 멍한 표정으로 바닥에 드러누운 채 하늘을 보고 있을 뿐이었다. 그리고 사회자는 그것을 이드가 기절한 것으로 생각했는지 크게 외쳤다.

"승자는 애버스 군입니……."

"아직 아냐!"

갑작스러운 애거트의 외침에 사회자는 깜짝 놀라서는 한 발짝 물러섰다. 애거트는 이드에게 다가가서는 그의 멱살을 잡아 들어 올리며 반대쪽 손으로 그의 뺨을 때리기 시작했다.

짝, 짝—

"뭐 하는 거야, 이 바보 자식! 정신 차리란 말야!"

짜악, 짝—

하지만 이드는 여전히 정신을 차리지 못한 채 풀린 눈동자를 하고 있었고 애거트는 계속해서 그의 뺨을 때렸다.

"뭐야, 고작 그 한마디에 이따위가 된 거야? 그래서 네가 뭘 할 수 있을 거라고 생각해?"

얼마나 그의 뺨을 때렸을까? 경기장의 모든 이들이 침묵으로 일관한 채 정적만이 남았을 때쯤에 이드의 눈동자가 정상으로 되돌아왔다. 그는 정신을 차리자마자 대뜸 애거트에게 질문했다.

"애거트……."

"뭐냐, 이제 정신 차린 거냐?"

"나는… 죽는 거냐?"

순간 애거트의 표정이 굳어졌다. 이드는 그런 애거트의 표정을 보고는 더욱 강한 감정을 실어 다시금 질문했다.

"대답해 줘. 나는, 우리는 죽는 거냐? 그것이 운명이냐?"

또다시 침묵, 그리고 그 짧은 침묵이 지난 뒤 애거트는 고개를 끄덕였다. 그의 표정에는 비장함마저 어려 있었다.

"죽는다. 너도, 그리고 나도. 다른 녀석들은 모르겠지만 적어도 지금 그것만은 확실히 보이는군."

"그런가……."

이드는 힘없이 고개를 끄덕였다. 왠지 맥이 빠졌다. 자신에 대해서, 그리고 이 어이없는 운명이라는 녀석에 대해서. 살아 있는 존재로서 언젠가 한 번은 죽는 것이야 당연하지만 그것을 직접 들을 때의 기분은 또 다른 것이니까.

"애거트, 한 가지만 더 묻자."

"뭐냐?"

이드는 떠올렸다. 본래 자신이 살던 세계의 이들을. 자신의 부모, 형제, 동료, 친구, 적, 그리고 자신이 사랑하는…….

"내가 죽기 전에… 그녀를 한 번 더 볼 수 있을까?"

이드의 그 말에는 마지막 한 줌의 희망이 남아 있었다. 그리고 애거트가 그에게 들려줄 수 있는 대답은 다행히도 그에게는 긍정적인 대답이었다.

"만난다. 죽기 전에 반드시 만난다. 그러니까 이제 그만 정신 차려."

"…고맙군."

퍼억—

"꺼억……!"

애거트는 순간 복부가 찢겨져 나갈 듯한 충격을 받았다. 이드가 그의 배를 세게 올려쳤기 때문이다. 그리고 이드의 갑작스러운 기습적 공격은 거기서 끝나지 않았다.

빠악―

"으큭!"

퍽―

"끄악!"

이드는 애거트가 정신을 차리기도 전에 왼 주먹으로 그의 얼굴을 후려친 뒤 오른 주먹으로 그의 턱에 어퍼컷을 날렸다. 애거트는 이드의 주먹에 머리가 띵해짐을 느끼며 뒤로 쓰러졌다.

"너……."

털썩―

애거트는 결국 바닥 위로 쓰러졌고 이드는 주먹을 들어 올리며 그를 향해 희미한 웃음을 지어주었다.

"너의 대답, 잘 들었다. 보답의 차원에서 이제부터는 진심으로 상대해 주마."

그는 잠시 바닥에 떨어져 있던 자신의 롱 소드 두 자루를 바라보았다. 하지만 이내 고개를 저으며 허공에 작은 손짓을 하였다.

"로넬 훰."

그의 양손에 각각 푸른색과 붉은색의 검이 생겨났다. 그의 모습에 애거트도 마주 웃으며 재빠르게 자리에서 일어나 인피니티를 바로잡았다.

"그래, 그렇게 나와야지."

둘은 서로를 바라보며 다시금 싸울 자세를 갖추었고 그 정도가 다르기는 했지만 둘의 입가에는 미소가 흐르고 있었다. 하지만 그렇게 둘이 또다시 대결을 속행하려고 하는 순간 그들의 귀로, 정확히는 애거트의 귀가 먼저 무언가의 소리를 포착하였다.

"응? 이게 무슨 소리지?"

이드도 곧 자신의 귀로 무언가 이상한, 하지만 어딘지 익숙한 소리가 들려오자 의아함이 생겨났다. 그리고 그런 그의 의아함은 곧 이어 경악으로 바뀌었다.

"이 소리는……!!"

쉬아아악—

무언가 매우 빠른 속도로 공기를 가르는 소리였다. 하지만 매우 높은 고도에서 날고 있는 듯 그 소리는 상당히 작은 것이었으나 그것이 이드나 애거트는 물론이고 어느 정도 경지를 이룬 이들의 귀까지 속일 수는 없었다.

"어이, 설녀아들. 너도 들리지?"

가덴의 질문에 제잔드는 살짝 고개를 끄덕이는 것으로 답을 대신했다. 겉보기에는 별로 신경 쓰지 않는다는 듯한 태도였지만 사실 그도 생전 처음 듣는 묘한 파공음에 내심 궁금증이 생기기도 하였다.

"무슨 소리지? 꽤 시끄러운 물건 같은데… 소르바스의 용기사들이 단체로 공중 곡예쇼라도 하러 왔나?"

아아크도 그 소리를 듣고 있었으나 아무것도 짐작할 만한 단서가 그에게는 없었다. 하지만 지금 자신들의 머리 위를 지나가는 무언가의 정체를 가장 완벽하게 파악하고 있는 이가 있었다.

"설마……."

레노의 얼굴에 당혹감과 경악이 동시에 스쳤다. 그리고 그것은 이드도 마찬가지였다.

"설마……."

"그것마저……."

"남아 있었던 것인가?"

이윽고 둘의 입에서 동시에 그들이 생각하고 있는 '그것'의 이름이 나왔다.

"프리텐스!"

이드와 레노의 짐작대로 현재 그들의 머리 위를 날아가고 있는 물체의 정체는 하얀 전투기 프리텐스였다. 조종석에 앉은 세인은 내심 불안한 모습으로 앉아 있었다.

"저기… 스프린."

"네? 무슨 일이에요, 주인님?"

"……."

전혀 아무렇지 않다는 듯 태연하게 자신을 마주 보며 웃는 스프린의 모습에 세인은 한숨이 나왔다. 게다가 왠지 머리도 아파오는 것 같았다.

"괜찮겠어? 이런 걸 이렇게 함부로 움직여도……."

'누가 보면 어쩌라고?'라는 뜻이 담긴 세인의 질문에 스프린은 생긋 웃으며 대답했다.

"괜찮아요. 이 정도 높이로 날면 볼 수 있는 이도 없으니까."

"그래도……."

"게다가 이 세계의 과학력으로 이것을 쫓아올 수 있는 상대는 거의 없을걸요?"

"그렇기야 하지만……."

결국 세인은 마지못해하면서도 고개를 끄덕이며 납득할 수밖에 없었다. 하지만 지금 그들이 날고 있는 높이는 구름 밑이었다. 웬만큼 시력이 좋은 사람이라면 무엇인지 자세히 확인하지는 못하더라도 무언가가 자신들의 위를 날아가고 있다는 것 정도는 확인할 수 있는 높이인 것이다.

비잉, 비잉—

그때 무언가 이상이 있는 듯 조종석 내부로 경보음이 울렸다. 그리고 이내 조금은 높은 톤의 여성의 목소리가 들려왔다.

「적 접근, 적 접근.」

세인은 영문도 모른 채 어리둥절한 표정을 지을 뿐이었으나 스프린의 경우에는 크게 당황해하고 있었다. 분명 일어날 수는 있지만 그 확률이 지극히 적었던 일이 벌어진 것이다. 아니, 정확히는 너무 안이하게 생각하고 있었던 것인지도 모른다.

"설마……!"

설마도 없었다. 이 세계에서 이 프리텐스가 적이라고 설정할 물체가 얼마나 있겠는가?

아니, 정확히 말하면 하나밖에 없다.

"적기 형식 조회……."

세인은 고소공포증에 몸을 떨면서도 갈수록 얼굴색이 파리해지는 스프린의 모습에 의아함을 느꼈다.

"왜 그래, 스프린? 대체 그 '적'이 누구인데?"

그때 막 경보음이 멈추었다. 그렇게 생긴 순간의 정적은 이내 그 정적 속에서 유일하게 들리는 예의 그 여자 목소리, 프리텐스의 서브 컴퓨터의 목소리를 더욱 뚜렷하게 들을 수 있도록 해주었다.

「적기 형식 번호 SW-PS-13-C1, 크샤레노 이드 커스텀 통상 장비 상태.」

"이드……."

"이드라고?!"

스프린의 눈이 크게 떠졌다. 더불어 세인도 크게 놀란 듯 지금 자신이 좁은 조종석에 앉아 있다는 사실마저 잊으며 자리에서 벌떡 일어나다 조종석 천장에 머리를 부딪쳤다. 하지만 기계인 서브 컴퓨터는 그런 사용자의 마음을 알지 못한 채 상황 분석에 들어갔다.

「이 상태라면 23초 후에는 전투 가능 거리가 됩니다. 상대 기체의 파일럿을 이드, 기체 상태를 최상의 상태라고 가정하였을 경우 지금의 기체와 파일럿의 수준이라면 승률은… 28.9435퍼센트입니다. 퇴각을 권합니다.」

"꿀걱!"

세인의 마른침을 삼키는 소리가 유난히 크게 들렸다. 그리고 스프린은 자신의 양손을 매만지며 표정을 굳혔다.

"주인님."

"응?"

갑자기 자신의 이름을 부르는 스프린의 모습에 세인은 의아함을 느꼈다. 하지만 잠시 동안 스프린은 아무 말이 없었다.

'스프린… 설마 나보고 이 기체로 이드와 싸우라고 하는 말을 하려는 건 아니겠지?'

하지만 인생이라는 것이 언제 그렇게 순순히 자신이 원하는 대로 움직인 적이 얼마나 있었던가? 유감스럽게도 지금의 이 인생이라는 녀석은 자신의 원하는 상황을 만들어주려는 생각이 없는 것 같았다.

"이드와 싸워주세요."

스프린의 목소리에는 비장함마저 어려 있었다. 비록 작은 몸집에 어린 아이같이 귀여운 목소리의 그녀였지만 이때만큼은 웬만한 성인 못지않는 비장함이 풍겨 나오고 있었다.

"물론 지금의 우리로서는 이길 수 없을 거예요. 하지만 어차피 우리로

서는, 지금의 프리텐스로써는 도망칠 수도 없어요. 결국 싸울 수밖에 없어요.”

“그… 그래?”

아직 실감이 안 나는 듯 세인의 대답은 힘이 빠져 있었다. 현재 그의 심정은 이러하였다.

‘대체 이게 무슨 마른하늘에 날벼락이람……!’

대체 판타지 세계에서 전투기로 독 파이트라니? 이 얼마나 어처구니 없는 일이란 말인가?!

“자세 제어 등의 자잘한 처리는 이쪽에서 할게요. 주인님은 조종과 화기 제어를 해주세요.”

“으, 웅.”

문득 세인은 자신이 어린 시절에 자주 보았던 로봇 만화 하나를 떠올렸다. 전혀 비범함과는 인연이 없을 듯한 어수룩한 소년이 우연한 기회에 어떤 비밀 병기의 파일럿이 되어 전장을 헤쳐 나가는…….

‘이래서는 마치 내가 로봇 만화의 주인공 같군.’

다만 차이점이 있다면 단 며칠이나마 시뮬레이션을 하며 조종 감각을 익힌 점이라고 할까?

‘이 프리텐스라는 녀석이 로봇 형태로 변신이라도 하면 딱이겠는 데…….’

이런 생각까지 하며 입가에 실소를 머금는 세인이었다. 그리고 그렇게 그가 싸울 각오를 다지려는 순간, 또다시 그의 귓가로 컴퓨터의 음성이 들려왔다.

‘크샤레노, 급속 접근 중. 앞으로 10초 후에 접촉.’

“주인님, 준비하세요. 곧 시작될 거예요.”

“그래.”

'에잇! 될 대로 되라!'

그런 생각과 함께 세인은 크샤레노를 힘껏 가속시켰다.

"프리텐스!"

이드는 크게 놀랐다. 그리고 자신의 귀를 의심했다. 이런 소리를 낼
수 있는 물건은 자신이 아는 한에서도 얼마 되지 않는다. 아니, 거의 없
다. 게다가 이곳은 기계 문명이 매우 낙후된 세계, 그렇다는 것은 지금
자신의 머리 위를 날아간 것은 자신의 세계, 또는 그 이상 수준의 문명을
갖춘 세계에서 온 것이라는 가설이 세워진다. 그리고 자신의 크샤레노와
같이 이 세계에 떨어진 기계 하나가 지금의 것과 똑같은 소리를 낸다.

그렇다는 것은 지금 막 자신들의 머리 위를 지나간 '그것' 은 자신이
생각하고 있는 '그것' 과 동일한 것일 확률이 매우 높다는 것을 반증하기
도 했다.

"애거트, 네가 이긴 걸로 하자."

"뭐?"

하지만 이미 애거트의 앞에서 이드의 모습은 사라지고 없었다. 그는
이미 어딘가로 공간 이동한 것이다.

"이런, 과거의 한을 풀겠다는 건가?"

애거트는 양 어깨를 으쓱하면서 내시 아쉬운 표정을 지었다. 그런다고
이드가 돌아올 리는 없지만.

"이봐요, 아저씨. 내가 이겼어요. 저 녀석, 도망쳐 버렸네요."

하지만 사회자는 애거트의 말을 이해하지 못한 채 잠시 굳은 상태로
서 있었다. 그래고 잠시 후에야 그의 말을 알아듣고는 만족스럽지 못한
말투로나마 이번 시합의 결과를 관중들에게 알렸다.

"승자는 애버스 군입니다!"

하지만 환호성은 없었다. 아까의 시합도 그렇고 오늘 지금까지 벌어진 두 번의 시합은 시작만 화려했지 결과는 너무나도 허탈했던 것이다.

"이런, 이런. 이래서는 이겨도 보람이 없잖아?"

애거트는 머쓱한 표정으로 뒤통수를 긁적이며 시합장을 내려왔다. 그리고 그가 막 대기실 안으로 들어가려는 순간 그의 옆으로 레노가 다가왔다.

"휘익~ 와우, 레노 양. 무슨 바람이 분 건가요? 레노 양이 먼저 저에게 오실 때도 다 있군요."

애거트는 레노가 스스로 자신에게 다가온 것이 기분 좋은 듯 휘파람을 불며 웃음을 지었으나 레노의 표정은 싸늘하게 굳어 있었다.

"어, 어라? 무슨 일 있나요? 보아하니 무언가를 따질 듯한 모습인데……."

애거트는 자신을 노려보는 레노의 표정에 위축된 듯 뒤로 물러섰고 레노는 그가 물러서는 만큼 앞을 향해 발걸음을 내디뎠다. 그리고 계속 뒤로 물러서던 애거트는 결국 통로 벽에 등이 부딪쳤고 레노는 더 이상 뒤로 갈 수 없는 애거트의 얼굴에 자신의 얼굴을 밀착시켰다.

'아자! 성공~'

물론 이것은 조금이라도 레노와 접촉 상태를 만들고 싶어하는 애거트의 작은 음모였다. 하지만 그것을 모르는 레노는 여전히 굳은 표정을 한 채 애거트에게 질문했다.

"요점만 묻겠어요."

"이럴 때는 날씨 같은 걸 먼저 물어봐도 상관없는데……."

얼굴 옆으로 땀방울을 흘리면서도 어색한 웃음을 짓는 애거트의 모습에도 레노의 표정은 여전히 차가웠다.

"아까 이드와 무슨 대화를 한 거죠?"

“그건…….”

애거트는 일부러 고개를 돌리며 레노의 시선을 외면했고 애거트의 계획대로 레노는 벽에 손바닥을 부딪치기까지 하며 더욱 가까이 그의 얼굴에 자신의 얼굴을 가까이 가져갔다.

“시선 돌리지 마요. 대답해 달라구… 읍!”

애거트는 기다렸다는 듯 재빨리 레노의 입술에 자신의 입술을 부딪쳤다. 너무 가까웠던 두 사람의 거리였는지라 ‘이제는 절대 당하지 말아야지’ 라고 단단히 결심해 두었던 레노조차 피할 수 없었다.

“하하, 선불입니다. 이제 설명해 드리… 욱!”

짜악―

하지만 애거트는 하던 말을 맺을 수 없었다. 레노가 엄청난 힘으로 그의 뺨을 후려쳤기 때문이다. 그녀의 강렬한 따귀 때리기로 인해 애거트는 옆으로 멀리 날아가 버릴 정도였다.

콰당―

“작작 좀 하란 말이에욧!”

자신의 앞에 있는 애거트라는 작자가 뻔뻔하다는 거야 진작에 알았지만 이 정도일 줄은 몰랐다. 이런 짓도 한두 번이어야 그냥 넘어가지 이제는 더 이상 가만히 넘어갈 정도가 아니었던 것이다.

“아아야, 거 아프군요.”

하지만 이내 실실 웃으며 일어서는 애거트로 인해 다시금 화가 뻗치는 것을 느끼는 그녀였으나 간신히 끓어오르는 화를 식히고는 그에게 재차 질문했다.

“…좋아요, 일단 대답이나 해봐요. 아까 이드와 무슨 대화를 한 거죠?”

레노는 매우 불안해하고 있었다. 아까 시합 중에 이드가 지은 웃음.

그것은 어딘가 불안함을 내포하고 있는 웃음이었다. 그리고 레노는 그런 웃음을 전에도 본 적이 있었다. 그리고 그가 그 웃음을 지은 뒤에 일어났던 일은 다시는 상상하기도 싫은 끔찍한 일이었다.

"아니, 왜 이렇게 흥분했어요? 무슨 일이 있군요?"

"아, 아니. 저는……."

하지만 이미 그녀의 표정에서 무언가 낌새를 읽어낸 애거트는 가늘게 뜬 눈으로 그녀를 이리저리 살펴보았다. 레노도 처음에는 단순히 난처한 표정을 지을 뿐이었지만 그의 능력이 무엇인지를 알아내고는 얼굴이 흙빛으로 물들었다.

"……."

당장 자신을 꿰뚫을 것 같은 애거트의 눈빛에 레노는 온몸이 서늘해짐을 느꼈다. 실제로 그녀는 애거트에 의해 모든 것을 조사당하고 있었으니까.

얼마나 그가 아무 말 없이 자신을 쳐다보고 있었을까? 이윽고 애거트의 입이 열렸다.

"스. 프. 린."

"……!!"

레노의 눈이 커졌다. 그녀의 얼굴 전체에 경악의 빛이 스치고 지나갔다. 하지만 애거트는 개의치 않는다는 듯 계속해서 말을 이어갔다.

"이제야 그 이름을 알아내는군요. 이드의 운명의 짝."

"……."

레노는 아무 말도 하지 않았다. 그저 담담히 고개를 숙이고 있을 뿐. 하지만 애거트의 말 한마디 한마디는 날카로운 비수가 되어 그녀의 가슴에 꽂히고 있었다.

"하지만 애초에 둘은 맺어질 수 없는 사이 아니었습니까? 뭐, 한다고 하면 못할 사이는 아니었지만.”

“……..”

“게다가 그녀 때문에 이드는 당신을 선택하지 않는 확실한 계기가 되었습니다. 제 말이 맞나요?”

“……..”

“그리고 그것은 이드가 이 세계로 온 뒤에도 변치 않았군요.”

“……..”

“그래도 당신은 포기하지 않고 이드에게 마음을 받아줄 것을 원했으나 이드는……..”

“…그만!”

결국 듣다못한 레노는 소리를 질렀고 애거트는 그런 그녀의 모습에 너털웃음을 지었다.

“허헛, 역시 안 되겠나요? 하지만 이것은 엄연히 현실……!”

짜악—

결국 참지 못한 레노는 다시 한 번 애거트의 뺨을 때렸다. 하지만 아까와는 달리 이번에는 정말로 화가 나서 때린 것이었다.

털썩—

애거트는 또다시 바닥에 쓰러졌다. 아까보다 더 멀리 날아가서. 하지만 그는 바로 일어나지 않은 채 담담한 시선으로 고개만 들어 레노를 올려다볼 뿐이었다. 하지만 그것이 레노에게는 더욱 잔혹한 행위이기도 하였다.

주룩—

레노의 눈가에 물이 고였고 이내 그것은 그녀의 볼을 타고 흘러내리기 시작했다. 그리고 한번 흘러내리기 시작한 눈물은 멈출 기미를 보이지 않은 채 계속해서 흘러내렸다.

“흑, 으흑, 흑.”

“레노 양……..”

그제야 자신이 너무 심했다는 것을 눈치 챈 애거트는 미안한 눈빛으로 레노를 바라보았지만 이미 늦은 상태였다.

“으흐흐흑!”

“레, 레노!”

레노는 울면서 복도를 빠져나가 버렸고 애거트는 당황한 모습으로 레노가 지나간 통로를 바라보았다. 그렇게 잠시 동안 서 있던 그는 한참 후에야 정신을 차리고는 뒤통수를 긁적이며 선수 대기실로 발걸음을 옮겼다.

“이런, 미움받았군.”

그의 입가에는 자조적인 미소가 걸려 있었다.

과거의 망령

이드는 어느새 예전에 레노와 만났던 그 유적 지하에 도착해 있었다. 그는 빠른 속도로 유적의 통로를 달려가고 있었다.

"프리텐스라니……."

그는 문득 떠오르는 과거의 기억들을 살펴보았다. 프리텐스, 그것은 자신과 너무나도 많은 인연이 닿아 있는 존재였다.

"훗, 상관없겠지."

하지만 적어도 지금까지 그런 것을 따질 필요는 없었다. 지금의 프리텐스는 적이고 적은 철저하게 부수면 되는 것이다.

"그것이 군인의 기본이겠지……."

유독 쓸쓸한 말투로 중얼거리며 이드는 계속해서 통로를 내달려 갔다. 그리고 그의 빠른 발걸음은 얼마 지나지 않아 그를 크샤레노가 있는 석실에 데려다주었다.

"크샤레노……."

전체적으로 푸른색으로 도장된, 전체 길이가 약 15미터 정도에 이르는 중형기이다. 전체적으로 삼각형의 형태를 한 그것의 날개는 양 옆으로 늘씬하게 뻗어 마치 크게 날개를 펼치고 하늘로 비상하려는 매의 그것과도 같았다.

프리텐스와 크샤레노, 이 두 가지를 생각하고 그 둘 중 하나를 직접 보고 있는 그의 머리 속으로 수많은 기억들이 떠올랐다. 자신의 가족, 동료, 애인과의 수많은 추억들……

"나는 돌아간다. 운명이 어찌 되든 상관없어. 반드시!"

그렇에 스스로에게 다짐하며 이드는 크샤레노의 조종석에 올라탔다. 그리고 빠른 손놀림으로 계기판을 조작하기 시작하였다.

부우우우웅—

곧 계기판에 불빛이 들어오며 가벼운 공명음이 조종석 전체를 울렸다. 조종석이 닫히며 전방의 모니터에 영상이 비추어지기 시작했다.

「레샤르 다테. 세브른 마 레파츠 하브레타난 오비셀.」

그리고 그의 귀로 들려오는, 이 세계의 것과는 그 체계부터가 다른 언어.

그것은 실로 오랜만에 들어보는 고국어였다.

「기동 시작. 필요한 정보를 불러오고 있으니 잠시만 기다려 주십시오.」

그와 함께 전방 모니터 구석에 작은 상태 창이 생겨났다. 그것은 현재의 작업 상태를 알려주는 듯 무언가를 열심히 표시하고 있었으나 보통의 인간이 그것을 전부 읽어낸다는 것은 상당한 무리가 따를 정도로 매우 빠른 속도였다.

「동력계 정상. 기체 내부 체크 중. 평균 손상도 3%. 하지만 자체 회복 가능. 기동에 지장없음. 내부 회로에 이상없음. 프로그램 체크 이상없음.

메인 컴퓨터 연결 중…….」

이드는 컴퓨터의 '연결 중'이라는 단어에 갑자기 가슴으로부터 무언가가 뭉클하는 감정이 생겨남을 느꼈다. 그것은 이제는 만나지 못할 어떤 존재에 대한 그리움이었다.

「…메인 컴퓨터 '레노' 기동 실패. 보조 프로그램에 의해 서브 컴퓨터인 '세블'이 그 위치를 대신하겠습니다.」

"…역시 안 되는가?"

크샤레노의 메인 컴퓨터인 '레노' 자신이 알고 있는 한 엘프와 그 이름이 같은 이 전투기의 메인 컴퓨터는 자신이 기존에 알고 있던 컴퓨터와는 여러 가지 면에서 상당한 차이점을 보이던 컴퓨터였다. 그것과의 수많은 인연은 그것이 컴퓨터임에도 자신에게 상당한 그리움을 불러일으키는 것이었다.

「서브 컴퓨터 '세블'. 권리 이양 완료. 임시로 메인 컴퓨터의 역할을 수행하겠습니다. 사용자 확인을 위해 성명과 인식 번호를 체크하겠습니다.」

짧은 시간 동안이나마 '레노'를 생각하던 이드의 귀로 '세블'의 음성이 들려왔다. 상념에서 깨어나며 이드는 컴퓨터로부터의 질문에 곧바로 대답을 하였다.

"ID 이드. 인식 번호 IK-J-30281-XSP."

「…사용자 확인 완료. 크샤레노 기동.」

위이이잉—

너무나도 간만에 들어 다소 생소한 느낌마저 드는 엔진음과 기체 전체에 전해지는 낮은 진동. 그것을 느끼며 이드는 조종간을 잡았다.

"경고. 현재 위치는 밀폐되어 있습니다. 이륙 불가."

막 이륙을 하려던 이드의 귀로 경고음과 함께 '세블'의 음성이 들려

왔다. 하지만 이드는 별 표정의 변화 없이 조종석의 해치를 열고는 크샤
레노에서 내리며 천장을 향해 손을 뻗었다.

　파슝—

　그의 손으로부터 굵은 섬광이 생겨나 천장을 향해 뻗어 나갔다. 그리
고 그 빛이 천장과 접촉하는 순간 천장을 구성하던 벽돌들은 거짓말같이
사라져 버렸다.

　그렇게 간단히 장애물을 제거한 뒤 이드는 다시 크샤레노의 조종석에
올랐다.

　「…장애 요인 제거 확인. 이륙 가능.」

　"좋아."

　입가에 희미한 미소를 지으며 이드는 천천히 레버를 당겼다. 그런 그
의 움직임에 반응하여 크샤레노의 몸체가 서서히 위로 떠오르기 시작했
다.

　"이드, 크샤레노. 간다!"

　그리고 크샤레노가 유적으로부터 완전히 빠져나오는 순간 크샤레노는
매우 빠른 속도로 그곳을 벗어나 자신의 적, 프리텐스가 있는 곳으로 날
아가기 시작했다.

　사사사삭—

　헤라즈는 빠른 속도로 숲을 달리고 있었다. 하지만 그럼에도 불구하고
그의 발 밑에서는 거의 소리가 나지 않고 있었다.

　"이제 곧 소르바스로군."

　헤라즈는 작게 중얼거리며 계속해서 발걸음을 옮겼다. 그가 막 소르바
스 시의 성벽이 보일 때쯤 하여 무언가 생각이 난 듯 발을 돌렸다. 그는
곧 외성 밖의 한 작은 언덕 위로 올라갔다.

“…4년 만인가?”

언덕을 넘어가자 그곳에는 상당히 넓은 공터가 자리하고 있었다. 하지만 그곳은 무언가로 인해 인위적으로 생긴 공터인 듯 결코 작지 않은 규모의 크레이터가 형성되어 있었다.

“애거트… 나는 아직도 아프다.”

헤라즈는 무심결에 손을 뻗어 자신의 허리를 매만졌다. 그의 손끝으로 깊게 패인 상처의 자국들이 느껴졌다.

“너는 누구냐? 너는 그때도 강했고 지금은 더욱 강하다.”

크레이터는 충격을 받은 듯 대각선으로 비스듬하게 그 패인 각도가 기울어져 있었다. 문득 헤라즈는 자신의 허리가 욱신거리는 듯한 착각에 빠졌다. 비록 흉터가 남았다 해도 상처는 나았지만 아직 자신은 그때의 일을 전혀 잊지 못하고 있기 때문이었다.

“그 무기 때문만은 아냐. 너에게는… 무언가 있어.”

그가 가지고 있는 거대한 챠크람 인피니티. 그것도 분명 보통 무기는 아니다. 특히 자신과 처음 맞붙었을 때의 그의 모습은 제대로 된 이성을 가지지 못한 채 반쯤 미친 듯한 모습을 보이면서도 무참하게 자신을 짓밟았다. 비록 지금의 자신은 그때와 비교할 수 없을 정도로 강해지기는 했지만 알고 있었다. 아직 자신은 애거트라고 하는 사내를 이기기에는 역부족이라는 것을.

그렇게 잠시 동안 과거를 생각하며 감상에 빠져 있던 헤라즈는 돌연 자신의 뒤로 고개를 돌리며 말했다.

“이제 그만 나오지 그래? 프로튼에서부터 계속 쫓아온 듯 보이는데.”

하지만 그럼에도 그가 바라보는 방향에서는 아무것도 나오지 않았다. 하지만 헤라즈는 계속해서 자신이 기척을 느낀 방향을 노려보았고 그렇게 수십 분이 지났다.

그렇게 한 시간에 가까운 시간이 되어서야 헤라즈는 가벼운 한숨을 쉬며 몸을 돌렸다.

"내가 여기 오다 보니 너무 민감해졌나? 하긴 나도 실수할 때가……."

하지만 곧 그 장소를 떠날 것 같던 헤라즈는 재빠르게 다시 몸을 돌리며 바닥에 있던 돌멩이를 걷어찼다.

"있을 리가 없지!!"

퓨웃―

그가 걷어찬 돌멩이는 곧바로 수풀을 뚫고 지나가 어느 한 점에 부딪쳤다.

칭―

과연 그의 생각대로 그곳에는 무언가가 있었는지 가는 금속음과 함께 그가 걷어찬 돌멩이는 순식간에 수십 개의 조각이 되어 바닥에 떨어졌다.

"내 목을 노리는 건가, 배신자?"

상대는 마치 숲이라고 하는 한 장의 그림 속에서 그림자가 솟아오르듯 나타났다. 그 모습은 보는 이에게 상당한 이질감과 섬뜩함을 안겨줄 정도였다.

"배신자라……."

헤라즈의 앞에 나타난 이는 엘프인 듯 귀가 뾰족했다. 하지만 순수 엘프는 아닌 듯 보통의 엘프들보다는 귀의 길이가 짧았다.

"그런 치욕적인 단어는 오히려 그대에게나 어울릴 듯한 말이 아닐까?"

동시에 그는 천천히 손을 들어 올려 헤라즈를 향했고 헤라즈 역시 싸울 준비를 하며 손을 허리 뒤로 가져갔다.

"내가 뭘 어쨌길래?"

"무슨 목적을 가지고 있는지 모르겠지만 누구인지 정체조차 제대로 모르는 자들에게 길드 전체를 팔아넘기다니… 그 죄의 대가는 크다!"

낮게 으르렁대는 듯한 상대의 반응에 헤라즈는 쓴웃음을 지었다. 하지만 그것은 다른 시선으로 보면 비웃음이기도 했다.

"장인어른이 될지도 모르는지라 목숨만은 살려두려고 했는데 너무 건방지군."

그 말을 하며 순간 헤라즈가 지은 표정은 평소의 그의 모습이 아니었다. 지금의 그는 몸 전체에서 무언가를 죽인다는 것에 대한 열망이 새어 나오고 있었다.

"마지막으로 하나만 묻지. 지금 티니는 어디 있지?"

하지만 헤라즈의 질문에도 상대는 아무 대답이 없었다. 오히려 그의 몸 전체에서 뿜어 나오던 살기들이 착 가라앉으며 더욱 차가운 분위기를 만들어내었다.

"대답 안 하겠다면 그것으로 됐다. 그럼……."

헤라즈의 허리 뒤쪽에는 한 자루의 전체 길이가 90센티미터 정도인 검이 매달려 있었다. 그는 그것을 뽑아 앞으로 내밀며 앞으로 나아갔다.

"너는 너무 많이 알았어."

그렇게 말하는 헤라즈의 온몸으로 강한 살기가 뿜어지고 있었다.

"자, 어느새 오늘의 시합도 이번 시합이 마지막이 되겠군요!"

"우우우우!"

'마지막' 이라는 단어에 관중들은 야유를 퍼부었다. 그도 그럴 것이 8강이라는 시합이 하나같이 엉망이었던 것이다. 1회전인 제잔드와 가덴의 시합과 2회전인 이드와 애버스(애거트)의 시합은 막 재미있으려는 순간 어이없이 끝나 버렸다. 그리고 3회전은 듣도 보도 못한 이상한 녀석들의 별 재미 없는 시합이 있을 뿐이었다. 한마디로 그저 대전운 좋은 녀석들이었던 것이다. 물론 그들도 사실은 어느 정도 실력이 있는 자들이었으나 앞 두 번의 시합은 관중들의 눈을 너무도 높여놓았던지라 3회전을 질 낮은 시합으로 보이게 만들었다.

그렇다 보니 오늘은 그다지 이렇다 할 시합을 보지 못한 것이다. 그런데 벌써 이번 시합으로 마지막이라고 하니 이 얼마나 짜증나고 김 빠지는 일이란 말인가?

사회자도 그런 관중들의 기분을 알고 있기에 고개를 끄덕였지만 그렇다고 자신의 직분을 잊거나 하지는 않았다.

"자, 이번 시합은 은색의 마법 기사 엘즈마이어 경과 아름다운 바람 세리나이 양의 시합이 되겠습니다!"

"와아아아!!"

관중들은 이번 시합이나마 볼 만한 시합이 되면 좋겠다는 기대감을 가지고는 크게 환호성을 질렀다.

"오랜만이네요, 엘즈마이어 씨."

검은색에 가까운 갈색 머리칼, 전체적으로 볼륨이 큰 몸매에 상당히 노출도가 높은 옷차림의 여성 세리아는 엘즈마이어와 구면인 듯 그에게 손을 흔들며 아는 체를 했다.

"참 세상은 출세하기 편한가 봐요. 산적 두목이 근위 기사라니요."

순간 엘즈마이어의 미간이 좁혀졌다. 하지만 그는 빠르게 원래대로 표정을 되돌리며 반격에 나섰다.

"그렇기는 한가 보더군. 다 가라앉아가는 배 한 척도 버거워하던 해적 두목이 땅 위로 올라오더니 어느새 최강의 대열에 드는 용병단의 단장이라니."

이번에는 아까와 반대로 세리아의 미간이 찌푸러졌다. 하지만 그녀도 금세 원래의 표정을 회복하며 이내 입가에 손을 가져가더니 크게 웃었다.

"오호호호, 저 같은 용병보다야 그쪽이 더 큰 발전을 한 셈이죠. 그럼 어디 그 유명한 은색의 마법 기사 실력을 보도록 할까요?"

세리아는 곧바로 자신의 허리에 걸려 있던 레이피어를 뽑았다. 엘즈마이어 역시 자신의 검을 뽑으며 싸울 준비를 하였다.

"그럼 준비, 시작!"

시합의 시작과 동시에 세리아는 곧바로 엘즈마이어의 허리를 노리고
는 공격에 들어갔지만 엘즈마이어는 미리 예상했다는 듯 뒤로 크게 물러
나며 주문의 캐스팅에 들어갔다.

"아이스 블레이드, 매직 미사일."

주문이 끝나는 동시에 엘즈마이어의 검에 푸른색의 한기가 맺히고
12개의 마법 화살이 세리아를 향해 날아갔다.

"실드!"

타타탕—

하지만 엘즈마이어가 쏜 마법의 화살들은 세리아가 펼친 실드에 가로
막혀 소기의 목적을 달성하지 못한 채 소멸되어 버렸다. 하지만 그 틈을
이용한 엘즈마이어는 바로 다음 주문의 시전에 들어가고 있었다.

"플레어!"

퍼엉—

상당한 폭발음과 함께 세리아의 실드도 함께 산산조각이 났다. 세리아
는 역류해 들어오는 마나를 애써 정리하며 재빨리 뒤로 물러섰다.

"파이어 볼!"

콰쾅—

아나나 다를까, 엘즈마이어는 플레어의 폭발로 인해 생긴 먼지구름을
뚫고 또다시 공격을 감행해 왔다. 하지만 세리아도 지지는 않겠다는 듯
바로 마법으로 응수했다.

"아이스 랜스!"

곧 6개의 얼음창이 방금 전 파이어 볼이 날아온 방향으로 날아갔다.

"리플렉트 매직!"

하지만 엘즈마이어의 주문으로 인해 그녀가 날린 6개의 얼음창은 다
시 그녀를 향해 날아왔고 세리아는 재빨리 몸을 옆으로 움직여 그것을

피해내었다.

"타앗!"

엘즈마이어는 마법에 이어 이번에는 접근전을 하자는 듯 검을 앞으로 세운 채 세리아에게 달려나갔다. 그 모습과 기세는 마치 창을 앞세운 채 전속력으로 돌진해 오는 창기병 이상이었다.

"크읏……!"

채앵—

"매직 미사일!"

검이 옆으로 틀어짐과 동시에 엘즈마이어는 옆으로 틀어진 자세로 인한 빈틈을 메우기 위해 다시금 매직 미사일의 주문을 시전했고 동시에 또다시 12개의 마법 화살이 그녀를 노리고 날아들었다. 하지만 세리아는 그것을 피하거나 막지 않고, 오히려 앞으로 달려들며 검을 휘둘러 그것들을 모조리 소멸시킨 후 엘즈마이어의 측면으로 다가가 빠른 찌르기 공격을 감행하였다. 아직 빈틈을 다 회복하지 못한 엘즈마이어는 급하게 몸을 옆으로 굴려야 했다.

"어머, 요즘 기사들은 바닥에 구르는 게 유행인가 보죠? 게다가 근위 기사단의 단장이라는 분까지 그럴 정도면 그 정도가 대단한가 봐요?"

어느새 다시 일어선 엘즈마이어는 겉으론 별 표정의 변화가 없었지만 속은 꽤나 울컥하고 있는 상태였다. 하지만 세리아는 겉으론 아무 변화 없는 엘즈마이어의 표정을 보고는 자신의 도발이 먹히지 않았다고 생각했는지 더욱 노골적인 비웃음의 표정을 띠며 말했다.

"아, 그러고 보니 댁은 순수 기사가 아니었죠? 전직 산적 두목이었으니 어련하시겠나요? 오호호호."

하지만 여전 엘즈마이어의 표정에는 변화가 없었다. 때문에 세리아는 하지 말았어야 할 말까지 해버렸다.

"저런 산적을 받아들인 소르드 가문이나 근위 기사로 등용한 국왕 전하의 눈은 대체 어떻게 되었길래 그런 바보 짓을 한 거……!!"

하지만 세리아는 마저 말을 맺을 수가 없었다. 그녀는 갑자기 자신의 온몸을 감싸오는 한기에 흠칫 놀라서 뒤로 한 걸음 물러섰다.

"나는 모르더라도……."

엘즈마이어는 검을 옆으로 집어 던졌다. 그리고는 양손을 허리 뒤쪽으로 가져갔다. 그가 다시 손을 들어 올렸을 때에는 그의 양손에 손바닥 두 개 정도의 넓이를 가진 삼각형의 칼날이 양손에 달려 있었다.

"아버님과 나의 주군을 모욕하는 자는 용서하지 못한다!"

째앵—

"꺄악!"

단 한 번이었다. 그 단 한 번의 공격으로 세리아의 검은 두 동강이 나 버렸고 그녀의 어깨에는 가늘지만 긴 상처가 났다. 엘즈마이어는 크게 놀라고 있는 세리아를 노려보며 양손을 들어 올려 보였다.

"보여주지, 네가 말하는 그 '산적' 시절의 내 모습을!"

몸을 낮게 숙인 채 자신에게 달려들어 오는 엘즈마이어를 보며 세리아는 생각했다.

'짐승……!'

…이라고. 하지만 그가 이렇게 화난 이유는 그가 '기사'이기 때문임을 세리아는 미처 생각하지 못하고 있었다.

"일어나, 이드. 언제까지 늦잠을 잘 거야?"

"레이디보다 늦게 일어나다니, 이드는 매너가 꽝이구나."

"이드, 이드, 이드!"

"일어나, 여보. 이미 해가 중천이란 말야. 오늘 데이트하러 가기로 했잖아?!"

꿈일까? 아마도 꿈이다. 그렇지 않으면 과거에 보았던 그녀의 모습이 자신에게 비춰질 리가 없지 않은가?

"이드, 이놈아! 일어나라! 출격이라고!"

"신형을 지급받은 후의 첫 출격인데 두근거리지도 않냐? 이렇게 편하게 자고 있다니."

"이드, 20분 뒤 출격입니다. 준비해 주십시오."

"어이, 거기 늦잠왕 형씨. 빨리 준비하라고."

"이드."

"이드."

"이드."

……

……

……

자신을 둘러싸고 있는 많은 이들, 과거에는 분명 자신과 가까운 사이였고 자주 만나던 사이였다. 자신이 군에서 나온 뒤에도 그들과는 자주 만났었다.

하지만 이제는 어쩌면 두 번 다시 만나지 못할 수도 있는 상대가 되어버렸다.

"끄음……."

이드가 눈을 떴을 때 가장 먼저 본 것은 크샤레노의 계기판이었다. 그것에는 '대기 중'이라는 단어가 연속해서 출력되고 있었다.

"살아 있군."

몸은 멀쩡했다. 충격으로 인해 머리 속이 울리기는 했지만 그뿐이었다. 그는 한 손으로 머리를 부여잡으며 다른 한 손으로는 계기판을 조작해 기체에 이상이 있는지 살펴보았다.

"…이상없나?"

실제로 크샤레노에는 큰 이상이 없었다. 약간은 충격을 받은 듯 몸체 몇 부분이 우그러지고 프리텐스에게 날개를 당했지만 그 정도를 감수하더라도 충분히 기동은 가능한 상태였다.

"그것은… 꿈이었을까?"

자신이 본 것이 무엇이었는가? 프리텐스였다. 자신과 여러 가지로 악연이 많은 기체, 그것이 다시금 자신의 앞에 모습을 드러내었었다. 그리고 자신은 이 세계에서조차 그것을 잊지 못하고 그것을 따라갔다. 짧은 전투 후 정신을 잃고 다시 정신을 차리니 자신은 어느 숲 한가운데에 떨어져 있는 것이었다.

그리고 프리텐스를 감싸고 있던 그 푸른색의 막.

"설마……."

그럴 리가 없다. 아마도 착각이었으리라. 애써 그 일을 꿈 내지 착각이라고 생각하며 이드는 조종실의 문을 열고 밖으로 나왔다. 그리고 그는 조종실 밖으로 나오자마자 자신을 기다리고 있는 인물과 마주했다.

"오래 걸리는군. 쩝쩝. 덕분에 꽤나 지루했다고. 배고프기도 했고. 우적우적."

크샤레노의 조종석에서 나오자마자 그를 반긴 것은 애거트였다. 자신이 한참 동안 있었다는 것을 증명이라도 하겠다는 듯 그의 옆에는 수많은 빈 빵 봉투가 쌓여 있어 마치 낙엽을 태우기 위해 모아둔 광경을 연상케 했다.

"……."

"응? 왜 그래?"

눈가에 어두운 그림자를 드리운 이드가 이해되지 않는다는 듯 애거트는 의아함을 담은 시선으로 그를 바라보았다.

"…그게 다 뱃속에 들어가냐?"

"응? 머아고(뭐라고)?"

그러는 와중에도 애거트는 입속으로 또 하나의 빵을 우겨 넣었고 그런 그의 모습은 충분히 이드를 질리게 만들었다. 하지만 애거트는 여전히 천연덕스럽게 웃으며 옆에 놓인 빵 봉투 중 아직 내용물이 들어 있는 것으로 하나를 들어 올렸다.

"너도 먹을래?"

"거절하겠어."

"……."

휘이이잉―

잠시 둘 사이에 찬바람이 불었다. 그리고 여전히 눈가에 그림자를 드리운 이드가 자신의 눈앞에 있는 애거트라는 한심한 작자를 무시하고 지나가려 했다. 그러자 애거트가 그를 불러 세웠다.

"일단 앉아. 너한테 할 말이 있어서 온 거니까."

그렇게 말하는 애거트의 모습은 자못 진지했다. 그의 몸에서 풍겨 나오는 분위기로 인해 주변의 공기가 무거워졌다. 하지만 이드에게서 눈가의 그림자는 여전히 사라질 줄 몰랐다. 그는 뒤통수로 커다란 땀방울까지 흘리며 천천히 입을 열었다.

"…양손에 빵을 들고 있는 데다가 입 안의 빵도 아직 제대로 삼키지 않은 주제에 그런 표정 짓지 마."

"……."

휘이이잉―

다시 한 번 두 사람 사이에 찬바람이 불었다. 게다가 아까보다도 더욱 싸늘한 바람이었다.

　비슷한 시각, 크샤레노와는 전혀 다른 곳이긴 하지만 추락이라는 상황임에는 별 차이가 없는 것은 프리텐스 역시 마찬가지였다. 그리고 그들, 정확히는 세인이 정신을 차리고 깨어난 것도 이드가 깨어날 때와 비슷한 시각이었다.
　"아야야, 골아……."
　먼저 깨어난 세인은 뒤통수를 매만지며 허리를 일으켰다. 그리고는 자신이 기절하기 직전까지의 상황을 떠올렸다.
　"으음… 그러니까……."
　하지만 아무리 생각해도 자신으로서는 그 광선의 정체와 자신이 기절한 확실한 이유에 대해서 알 수가 없었다. 스프린에게 물어본다고 대답해 주지는 않으리라.
　"그리고 보니… 스프린?"
　자신의 눈앞에 보이는 촉수를 연상시키는 전선들. 그것들은 아직도 스프린의 온몸을 감아쥐고 있었다. 마치 그것은 먹이, 또는 제물을 연상케 하는, 어찌 보면 매우 끔찍한 광경이었다.
　"스… 프린?"
　뚝―
　뚝―
　무언가 액체가 방울져 떨어지는 소리, 세인은 무언가 이상하다는 것을 느꼈다. 그리고 억지로 몸을 시트 앞으로 내밀어 스프린의 상태를 살폈다.
　"스, 스프린?!"
　그녀는 피를 흘리고 있었다. 머리에서, 눈에서, 코에서, 귀에서, 입에서. 그리고 몸 곳곳에서도.

"스프린, 정신 차려!"

세인은 급히 스프린의 온몸을 감고 있는 전선들을 떼어내었다. 하지만 상당히 복잡하게 얽혀 있었는지라 그것만으로도 상당한 시간을 소비해야 했다.

"스프린… 스프린… 스프린……."

'죽으면 안 돼, 죽으면 안 돼, 죽으면 안 돼!!'

가슴이 터져 나갈 것 같았다. 얼굴은 물론이고 몸 전체가 피투성이가 된 그녀의 모습은 세인의 가슴을 요동 치게 하였다.

이제야 간신히 양 팔의 전선들을 풀어내었다. 벌써부터 힘이 들기 시작한다. 하지만 멈출 수는 없었다. 한시라도 빨리 그녀를 풀어주어야 한다고 생각했다.

그녀의 몸을 감은 전선들을 풀어내었다. 그리고 간신히 다리의 전선들까지 풀어내었다.

"스프린……!"

세인은 급히 스프린을 품에 안아 들었다. 하지만 그녀는 아직도 곳곳에서 피를 흘리고 있었다.

"어, 어쩌지?!"

전혀 경험해 본 적은커녕 본 적도 없는 사태가 벌어지자 세인은 크게 당황하고 있었다. 하지만 그렇다고 가만히 보고만 있을 수도 없는 일. 그는 우선 그녀의 몸을 씻겨준 뒤 안정을 취하게 해야겠다고 생각했다.

세인은 조심스럽게 스프린을 안아 들고는 조종석 옆의 스위치를 눌렀다.

위잉—

부드러운 기계음과 함께 조종석의 문은 자연스럽게 열렸고 세인은 우선 주변을 살폈다.

"여기가… 어디야?"

일단은 어느 산속, 또는 계곡의 한가운데인 듯 매우 울창한 숲이 자신들의 주변에 펼쳐져 있었다. 이제 막 다가오는 봄을 맞으며 새순이 피어나는 나무들의 모습은 장관이었다.

"이, 이럴 때가 아니지. 빠, 빨리 스프린을……."

세인은 급히 스프린을 안은 채 프리텐스에서 내렸다. 그리고 다행이었을까? 그의 귀로 물소리가 들려왔고, 그는 바로 소리가 들려오는 방향으로 달려갔다.

"이, 있다."

그가 간 곳에는 상당히 큰 규모의 폭포가 있었고 그 밑으로 고인 물은 상당히 깊어 보였다.

"디그."

세인은 곧 디그 주문으로 땅을 판 뒤 그곳으로 물을 흐르게 하여 물을 채웠다. 그리고는 마법으로 그 물을 데워 스프린의 몸을 씻길 수 있게 하였다.

"그, 그럼."

세인은 조심스럽게 스프린의 옷을 벗겨내었다. 아무리 자신의 가디언이고 애인이지만 그녀의 옷을 벗기는 그의 손길은 매우 조심스러웠고 옆으로 돌아간 그의 얼굴은 당장이라도 불이 붙을 듯 새빨개져 있었다.

제대로 보고 있지 않았기에 세인은 스프린의 옷을 다 벗기는 데 꽤나 시간을 소비했지만 미리 그가 허공에 파이어 볼을 몇 개 띄워놓은 덕에 그녀의 몸이 차가워지거나 하지는 않았다.

찰박―

이미 물은 충분히 따뜻해져 있었다. 세인은 자신의 티셔츠를 벗어 물에 헹군 다음 조심스럽게 그녀의 몸을 닦아 나갔고 그의 티셔츠는 스프린의 피로 인해 순식간에 붉게 변했다. 하지만 세인은 다시금 티셔츠를 헹궈가며 계속해서 그녀의 몸을 닦아주었다.

"스프린… 죽으면 안 돼."

그렇게 얼마나 지났을까? 대부분의 상처는 이미 출혈이 멎은 상태였지만 몇몇 상처는 아직 덜 멎었는지 조금씩 피가 배어 나오고 있었다. 때문에 세인은 같은 상처를 여러 번 닦아주어야 했다.

피가 완전히 멈춘 뒤 세인은 마지막으로 그녀의 몸을 닦아내었고 그제야 피에 얼룩지지 않은 깨끗한 그녀의 몸을 볼 수 있었다.

"다행이다……."

맥박도 정상이었고 호흡도 고르게 쉬고 있었다. 그제야 세인은 안도하며 그녀에게 옷을 입히려고 하였다. 하지만 그녀의 옷은 좀 전의 일로 인해 피투성이였고 그녀를 안고 오느라 세인의 옷 역시 여기저기 피가 묻어 있었다.

"이런……."

세인은 혀를 차며 재빨리 자신의 겉옷을 벗어 스프린에게 입힌 뒤 자신은 속옷 차림으로 그녀의 옷을 물에 헹구기 시작했다.

"그래도 다행이야."

땀으로 얼굴이 범벅된 상태에서도 미약하게나마 세인의 웃음은 지워지지 않았다.

"그런데……."

그러던 중 문득 세인은 생각했다. 대체 그녀가 저렇게 피를 흘려야 했던 원인이 무엇인지. 하지만 지금의 그가 낼 수 있는 결론은 아무리 생각해도 하나뿐이었다.

"역시 저 프리텐스라는 전투기 때문인가?"

대체 저것의 정체는 무엇일까? 단순한 전투기라고 하기에는 너무나도 이질적이란 생각이 드는 세인이었다.

"아무래도 저것은 인간이 만든 게 아닐지도……."

반쯤 농담으로 중얼거린 그였다. 하지만 그 농담으로 중얼거린 한마디가 사실이라는 것을 본인이 알 턱이 없었다.

피퓨퓨퓨퓽—

크샤레노와의 접전이 벌어진 지 벌써 십여 분이 지나가고 있었다. 하지만 그 둘 사이에 진전은 그다지 없었다.

"이런 젠장!"

하지만 세인의 경우는 상당히 속이 꼬여가는 상태였다. 그도 그럴 것이 십 분 내내 뒤를 잡힌 채 상대, 크샤레노의 공격을 피하기만 하는 상태였던 것이다.

"젠장! 무지 치열하네. 이 정도 했으면 자리 좀 바꿔달란 말야!"

본인이 생각하기에도 무리일 듯한 발언을 하면서도 세인은 열심히 레버를 움직여 프리텐스를 조종해 이드의 공격을 피하고 있었다.

"젠장… 어째서 전투기라는 족속들은 무기를 꼭 앞으로만 나가게 하는 거야?"

불만 섞인 세인의 외침에 대답하기라도 하듯 스프린이 그에게 말하였다.

"주이님, 프리텐스는 뒤로 공격할 수 있는 무기가 있는데요."

"……."

'그 말을 왜 이제야 하는 거야!!'

투덜대며 속으로만 항의의 외침을 하는 세인이었다.

"잠시 화기 관제의 권한을 이쪽으로 옮겨올게요."

그때까지만 해도 거의 움직이지 않은 채 자잘한 조작만을 하던 스프린의 손 움직임이 빨라졌다. 그녀의 손이 조종석 양 옆의 버튼 여러 개를 누른 후 지나갔고 이내 그녀는 레버를 잡으며 후방에서 추격해 오는 크샤레노를 조준하며 버튼을 눌렀다.

파바바바—

그녀가 버튼을 누르는 순간 프리텐스의 양 옆으로부터 수가닥의 광선이 나와 뒤에서 쫓아오는 크샤레노를 향해 뻗어 나갔다.

"……!!"

갑작스러운 반격에 이드는 순간 당황하였지만 곧 평정심을 되찾으며 크샤레노를 가속시켰다.

티앙—

크샤레노의 속도가 빨라졌다. 그리고 그런 표적의 속드 변화에 적응하지 못한 광선들은 크샤레노의 뒷부분을 스쳐 지나갔다.

「후면에 대미지. 하지만 경미.」

곧바로 패널 화면에 작은 영상과 함께 크샤레노의 대미지 상황이 출력되었다. 그것을 보며 이드는 안심의 작은 한숨을 쉬었다.

"후… 아무래도 내가 너무 방심했던 것 같군."

그렇게 중얼거리며 이드는 크샤레노의 속도를 다시 프리텐스의 속도와 맞추었다. 그리고 다시금 맹렬한 공격을 퍼부었다.

피피피핑—

퓨퓨퓨퓽—

하지만 이제는 가만히 당하기만 하고 있지 않겠다는 듯 프리텐스의 반격도 만만치 않았다. 하지만 이쪽이 뒤를 잡고 있는 이상 유리한 것은 이쪽이라는 사실을 이드는 잘 알고 있었다.

그런데 그 순간이었다, 크샤레노의 앞에 있던 프리텐스가 마치 급브레이크를 밟기라도 한 듯 갑자기 속도가 느려진 것은.

"바, 바보 같은… 부딪치겠다는 건가?!"

이드는 다가오는 프리텐스를 피하기 위해 레버를 당기려 하였지만 이미 때는 늦은 뒤였다.

"이, 이런……!"

그리고 그때였다, 프리텐스의 주위에 반투명한 푸른색의 막이 펼쳐진 것은.

투캉―

"으아아악!!"

충돌의 충격으로 인해 크샤레노의 몸체가 크게 흔들렸다. 그리고 그 충격으로 인해 이드는 비명을 질렀다.

"바, 방금 전의 그것은……."

이드는 방금 전 자신이 보았던 것을 떠올리며 당황하고 있었다. 하지만 그 순간 이드는 그만 정신을 잃고 말았다.

"스프린… 방금 그건……."

그리고 동시에 세인 역시 정신을 잃었다.

쩌엉―

"꺄악!"

세리아는 가슴이 부서지는 듯한 충격에 비명을 지르며 뒤로 넘어졌다. 그리고 실제로 그녀의 가슴이 정말 부서지지는 않았지만 그녀가 걸치고 있던 흉갑은 단순히 움푹 패이거나 한 것이 아니라 산산이 부서져 있었다.

"아까 전의 발언 취소해라."

이미 엘즈마이어의 말투는 평소의 높임말이 아닌 반말에다가 위협조였다. 마치 맹수와 같은 자세로 낮게 웅크린 채 자신을 보며 으르렁거리듯 말하는 엘즈마이어의 모습에 세리아는 공포감을 느꼈다. 그의 모습은 평소의 그라고는 도저히 생각할 수 없는 모습이었던 것이다. 그리고 그것은 관중들도 마찬가지였다. 심지어는 레미엘조차 그가 이런 모습을 숨기고 있었으리라고는 상상도 하지 못했던 일이었다.

"허어, 엘즈가 저런 면도 있으리라고는……."

자신도 엘즈마이어가 소르드 가문의 적자가 아닌 양자임은 알고 있었다. 하지만 그가 어디에서 데려온 자인지, 무엇을 하던 자인지에 대해서는 아는 것이 거의 없었다. 물론 자신이 마음먹고 조사를 하면 못 알아낼 것도 없었지만 친구에 대한 예의로 그런 짓은 하지 않았던 것이다.

"그런데 갑자기 무슨 일로……?"

시합장과의 거리가 거리인만큼 레미엘에게 엘즈마이어와 세리아의 대화가 들렸을 리가 없었다. 때문에 그는 엘즈마이어가 왜 저렇게 화가 난 모습으로 저 세리아라는 여자를 공격하는지를 모르고 있었다.

하지만 엘즈마이어가 따로 설명을 하지 않아도 그의 전후 사정을 상당히 잘 알고 있는 인물이 없는 것은 아니었다.

"히야, 저거 대단한데? 세리아가 막기도 급급한 상대라니……."

흥미롭다는 듯 탄성을 흘리는 가덴의 모습에 제잔드는 고개를 끄덕였다. 그러던 중 가덴은 제잔드의 표정에서 무언가를 읽고는 그에게 질문을 던졌다.

"어라? 혹시 너 뭔가 알고 있는 거라도 있냐? 저 기사양반에 대해서."

가덴의 질문에 제잔드는 고개를 끄덕였다. 가덴은 그가 고개를 끄덕이자마자 두 눈에 빛을 뿜으며 그에게 질문하기 시작했다. 그가 보기에 아무래도 자신의 눈앞에 있는 이 허연 녀석은 저 은빛 짐승(…)과 보통 아는 사이가 아닌 듯하게 보였기 때문이다.

“뭐야? 대단히 잘 아는 사이였던 것 같은데. 그것에 대해 말해 줄 수 있어?”

하지만 그런 질문을 하는 가덴 역시 제잔드가 대답을 해줄 것이라는 기대는 거의 하지 않은 질문이었고 역시 제잔드는 고개를 저었다.

“쳇, 재미없는 녀석 같으니라고.”

가덴이 ‘그럼 그렇지’ 하는 표정으로 고개를 저으며 다시 고개를 시합장으로 돌리려는 순간 전혀 열릴 것 같지 않던 제잔드의 입이 천천히 열렸다.

“엘즈마이어는…….”

“응?”

가덴은 다시금 제잔드에게 귀를 가까이 가져갔다. 하지만 제잔드는 누가 듣든 말든 상관하지 않은 채 알아듣기조차 힘들 정도의 작은 목소리로 말을 이었다.

“엘즈마이어는 내 형이다.”

“타앗!”

파캉—

하지만 제잔드가 한 한마디는 경기장에서 일어난 커다란 금속음에 막혀 가덴은 들을 수 없었다. 엘즈마이어가 반 토막만이 남아 있던 세리아의 검을 완전히 부숴 버린 것이었다. 때문에 가덴은 다시 한 번 질문해야 하는 수고를 해야 했다.

“엥? 뭐라고? 아까 금속음 때문에 못 들었어.”

하지만 제잔드는 더 이상 입을 열 생각 하지 않은 채 시합장을 바라볼 뿐이었고 그의 모습에 가덴은 ‘쳇’ 이라고 중얼거리며 자신도 시합장으로 시선을 돌렸다.

“취소해라.”

여전히 위협조로 말하는 엘즈마이어의 모습에 세리아는 놀랄 수밖에 없었다. 그리고 결국 그녀는 두 손을 들어 올리며 항복 선언을 하고 말았다.

"알았어요. 제가 말실수를 했어요. 용서해 주실 건가요?"

성실하지 못한 상대의 사과에 엘즈마이어는 못마땅하면서도 고개를 끄덕였고 세리아는 미간을 좁히며 자신을 노려보는 엘즈마이어의 시선을 애써 외면하며 어색한 미소로 무마시키려 하였다.

"승자는 엘즈마이어 경입니다!"

"와아아아아!!"

언제나처럼 관중의 환호성과 함께 승부가 난 두 선수는 시합장 아래로 내려갔다. 그리고 아무도 올라가 있지 않은 시합장 위로 올라간 사회자는 기세 좋게 외쳤다.

"자, 오늘 이 시간까지 저희 프로튼 왕실 주최 무투회를 관전해 주신 관중 여러분께 감사의 말씀을 드리며……."

사회자가 말을 다 마치기도 전에 이미 관중들은 경기장을 빠져나가고 있었다. 하지만 자신의 말을 귀담아듣는 이가 거의 없음에도 사회자는 열심히 큰 목소리로 외쳐 대고 있었다.

"흐음, 오늘은 여기까지인 것 같군. 어이, 설녀아들. 오늘 같이 마시겠어?"

마치 매우 친한 친구인 듯 자신에게 어깨동무까지 하며 다가오는 가덴의 모습에 제잔드는 눈살을 찌푸렸다.

"어이, 이봐. 그런 눈으로 볼 것까지는 없잖아. 그런데 같이 마시러 갈 거야, 말 거야?"

가덴의 예상대로 제잔드는 고개를 저었고 제잔드의 딱딱한 모습에 가덴은 양 팔을 들어 올리며 작은 한숨을 쉬었다.

"헤유, 내가 이런 녀석이랑 이렇게 친하게 지내려고 노력 중이라니. 세상은 정말 요지경이라니까."

그렇게 막 혼자서라도 주점에 가려고 하는 가덴의 뒤통수를 보며 제잔드가 작은 목소리로 마치 중얼거리듯 그에게 말을 걸었다.

"주스라면……."

"응?"

제잔드가 무언가 중얼거리는 듯한 소리를 듣자마자 가덴은 다시 몸을 돌렸다. 제잔드는 자신을 빤히 바라보는 가덴의 시선을 슬며시 외면하며 들릴까 말까 할 정도의 작은 목소리로 그에게 말했다.

"주스 정도라면 같이 마실 수 있다고 해두지."

"하아? 뭐야, 너 설마 술 할 줄 모르는 거야?"

어이가 없다는 가덴의 모습에 제잔드는 살짝 고개를 끄덕였고 가덴은 자신의 이마를 딱 소리가 나게 쳤다.

"나참, 용병이 술을 못한다라. 그것도 대륙제일의 용병단 단장이 말야. 이거 기록적이군."

"…술 못하는 용병도 얼마든지 있다."

이미 상대가 허락한 마당이었기에 가덴은 이런저런 말을 늘어놓으며 약 올리면서도 자연스럽게 어깨 위에 손을 올리며 그를 주점으로 끌고 갔다. 어느새 태양은 산 아래로 가라앉은 뒤였고 하늘에는 검은 장막이 깔리기 시작하고 있었다.

엘즈마이어와 세리아의 시합이 끝난 때에도 헤라즈는 여전히 검을 들고 있었다. 그리고 그의 상대인 하프 엘프 사내 역시 그를 노려보며 온몸으로부터 노골적인 살기를 발산하고 있었다.

"역시 길드 2인자인가? 확실히 제법 하기는 한다만……."

서로는 아직도 상대에게 이렇다 할 치명상을 입히지 못한 채 견제 위주의 소모전을 계속하고 있었다. 하지만 그럼에도 두 사람은 그다지 조급해하는 기색이 보이지 않았다. 여전히 상대방을 겉돌기만 하며 빈틈을 발견하려고 애쓰기만 할 뿐이었다.

"그래도 나를 이기기에는 아직 부족하군."

상대를 깎아내리는 발언을 하면서도 헤라즈는 섣불리 공격을 하지 않았다. 그것은 비록 말로는 상대를 우습게 보고 있었지만 실제로는 그러지 않고 있다는 것의 증명일지도 모른다.

얼마나 직접 검을 나누지 않은 채 서로를 노려만 보고 있었을까? 그 정적을 깨며 움직이기 시작한 것은 헤라즈였다. 그는 지그재그로 빠르게 몸을 움직이며 상대의 빈틈을 노렸다. 그리고 헤라즈의 움직임에 따라 상대 역시 그의 반대 방향으로 움직이기 시작했다.

"금방 끝내주마."

"배신자에게는 죽음을."

'배신자'라는 단어에 순간 발끈했는지 헤라즈는 순간적으로 언성을 높이며 상대에게 돌진했다.

"누가 '배신자'라는 거냐?!"

쨍—

헤라즈와 하프 엘프 사내가 서로 교차하면서 날카로운 금속음이 숲을 울렸다. 하지만 그것만으로 끝나지 않는다는 듯 둘은 계속해서 상대의 목숨을 끊기 위해 검을 휘둘렀다.

채챙—

카카캉—

직접적으로 검을 맞부딪치는 일은 없었다. 서로의 검은 마치 미끄러지듯 비껴가고 있었으나 그 순간순간마다 내는 금속음은 검들이 직접 부딪

첬을 때와 비견될 만했다.

샤르륵—

서로 자신의 검만을 가지고 상대를 공격하던 도중 하프 엘프 사내는 헤라즈를 향해 왼손을 들어 올렸고 이내 작은 소리와 함께 그의 손목 아래로부터 가느다란 은색의 빛이 헤라즈의 목을 노리고 날아갔다. 헤라즈는 상대의 갑작스러운 기습에 놀라 순간 움직임이 굳어지는 듯하였으나 빠르게 정신을 차리고는 급히 몸을 틀었다.

피웅—

하프 엘프 사내가 날린 은사는 아슬아슬하게 헤라즈의 목 옆을 지나갔고 이내 그의 뒤에 있던 나뭇가지에 감겼다. 이내 그는 바로 은사를 잡아 당겼고 그의 몸은 헤라즈를 향해 날아갔다.

빡—

"크윽……!"

팔에 시큰한 통증을 느끼며 헤라즈는 옆으로 몸을 피했고 하프 엘프 사내는 나무를 향해 날아가던 도중 공중에서 몸을 돌려 나무를 걷어차 몸의 방향을 돌렸다. 이내 그의 몸은 다시금 헤라즈를 향해 날아갔다.

쨍—

또다시 날카로운 금속음이 숲을 울렸다. 그리고 그와 동시에 헤라즈의 손에 있던 검이 뒤로 멀리 날아가 버렸다. 상대는 그 기세를 몰아 완전히 헤라즈의 목숨을 끊으려는 듯 빠르게 그의 목줄기를 향해 검을 찔러 들어갔다.

투웅—

하지만 그는 소기의 목적을 이루지 못한 채 오히려 헤라즈에 의해 멀리 튕겨져 날아가야 했다. 이내 그는 당황스러움을 감추며 헤라즈의 오른손을 바라보았다. 그의 손은 실처럼 가느다란 검은 기운들이 피어오르고 있었다.

"이걸 쓰는 게 벌써 세 번째군. 나에게 이것까지 쓰게 한 너에게 경의를 표하지."

순간 헤라즈에게 뿜어 나오는 분위기가 크게 바뀌었다. 지금의 그는 단순한 어쌔신이 아닌 하나의 악귀, 그것이었다.

"죽이기 전에 마지막으로 다시 한 번 묻지. 티니는 어디 있지?"

잠시 정적이 흘렀다. 이내 상대 하프 엘프 사내의 어깨가 들썩이기 시작했다. 그는 낮은 조소의 웃음을 흘리며 서서히 고개를 들어 헤라즈를 노려보았다. 이미 그의 손에 들려 있던 검은 허리에 있는 칼집으로 도로 들어가 버린 상태였다.

"쿡, 지금 나에게 겁을 주는 것인가?"

그는 천천히 왼손을 들어 올렸다. 그의 손에는 헤라즈의 것과 같은, 하지만 그 색은 헤라즈의 칠흑 같은 검은색이 아닌 때 하나 묻지 않은 듯한 순백색의 실낱같이 가느다란 기운들이 생겨났다.

"그것은……!"

너무 당황한 나머지 헤라즈는 뒤로 한 걸음 물러서 버렸다. 그의 눈에는 경악의 빛이 스쳐 지나갔다.

"너만 이것을 할 줄 안다고 생각하면 오산이지. 그리고 재미있는 걸 하나 가르쳐 줄까?"

하프 엘프 사내는 이내 자신의 왼손을 앞으로 내밀었다. 그의 손 움직임에 따라 그의 손에 맺혀 있는 실낱같은 하얀 기운들도 그에 따라 넘실대었다.

"티니도 이 정도는 할 줄 알지. 그런데 왜 가만히 있었는지 아나?"

돌연 하프 엘프 사내의 감정이 격화되기 시작했다. 지금까지 평정심을 유지하던 그가 자신의 딸에 대한 쪽으로 생각이 미치자 더 이상 감정을 주체하지 못했던 것이다.

"그 아이는 너무 충실한 아이였지. 너희들의 명령이라면 자결도 할 아이였으니까. 그래서 난 그 아이를 '라트라'에서 풀어주었다. 더 이상 그 아이가 꼭두각시로 있는 것이 싫었으니까."

"……!!"

상대의 말에 헤라즈 역시 감정을 이기지 못하고 흥분해 버렸다. 그의 두 손이 가늘게 떨리고 있었고 눈동자는 수축되었다.

"누구… 맘대로 티니를 풀어주는 거야? 그 아인 내 거라고."

죽일 듯한 시선으로 자신을 노려보는 헤라즈의 모습에도 상대는 코웃음을 쳤다.

"웃기는군. 티니가 언제 너희들의 물건이라도 됐는가? 지금은 이미 새 주인을……."

"죽여 버리겠어!!"

탕—

마치 화약이 터질 때와 같은 큰 소리와 함께 헤라즈는 순식간에 상대의 앞에 나타났다. 하지만 상대는 이미 예상했다는 듯 여유롭게 자신의 왼손으로 헤라즈의 오른손을 쳐내며 오른손 손날로 그의 옆구리를 가격했다.

빠악—

"끄윽……!"

헤라즈는 멀리 튕겨 나가면서도 공중에서 몸의 균형을 잡아 바닥을 구르지는 않았다. 하지만 그가 땅에 서는 순간 이미 하프 엘프 사내는 그의 눈앞에 와 있었다.

"배신자에게……."

"크윽……!"

찌이이잉—

공기를 찢는 울림음과 동시에 상대의 왼손에 넘실대던 수많은 줄기의 하얀 기운들이 사방으로 뻗쳐 나가기 시작했다. 그리고 이내 그것들은 사방에서 헤라즈를 향해 날아들었다.

"죽음을!"

한밤중의 불행

"응?"

순간 티니는 무언가 이상하다는 듯 어느 방향을 보며 의아한 표정을 지었다.

"왜 그러니, 티니? 무슨 일 있어?"

하지만 티니는 이내 아무것도 아니라는 듯 고개를 저었다. 무슨 일 있었나?

"아, 그러고 보니 벌써 저녁 시간이구나."

아마 대충 맞을 거다. 내 짐작대로라면 지금쯤 무투회가 끝나고 레미엘도 자기 방으로 돌아왔을 테고.

"지금 가면 되겠군."

"어라? 오빠, 벌써 식사 가져오게요?"

내가 막 나가려고 하는 순간 세린이 의아한 목소리로 내게 질문했고 나는 그녀의 질문에 고개를 끄덕였다.

“응, 좀 일찍 갔다 와도 상관없잖아?”

“벌써 배가 고픈 거예요?”

은근히 장난기가 섞인 그녀의 질문에 나는 어색하게나마 웃을 수밖에 없었고 그러자 그녀도 나를 보며 웃음을 지었다.

“우훗, 혹시 하이 엘프는 드워프의 식성을 가진 엘프를 말하는 게 아닐까요?”

“세린!”

그녀의 짓궂은 질문에 나는 그만 빽 소리 지르고 말았고 그런 내 모습에 세린은 쿡쿡 웃었다.

“농담이에요. 어라? 설마 삐친 거예요?”

“피, 신경 쓰지 마.”

나는 일부러 고개를 옆으로 휙 돌리며 삐친 척을 해 보였고 세린은 입가에 미소를 머금으며 나에게 다가왔다.

“우훗, 화 풀어요. 제가 키스해 줄게요.”

“……”

조금은 대담한 그녀의 발언에 나는 순식간에 얼굴에 열이 나는 것을 느꼈고, 내가 뭐라고 대답하기도 전에 그녀는 내 양 볼을 잡더니 내 입술 위에 자신의 입술을 포개었다.

“으음……!”

갑작스러운 그녀의 애정 공격(…)에 놀라기는 했지만 그런다고 기분 좋은 게 어디 갈 리는 없었다. 게다가 갑작스럽게 내 혀를 휘감는 그녀의 혀의 감촉은 그야말로… 황홀경? …이라고 해야 하나?

얼마나 둘이 입술을 맞대고 있었을까. 한참 후에야 세린은 내 입술에서 자신의 입술을 뗀 뒤 나를 향해 생긋 웃어 보였다.

“이 정도면 용서해 줄 거죠?”

용서하고 말고가 어디 있겠는가? 이미 내 몸은 최면에 걸리기라도 한 듯 고개를 끄덕이고 있는데.

"그럼 갖다 올게."

"다녀오세요. 아, 기왕 오실 때 아이스크림도 가져와 줄래요?"

어린아이같이 웃는 세린의 모습에 내가 어찌 거절의 말을 하겠는가? 당연히 나도 마주 웃으며 고개를 끄덕이곤 자리에서 일어섰다.

펄럭.

내가 위로 올라가기 위해 자리에서 일어나자 티니도 같이 일어서며 내 옷소매를 잡아당겼다.

"응? 티니도 같이 갈래?"

끄덕—

티니가 고개를 끄덕이자 나는 웃음을 지어 보이며 그녀의 손을 잡고 걸음을 옮겼다. 그렇게 걷다 보니 어느새 우리 둘은 계단을 걷고 있었다.

펄럭.

위치가 대략 지하 3층과 2층의 중간 정도일까? 그때쯤 돌연 티니가 다시금 내 팔을 잡아당겼다.

"응? 무슨 일이니, 티니?"

하지만 내 질문에도 티니는 잠시 아무 말이 없었다. 그러더니 이내 얼굴을 붉게 물들이며 고개를 슬며시 옆으로 돌리는 것이었다.

"무슨 일이야? 뭔가 나한테 할 말이 있는 것 같은데."

무릎을 꿇어 그녀와 눈 높이를 맞추며 그녀의 어깨를 잡아 나를 바라보게 하였으나 그녀는 이내 다시금 고개를 돌렸다. 그러는 와중에도 나의 시선을 피하는 그녀의 얼굴은 붉게 물들어 있었고 무언가를 말하고 싶은 듯 입술을 달싹이고 있었다.

그러던 중 어느 순간이었을까, 그녀가 자신의 입술 위로 손가락 끝을 올린 것은.

"설마… 너도 키스… 해 달라는 거야?"

대답은 없었다. 하지만 그녀의 얼굴이 더욱 발갛게 변하는 것으로 보아 내 짐작이 맞았다는 것을 알 수 있었다.

"티니……."

진작부터 짐작은 하고 있었다. 왜 모르겠는가? 그전부터 나에게 찰싹 붙어서 다니던 것만 보아도 그녀가 나에게 가진 생각은 결코 보통이 아니라는 건 알 수 있었다. 게다가 내가 원래의 남자 모습으로 돌아온 이후 자주 얼굴에 홍조를 띠며 수줍어하는 그녀의 모습은 아무리 보아도 연애 감정이었던 것이다.

그건 그렇고 정말 엄청난 연하 취향이라고 해야 하나? 전에는 열아홉이더니 이제는 열여섯, 아니, 올해로 열일곱인가? …하긴 열아홉은 세린이 레아시아였을 때 이야기지만… 혹시 티니도 알고 보면 나보다 나이가 많은지도…….

이런 말도 안 되는 생각들이 내 머리를 채워갈 무렵 티니는 여전히 수줍어하면서도 연신 무언가를 원하는 표정과 눈빛으로 나를 바라보고 있었다.

"꿀꺽―"

내 살아가는 와중에 이렇게 침 삼키는 소리가 크게 들린 적이 몇 번이나 있었을까? 아직 결혼도 안 했는데 바람피우는 걸로 찍히는 것 아닌지 모르겠네.

'내가 레미엘 짓(…)을 하다니. 이럴 수가!!'

하지만 나도 티니가 싫지 않았다. 아니, 솔직히 말해서 좋았다. 아마 세린보다 티니를 먼저 만났으면 티니를 사랑했을지도 모른다. 이렇게 귀엽고 사랑스러운 아이가 또 있을까? 처음에는 단순히 동생 정도였다. 그러다 레아가 세린으로서 자각을 하고 내가 남자로 돌아온 데다가 그토록 원하던 성인의 모습이 된 이후에는 거의 딸 같을 정도였다. 그런데 어느새 이 작은 엘프 소녀는 나에게 있어 세린과는 다른 의미로 '연인' 이 되어가고 있었다.

'단순히 여자를 먹는(?!) 레미엘과 나는 다른 거야. 엄연히 다르다고!!'

애써 속으로 변명을 하면서도 내 두 손은 자연스럽게 티니의 양 볼을 잡고 있었다. 그녀의 얼굴은 화끈거리는 열기로 인해 너무나 따뜻했다.

그녀는 두 눈을 감았다. 그리고 살며시 턱을 들어 올렸다. 나도 그녀의 그런 모습에 화답하듯 천천히 나의 입술을 그녀의 입술 위로 가져갔다.

"흐음……."

티니에게서 가벼운 신음성이 흘러나왔다. 아마 일전에 세린과 처음 키스했을 때의 나도 그랬었지. 마치 공중에 붕 떠 있는 듯한 그 황홀한 기분에 자신도 모르게 소리를 내버리는…….

짧지만 긴 시간, 이런 반어법적 표현은 로맨스 소설들에서 너무나도 많이 쓰는 표현법이다. 가끔 전설이나 신화에도 나온다. 시에도 꽤 자주 쓰인다. 무언가 심각한 소리를 하고 싶을 때에는 그야말로 단골 메뉴이다.

하지만 이럴 때만큼 그 표현이 어울릴 때가 또 있을까? 결코 과장도, 무게를 잡기 위한 것도 아니었다. '언어' 라는 것으로 이때의 상황을 표현하라고 하면 이렇게밖에 할 수 없는 것이었다.

어찌 되었든 그 '짧지만 긴 시간' 이 지나고 나는 천천히 티니의 입술에서 나의 입술을 떼었다. 하지만 티니는 아직 그 기분과 시간에서 덜 벗어난 듯 아직도 멍한 얼굴을 하고 있었다.

"티니……."

내가 그녀의 이름을 부르자 그녀는 그제야 정신을 차리며 나를 바라보았다. 나는 아직도 붉은 그녀의 얼굴을, 그리고 슬며시 나의 시선을 피하려는 그녀의 눈동자를 바라보며 질문했다.

"내가… 좋아?"

대답은 없었다. 하지만 대답한 것이나 마찬가지인지도 모른다. 그럼에도 나는 확실한 그녀의 대답을 듣기 위해 다시 한 번 질문했다.

"나를 사랑해?"

이번에도 대답은 없었다. 하지만 무언가 변화는 있었다. 직접 눈에 띄는 것은 아니지만 말이다. 그런 느낌을 받으며 나는 다시 한 번 질문했다.

"나와 함께하고 싶어?"

세 번의 질문 끝에야 티니는 작게나마 간신히 고개를 끄덕였다. 하지만 그러는 와중에도 상당한 망설임이 있는 모습이었다. 아마 그녀도 세린을 의식하고 있는 것이리라.

"귀여운 아이, 사랑해 줄게."

나도 참 어찌 들으면 상당히 위험할 수도 있는 대사를 잘도 내뱉었군… 이 말을 한 직후에 바로 생각해도 이런 느낌이 들었으니 할 말 없다.

좌우지간 이런 낯뜨거워지는 대사에 티니는 얼굴을 붉히면서도 살짝 고개를 끄덕였고 그런 그녀의 모습에 나는 웃으며 그녀의 머리를 쓰다듬어 주었다.

"자, 시간이 꽤나 지났겠다. 세린이 기다릴지도 모르니 빨리 갔다 오자."

티니는 여전히 붉은 얼굴로 활짝 웃으며 크게 고개를 끄덕였다. 곧 그

너는 다시금 나의 손을 잡으며 같이 계단을 올라갔다. 그런데 어째 내 얼굴까지 빨개지는 것 같다는 느낌은 왜지?

그렇게 이런저런 생각을 하며 걷다 보니 어느새 나와 티니는 지상으로 올라와 있었고 곧바로 우리 둘은 식당으로 발걸음을 옮기려고 했다. 하지만 그때 내 머리 속으로 해야 할 일에 대한 생각이 하나 스쳤다.

"아, 티니, 난 잠깐 레미엘에게 좀 갔다 올게. 꽤 늦을 것 같으니까 먼저 식사거리 받아서 내려가 있어. 알았지?"

티니는 아쉬워하는 기색을 보이면서도 고개를 끄덕이며 이내 식당이 있는 방향으로 걸음을 옮겼다. 하필이면 식당과 레미엘의 집무실 방향이 정반대라니, 원.

"그런데… 이쪽으로 가서 어디로 가야 하더라?"

급히 티니를 불러 물어보려고 했지만 이미 티니의 모습은 내 눈에서 사라진 상태였다.

"뭐, 찾다 보면 나오겠지. 게다가 대충은 알고 있으니까."

결국 나는 한숨을 쉬면서도 털레털레 발걸음을 옮겼다. 하지만 정말 나도 안일하다는 생각이 드는 것은 어쩔 수 없었다.

"…춥다."

애거트의 말에 이드 역시 작게 고개를 끄덕였다. 이내 그는 꺼진 채 가는 연기를 내뿜고 있는 모닥불을 바라보더니 이내 그들의 주위를 마치 성벽인 양 둘러싸고 있는 빵 봉투의 무더기 중 하나를 집어 올렸다. 잠시 후 이드의 손끝에 작은 불꽃이 생겨났고 이드는 적당히 구긴 빵 봉투에 불을 붙여 모닥불 위에 올렸다. 곧 모닥불은 다시 타오르기 시작했다.

"이제 장난은 그만두고 본론으로 들어가지."

이드의 말에 애거트는 고개를 끄덕이며 귀를 기울였다.

“이제부터 하는 말은 너와 나만 알아두도록 하지. 이 대화는 어디까지나 너와 나만의 비밀이다. 알았나?”

“설마……!”

조금 전과 달리 굉장히 심각한 모습을 하고 있는 이드의 모습에 애거트도 인상이 굳어졌다. 그는 이미 이드가 자신에게 할 말이 무엇인지 짐작하고 있었다. 더불어 그가 지금 이 자리에서 자신에게 하는 말의 무게를 느꼈다. 그러다 보니 자연 애거트의 인상은 진지해질 수밖에 없었던 것이다.

“애거트, 사실은…….”

이드가 막 말문을 열 무렵 애거트는 곧 자신의 굳은 인상을 풀며 얼굴을 붉혔다. 덤으로 두 손으로 가볍게 주먹을 쥐며 턱 밑으로 가져갔다. 거기에 양 옆으로 몸을 흔들기까지 했다. 여자가 하면 ‘귀엽다’ 내지는 ‘깜찍하다’ 라는 말을 들을지도 모르는 행동이었지만 애거트 정도의 건장한(…) 청년이 그런 행동을 하는 것은 굉장한 거부감을 불러왔다.

“아잉, 아무리 그래도 우리는 둘 다 남자라고. 게다가 네가 그러면 레노 양은 어쩌라고.”

“…….”

순식간에 이드의 얼굴이 구겨졌다. 또한 그의 눈가에는 칠흑 같은 그림자가 드리워졌고 머리 위로 굵은 힘줄 마크가 진하게 새겨졌다. 하지만 아직도 상황 판단을 하지 못한 애거트는 남은 대사를 다 뱉어내고 말았다. 그야말로 ‘죽음을 자초한다’ 는 것이 어떤 건지 여실히 보여주고 있었던 것이다.

“너의 마음은 알겠지만 나도 따로 좋아하는 이가 있고 너에게는 미안하지만 네 마음에는…….”

“죽어!”

빠바바바바바바바바바바바바바바바바바바바바바바바박—
뚜쉬뚜쉬뚜쉬뚜쉬뚜쉬뚜쉬뚜쉬뚜쉬뚜쉬뚜쉬뚜쉬뚜쉬뚜쉬—
푹팍푹팍푹팍푹팍푹팍푹팍푹팍푹팍푹팍푹팍푹팍푹팍—
두다다다다다다다다다다다다다다다다다다다다다다—
우지끈와지끈뿌드득빠드득와지랑와지랑쨍그랑쩔그랑와지지직—
"끄아아아아악!!"

꽤 긴 시간 동안 엄청나게 처절한 타격음과 비명이 그들이 있는 산을 뒤흔들었다. 물론 그 소리의 원흉이 이드와 애거트임에는 의심할 여지가 없었다.

어느새 티니는 주방에 도착했다. 주방에서 일하는 요리사도 그녀가 누구인지 알고 있기에 별다른 말은 필요없었고 그들은 빠르게 티니가 내민 종이에 써 있는 메뉴대로 음식을 만들어 바구니에 싸서 티니에게 건네주었다.

사사삭—

티니가 복도를 걷는 데에는 거의 소리가 나지 않았다. 그 '소리'도 그녀가 땅을 딛을 때 나는 소리가 아닌 조금은 흘러내려 있는 그녀의 옷자락들이 부딪치거나 흩날리며 내는 소리였다.

'빨리 가서 기다리고 있어야지.'

먼저 가서 라니오스를 기다린다. 분명 그는 자신보다 늦게 올 것이었다. 혼자 세린이 있는 곳에 가 있을 생각은 없었다. 티니는 내려갈 때도 라니오스의 손을 잡고 갈 생각에 벌써부터 기분이 좋아진 듯 입가에 웃음이 맺혔다.

사르륵—

그렇게 빠른 속도로 복도를 지나던 티니의 귀로 무언가의 소리가 들려왔다. 매우 작은 소리였으나 그것은 분명 무언가를 베었을 때 나는 소리였다. 그것도 매우 날카로운 것으로 벨 때 나는 소리였다.

무언가 이상함을 느낀 티니는 재빨리 소리가 나는 방향으로 달려갔다. 그 소리가 난 방향이 라니오스가 간 방향과 비슷하였기 때문이다.

'이 냄새는……'

자신들이 올라온 계단이 있는 비밀 통로의 입구를 지날 무렵 티니는 무언가 매우 익숙한 냄새가 나고 있음을 느꼈다. 그것은 피 냄새였다.

사각—

조금 전에도 들려왔던 '무언가를 베는 소리'가 더욱 크게 들려왔다. 더불어 티니의 불안한 마음도 조금씩 더 커지고 있었다. 아무래도 이것은 보통의 일이 아니라는 생각이 그녀의 머리 속을 메우기 시작했다.

그녀는 바닥에 음식이 든 바구니를 내려놓았다. 그리고 그 안에서 포크와 나이프 등만을 골라 꺼내어 품 안에 갈무리했다. 그러는 중에도 그녀는 작은 소리 하나 나지 않게 신중을 기했다.

서걱—

소리가 더욱 크게 들려왔다. 더불어 피 냄새도 더욱 짙어졌다. 티니는 천장을 향해 팔을 뻗었다. 그러자 그녀의 손목에서부터 가느다란 빛의 가닥이 뻗어 나와 천장의 장식물 하나에 감겼고 이내 그녀는 바로 천장으로 몸을 날렸다.

"흐음, 저도 아직 미숙하군요, 이렇게 어이없이 들키다니."

조심스럽게, 하지만 빠른 속도로 이동하던 티니의 눈에 들어온 것은 백발을 허리 아래까지 늘어뜨린 사내였다. 하지만 하얀 그의 머리카락과 피부와는 반대로 그의 옷차림은 전부 칠흑 같은 검은색이었다. 그의 발 밑에는 갑옷째로 깨끗하게 조각이 난 기사와 병사들의 시체가 있었다. 더불어 그가 서 있는 곳은 그가 죽인 이들의 시체에서 흘러나오는 피로 인해 바닥 전체가 붉게 물들어가고 있었다.

"……."

티니는 아무 말 없이 상황을 지켜보았다. 이런 광경을 볼 경우 흥분하는 것이 보통이지만 한때 티니에게 있어 이 정도는 '일상'이었으므로 오히려 동요하는 것이 이상할 정도였던 것이다.

상대 백발사내는 무언가를 찾는 듯 계속해서 주변을 살펴보며 여기저기를 조사하기 시작했다.

"흐음, 이상하군. 보통 이쯤 되면 비밀 통로의 입구가 나와야 하는데……."

결국 아무것도 발견하지 못한 백발사내는 곧 다른 곳으로 발걸음을 옮기려는 듯하더니 이내 자리에 멈춰 서며 입을 열었다.

"자, 나오시죠. 계속 그렇게 숨어서 따라오시지 말고요."

자신의 존재를 들켰다는 사실에 티니는 조금 놀랐다. 분명 실수한 것은 없었다. 간만에 어쌔신의 행동을 했다고 무뎌지거나 한 것은 전혀 아니었다. 오히려 평소 이상이었는데도 상대는 자신의 존재를 파악한 것이었다.

하지만 티니는 섣불리 상대의 앞에 자신의 모습을 나타내거나 하는 어리석음을 범하지는 않았다. 그녀는 계속 천장에 매달린 채 백발사내를 주시했다.

"안 나오시는 겁니까? 그럼 제가 먼저 가겠습니다."

백발사내는 조용히 자신의 손을 들어 올렸다. 다만 손을 들어 올렸을 뿐이었지만 그 효과는 놀라운 것이었다. 단순히 바닥을 적시며 흘러내리기만 할 줄 알았던 피가 허공으로 떠오르며 뭉치는 것이었다. 그리고 이내 그것들은 마치 화살이라도 되는 듯 가느다란 막대기의 모양을 갖추었다.

피잇—

이내 그 '피의 화살' 들은 정확하게 티니가 있는 곳을 향해 날아들었고 티니는 재빨리 몸을 옆으로 날려 그것들을 피해내었다.

퍼퍼퍽—

피의 화살들은 조금 전까지 티니가 있던 곳의 천장을 뚫어버렸고 이내 원래의 액체 상태로 돌아온 듯 다시 아래로 흘러내렸다.

"자, 나오시죠."

티니는 직감적으로 알 수 있었다. 아마도 저자가 레미엘이 말한 '침입자' 일 것이다. 그리고 그의 말대로 보통이 아니었다. 오히려 너무 보통을 넘어선 존재라는 느낌을 받을 정도였으니 말이다.

결국 티니는 땅에 내려서 상대 앞에 자신의 모습을 보였다. 티니의 모습을 본 백발사내는 놀랍다는 듯 호기심 어린 눈으로 그녀를 바라보았다.

"호오, 이런 어린 소녀가……."

하지만 그는 곧 표정을 원래대로 되돌리더니 곧 티니를 향해 가벼운 목례를 하며 자신을 소개했다.

"아, 제 이름은 리히터라고 합니다."

문득 리히터는 고개를 갸웃했다. 아무리 봐도 저 인상착의는 일전에 자신이 아는 누가 설명한 그 누구의 이야기와 상당히 일치하는 구석이 있었기 때문이다. 하지만 이내 고개를 저으며 그런 생각들을 날려 버렸다. 일단 지금 자신의 눈앞에 있는 소녀는 지금의 자신에게 있어 '방해물' 에 지나지 않는 존재이기 때문이다.

"보아하니 보통 실력이 아니신 듯하군요. 하지만 금방 끝난다는 것에는 변함이 없습니다."

차가운 웃음을 지으며 검을 뽑는 리히터의 모습에선 날카로운 살기가 풍겨 나오고 있었다. 티니도 상대가 자신의 목숨을 노리고 있다는 것을 알고는 허리에 매어진 태도(太刀)에 손을 가져갔다. 완만하게 휘어진 날을 가진 그것의 길이는 손잡이를 합치더라도 70~80센티미터 정도였다.

"티니야, 이 검은 내가 젊었을 당시에 쓰던 거란다. 이걸 네가 가지고 있으렴."
"아빠, 괜찮아요? 이런 걸 저 줘도……."
"그럼, 이 아빠의 사랑스러운 딸에게 주는 데 아까울 리가 없지."
"그래도……."
"어허, 들고 있는 아빠 팔 떨어지겠다."
"…고맙습니다, 아빠."

문득 그녀는 과거에 자신의 부친으로부터 검을 받았을 때가 생각이 났다. 그립(손잡이)을 잡는 그녀의 손에 힘이 들어갔다.
'아빠, 절 지켜주세요.'

이드가 얼마나 애거트를 두들겨 팼을까? 아무리 평소 침착하던 이드조차도 애거트의 징그러운 작태에는 어쩔 수 없었는 듯하였다.
"…다 때렸냐?"
애거트의 얼굴은 이미 사람의 그것이 아니었다. 어찌 보면 애처롭고 어찌 보면 흉측한 현재의 그의 얼굴은 오크에 비유한다고 해도 오히려 오크에게 미안해질 정도로 뭉그러져 있었다. 그럼에도 그는 이미 퉁퉁 부은 얼굴이 또 부어오른 상태라 뻣뻣해진 근육을 억지로 움직이며 힘겹게 웃음을 지어 보였다. 지금의 그의 모습도 한참 포션을 퍼 발라서 상당히 부기가 가라앉은 상태였음을 감안하면 아무리 애거트가 저지른 만행

을 생각해도 이드가 애거트에게 가한 폭력은 조금은 과했다고 생각할 만
했다.

"더 폭행당하기를 원하는가?"

이를 악물고 눈으로부터 광채를 뿜어내며 주먹을 들어 올리는 이드의
모습에 애거트는 식은땀을 흘리며 격렬히 고개를 좌우로 흔들었다. 그제
야 이드도 조금은 속이 가라앉은 듯 다시 자리에 앉으며 입을 열었다.

"후우. 자, 더 이상 쓸데없는 장난은 그만 하도록 하고 본론으로 들어
가지."

애거트도 더 이상의 지옥을 경험하고 싶은 마음은 없는지라 얌전히 자
리에 앉아 이드의 말을 기다렸다.

"아까도 말했듯이 지금부터 하는 이야기는 너와 나만 알고 있기로 하
지. 그러니까… 어디부터 말해야 하나……."

잠시 이드는 턱을 괸 채 골똘히 생각하는 모습을 보였고 애거트 역시
방금 전까지의 장난스러운 모습이 아닌 자못 진지한 모습으로 그를 바라
보았다. 그러던 중 애거트는 제법 시간이 지났음에도 이드가 아무 말도
하지 못하고 있자 결국 자신이 먼저 이야기를 꺼내기 시작했다.

"왜 아무 말도 안 해? 그럼 내가 맞춰보지."

순간 분위기가 무겁게 가라앉았다. 이드 역시 착 가라앉은 애거트의
눈동자에 놀라 순간 굳어버릴 정도였다.

"너는 이 세계의 사람이 아니군. 뭐, 이 정도는 전부터 알고 있었지
만."

애거트의 말에도 이드는 그다지 놀라지 않았다. 그도 그럴 것이 자신
도 애거트의 능력에 대해서는 대충 알고 있었던 것이다.

"좋아, 이제부터 본론이겠군. 너의 뒤에는 큰 존재가 있어. 너는 아마
그자, 아니, '그들'이라고 해야 할까? 어쨌든 너는 그들이 시키는 대로

움직이고 있는 거로군."

이번에는 이드조차 크게 놀라야 했다. 비록 겉으로는 크게 내색하지 않은 채 작게 고개를 끄덕일 뿐이었지만 자신을 '조종'하는 자가 한 명이 아니라는 것은 그도 모르고 있던 사실이었기 때문이다.

"그들은 정작 이 세계의 파멸 따위는 원하지도 않아. 아마 너에게 종국에 가서는 멋지게 공중 분해당해 버리라는 식으로 시나리오를 짜주었겠지."

애거트의 말은 하나도 틀린 것이 없었다. 덕분에 이드는 겉으로는 담담하게 고개를 끄덕이면서도 혹시 자신이 모를 것을 설명해 줄지도 모른다는 기대감, 그리고 불안감에 가득 차 다음 설명을 기다렸다.

"그들은 분명 너와 한 약속을 지킬 거야. 이건 확실해. 하지만……."

애거트는 잠시 말을 흐렸다. 하지만 그런다고 이드는 그의 말을 재촉하거나 하지 않았다.

"전에도 이야기했듯이 너는 죽어, 이 세계에서."

"그런가……?"

이드는 고개를 끄덕였다. 하지만 처음에 비해 상당히 힘이 없는 모습이었다. 그의 모습을 보던 애거트는 무슨 생각에서인지 갑자기 주먹을 쥐어 그의 안면을 후려쳤다.

빠악!

"크윽."

갑작스러운 기습으로 인해 고개가 옆으로 꺾일 정도의 타격을 받은 이드는 '무슨 짓인가?'라는 뜻의 시선을 담아 애거트를 노려보았고 애거트는 여유롭게 웃으며 그의 시선을 받아넘겼다. 문제가 있다면 아직 그의 얼굴이 여전히 부은 상태라 그래 봐야 멋있기는커녕 더욱 추해 보인다는 데에 있겠지만.

“하지만 가망은 있어. 지금 그들보다 더욱 큰 존재가 나타나려 하고 있어. 그 존재에 의해 운명이라는 것이 크게 바뀔 거야. 너는 물론이고 나, 그리고 모든 존재들의 운명이.”

애거트의 말에 이드는 고개를 갸웃했다. 그로서는 애거트가 뭐라고 말하는지 그 요점을 아직 제대로 이해하지 못하고 있는 것이었다.

“운명이 흐트러지고 있어. 어쩌면 이렇게 운명이 흐트러지는 것이 이 운명이라는 녀석이 겪는 운명일 수도 있지. 하지만 이것으로 그 ‘누구’도 운명으로부터 풀려났어. 적어도 내가 보기에는 말야.”

얼굴에 발랐던 포션이 상당히 좋은 것이었던 듯 이미 애거트의 얼굴은 약간 멍이 남아 있다는 것을 제외하면 거의 가라앉은 상태였다. 그는 하늘을 올려다보며 두 팔을 벌렸다. 그의 모습은 마치 하늘과 포옹하려는 것 같았다.

“아마 너의 운명이 바뀔 거야. 내 생각에는 스프린…….”

스프린, 애거트가 그 이름을 꺼내는 순간 이드의 두 눈이 크게 떠졌다. 하지만 애거트는 신경 쓰지 않는다는 듯 계속해서 입을 놀렸다.

“너의 연인인 그녀는 생각보다 대단한 여자야. 우훗, 너는 대단한 녀석이야. 그런 여자를 자기 것으로 만들다니 말야.”

애거트의 칭찬 아닌 칭찬에 기분이 좋아진 듯 이드의 입가가 조금은 올라갔다. 애거트도 그것을 보고는 피식 웃으며 그의 어깨에 자신의 손을 얹었다.

“그 여자는 너를 구해줄지도 몰라. 아니, 구해줄 거야. 그녀를 믿어.”

“아…….”

이드는 작게 고개를 끄덕였다. 애거트는 그의 모습을 보며 마주 고개를 끄덕여 준 뒤 모닥불로 나뭇가지들을 던져 넣었다. 그리고도 당장 불이 커지지 않는 것이 불만인지 그들 주변에 쌓여 있는 빵 봉투를 한 무더기 집어서 모닥불 안으로 집어넣었다. 그리고는 더 이상 '운명'이라는 것에 대해 이야기하는 것은 무익하다고 생각한 듯 화제를 돌렸다.

"아마 오늘 리히터가 프로튼의 왕성에 갔을 거야. 그리고 지금쯤이면 헤라즈도 소르바스에 도착했을 테고. 켄이야 이미 볼일 다 봤을 테고."

"아!"

짧은 대답과 함께 이드는 다시 한 번 고개를 끄덕였다. 이윽고 그는 옆이 있는 제법 큰 바위에 몸을 기대며 눈을 감았다. 오늘 애거트가 그에게 들려준 이야기들은 그에게 있어 너무나도 놀랍고 중요한 일들이었다. 그런 생각을 하고 있으니 자연히 부담되고 힘이 빠지는 그였다.

자신은 어떻게 될 것인가? 과연 자신은 자신이 살던 세계로 되돌아갈 수 있을까? 그의 말대로 스프린을 다시 만날 수 있을까? 그녀가 자신을 구해준다는 것은 대체 무슨 의미일까? 이런 생각을 하며 이드는 조용히 잠이 들었다.

애거트도 이미 잠이 든 채 조용히 바위에 기대고 있는 이드를 보며 자신도 잠을 청하기 위해 바닥에 빵 봉투를 깔며 자리를 만들었다. 그러나 이내 무언가 생각이 난 듯 이드의 옆으로 다가갔다. 그리고는 이드의 이마 위에 자신의 손을 얹으며 조용히 중얼거렸다.

"너와 나는 한 운명을 타고났음에도 지금 이 순간은 이렇게 다르구나. 나는 나의 이름으로 네가 짊어질 모든 짐을 짊어질지니 이제 너에게 축복이 있으리라. 내가 사랑으로 너를 이끌어가리라."

마치 주문과도 같은 짧은 중얼거림 후 애거트는 이드의 이마 위에 가볍게 키스를 했다. 그때의 그의 표정은 마치 부모나 형제와도 같이 따뜻했다.

그는 곧 자신의 가방에서 모포를 꺼내 이드에게 덮어준 뒤 하늘을 올려다보았다. 그러던 중 애거트는 문득 리히터에게 생각이 미쳤다. 애거트는 얼마 전의 리히터에게서 본 그의 운명을 생각하며 걱정에 빠졌다.

"리히터, 오늘의 일로 인해 너의 운명은 크게 바뀐다."

그리고 다시금 모포 안으로 기어들어 가 잠을 청하기 시작하였다.

잠시 후 애거트는 무슨 이유인지 다시 자리에서 일어섰다. 그의 모습은 흐트러지지 않았으나 사람의 움직임이라고 보기에는 너무나도 이질적이었다.

그는 다시금 하늘을 보며 두 팔을 벌렸다. 그는 정말로 하늘을 안으려는 듯 힘껏 발돋움을 하였다. 그의 눈동자는 마치 정신이 나간 것처럼 풀려 있었으나 눈빛은 오히려 평소보다도 밝게 빛나고 있었다.

"모든 것은 운명에 따라. 그 운명은 애초에는 존재하지 않았으나 지금 이곳에 있는 나로 인하여 운명은 그 흐름이 움직이기 시작하는구나. 하지만 나로 인해 움직인 운명은 또다시 나에 의해 사라지리라. 아아, 모든 존재하는 이들이여, 그대들은 나를 창조하였으나 나는 이미 그대들을 창조하였고 그대들의 멸망까지 준비하노라. 나는 중심이자 테두리이니 그 모든 것은 나의 안에 있도다. 하지만 그 마지막 순간에는 모든 이가 나를 벗어나리니 그것이 내가 그대들에게 내리는 마지막 축복일지어다."

그 말을 끝으로 애거트의 몸이 기울었다. 바닥에 쓰러진 그의 눈은 이미 감겨 있었고 얼굴 가득히 평온함이 가득했다. 그리고는 이내 아까 전의 기묘한 분위기로부터 벗어나 원래의(…) 애거트로 되돌아왔다.

"이힛힛힛. 레노 양, 이번에는 왼쪽 뺨이다. 우우웅~ 오옷, 대담해! 나를 위해 이렇게까지. 으히히히."

무엇보다도 그칠 줄 모른 채 연신 시끄럽게 주변을 울리는 그의 잠꼬대가 오히려 평소보다 더욱 활발(…)한 그의 상태를 대변해 주고 있었다.

레미엘은 여유있는 모습으로 소파에 몸을 기대고 있었다. 그는 손에

든 와인잔을 흔들거리며 그 액체의 출렁임을 바라보고 있었다.

그렇게 그가 얼마나 무게를 잡고 있었을까? 한참 동안의 시간이 지나서야 그는 천천히 입을 열었다.

"그렇습니까? 하긴, 저희 프로튼에만 시간이 주어진 것은 아니니까요."

크로이츠에 대한 이야기를 들을 레미엘의 반응은 의외로 담담했다. 그 정도는 이미 생각해 보고 있었다는 것 정도?

"인간은 간사한 동물입니다. 이런 위기를 코앞에 두고도 여전히 자신의 이익만을 탐하는 모습은 당신들로서는 도저히 이해할 수가 없는 모습이겠죠."

이해할 수 있을 리가 없지. 조용히 고개를 끄덕이는 내 모습에 레미엘은 웃음 지었다.

"일전에 본 어느 책에 이런 이야기가 있더군요. 한 엘프가 '너희 인간은 정녕 신이 두렵지 않느냐?'라고 질문했을 때 그 인간은 이렇게 대답했다고 합니다. '신께서 우리를 이런 모습으로 만드셨고 애초에 인간들이 이렇게 행동하는 것을 원하시기에 두려운 것은 없다'라고."

그는 들고 있던 술잔을 높이 들어 올렸다. 그것은 마치 축배를 들 때의 모습과 비슷하였다.

"신께서는 애초에 인간에게 이런 간사한 모습을 원하셨는지도 모릅니다. 간사한 인간을 위해 건배. 그것이 인간입니다."

레미엘은 들고 있던 술잔을 입에 가져가며 한 번에 그 내용물을 목구멍으로 흘려 넘긴 뒤 잔을 탁자 위에 내려놓으며 나에게 질문했다.

"그런데 이런 시간에 저를 찾으신 것은 그 이야기만을 하기 위한 건 아닌 것 같은데… 무슨 일이신지……?"

역시 레미엘이군. 내가 아직 본론을 말하지 않은 것을 확실하게 알고 있어. 나는 이후 내 입으로 할 말에 대한 내용을 다시금 되새기며 손에 힘을 주었다.

"…이노센트를 우리에게 맡겨."

초마도병기 이노센트. 그 가공할 마동포는 아무리 생각해도 인간이 가지고 있을 만한 게 아니었다. 때문에 나는 지금 이 자리에서 엘프들을 대표하여 그를 인간의 대표로 생각하여 이런 요구를 하고 있는 것이었다.

직접 본 적은 없지만 들려오는 이야기만으로도 충분히 공포스러운 것이었다. 물론 단순히 이야기로만 전해지는 것이니만큼 그 위력이 정말인지 확실하지는 않다. 하지만 아직 그 증거는 뚜렷하게 남아 있지 않은가? 대략 5분의 1이 날아가 버린 이 대륙과 말 그대로 멸종 직전에 이르러 버린 드래곤들의 수.

세린에게서 들은 이노센트에 관한 이야기는 들을수록 전율적이었다. 그녀의 설명은 나에게 있어 그것을 인간들에게 맡겨서는 안 된다고 경고하고 있게 되었다. 게다가 세린 역시 그 생각에 있어서는 나와 같았다.

"흐음, 그렇다면 엘프들께서는 이노센트를 어떻게 할 생각이신가요?"

"……."

역시 물어보는군. 물론 대답은 준비되어 있었다.

"물론 그런 위험한 것을 우리가 가지고 있겠다는 건 아냐. 가능하면 폐기하는 쪽으로 하고 싶지만……."

물론 그런 위험한 물건, 아예 이 세상에서 사라지게 하는 것이 가장 좋은 방법이겠지만 그러기에는 내키는 것이 몇 가지 있다. 무엇보다 쉽게 없애는 것이 가능했다면 영웅전쟁이 끝났을 때 우리 엘프들이 단순히 봉인만 시켰을 리가 없었을 테니까.

"일단은 드래곤들한테 맡기는 쪽으로 생각하고 있어."

"드래곤……!"

드래곤, 오랜 세월을 살며 모든 생명체 중에서 가장 강하고 지혜로운 그들이라면 아마 어떻게든 될 것이다. 적어도 지금으로는 이것이 최선일 것이라고 생각했다.

"그들만큼 그것이 얼마나 위험한 물건인지 잘 알고 있는 이들은 없을 테니까."

"그렇겠죠. 뭐니 뭐니 해도 자신들의 목숨을 앗아간 것이니……."

레미엘도 수긍이 간다는 듯 고개를 끄덕였다. 그들 정도라면 구차한 보복 따위는 하지 않을 것이다. 이노센트를 다루기는커녕 존재 여부조차 모르는 지금의 인간들이다. 만약 그들이 보복하길 원했다면 진작에 인간들을 멸망시켰을 것이다.

"하지만 이번 신족과 마족들과 인간, 아니, 이 중간계의 모든 존재 사이의 싸움에서 그것을 사용해야 할지도 모를 텐데요? 게다가 함부로 옮기다가 무슨 일이 생길지도 모르는 일이고요."

"알고 있어."

물론 레미엘이 우려하는 바를 모르는 건 아니지만 그 정도 대비책도 생각하지 않고 있을 내가 아니었다.

"하지만 꼭 우리가 이노센트를 드래곤에게까지 가져다 줘야 할 이유가 있을까?"

레미엘은 내가 말하는 의도를 모르겠다는 듯 고개를 갸웃했다. 그의 모습에 나는 웃으며 자세히 설명해 주었다.

"직접 이곳으로 와서 가져가라고 하면 되는 거야, 드래곤들에게."

"네에? 형이 알고 지내는 드래곤이 있나요?"

아, 그러고 보니 레미엘은 세린이 드래곤인지 아직 모르고 있었군. 나는 결국 세린에 대해서 설명해 주었다. 물론 자세히 설명할 필요는 없기에 대충 적당히 이야기해 주었을 뿐이지만.

"허어, 레아시아 공주가 드래곤이었다니……."

레미엘은 어이가 없다는 듯 소파에 몸을 묻으며 크게 한숨을 쉬었다. 하지만 이내 장난기가 도진 듯 짓궂은 미소를 띠며 내게 한마디 했다.

"이럴 줄 알았으면 그녀와 약혼했을 당시에 꽉 잡아버리는 거였는데, 아쉽군요."

그런 말 해봐야 이미 늦었다, 요 녀석아. 그의 말에 나도 마주 웃으며 잠시 긴장을 풀었다. 아무래도 갑자기 이런 심각한 이야기를 하니 조금 목이 당기는군.

"궁금한 점이 몇 가지 있는데, 질문해도 되겠습니까?"

"내가 해줄 수 있는 것이라면."

레미엘은 다시금 진지한 표정을 지으며 무릎에 깍지를 꼈다. 그러고 보니 저런 심각한 표정에 자세는 이렇게 비딱하다니. 조금 안 어울리는 듯하면서도 꽤 어울리는군. 나도 나중에 한번 따라해 볼까?

"라니오스 형은 이노센트에 대해서 얼마나 알고 계십니까? 저희 인간 들에게는 추상적인 기록뿐이라 도저히 그 실체에 대해 알기가 힘들더군 요."

"이노센트에 대해서라……."

하지만 나도 그다지 많이 알고 있지는 않았다. 내가 읽은 책마다 그 내용이 조금씩 달랐으니까. 하지만 일단은 내가 아는 한에서 가장 정확 도가 높은 일명 '만물사전(쟈밀의 책)'을 기준으로 해서 레미엘에게 설명 을 해주었다.

"나도 많이 알지는 못해. 하지만 일단 그 크기는 대략 높이 5미터에 가로 40미터, 세로 15미터 정도인 것 같아. 그리고 너도 알다시피 한 번 사용하는 데에도 막대한 마나와 생명력이 필요하지. 그리고 효과나 위력 에 대해서는 나도 잘 모르겠어. 모든 책이 '하늘이 찢어지고 대지가 갈라졌다' 라는 식의 애매한 설명밖에 없으니까."

"흐음……."

"그리고 우리가 일상적으로 알고 있는 마력포와는 모양이 많이 다르다고 하더군."

레미엘은 역시 자신도 마법사라는 것을 증명하듯 상당한 호기심을 보이고 있었다. 내 쪽으로 얼굴, 정확히는 귀를 가까이 갖다 댄 그의 모습은 당장 메모지를 건네주면 죄다 듣는 내로 다 받아 적을 기세였으니까.

"크흠, 흠. 네, 계속 말씀하시죠."

"힘의 방출 형식도 아마 일반적인 마력포와는 많이 다를 거야. 그러지 않고서야 단 한 방에 그 많은 드래곤들이 죽어 나갔을 리가 없을 테니. 정확히 말하면 이미 그것은 마동포라고 볼 수 없는 물건일 테지만."

내 설명은 여기서 끝이었다. 레미엘도 더 이상 아무 말 없이 입을 다문 내 모습에 고개를 끄덕였다.

"그런데 나도 너에게 질문할 것이 있어."

"말씀하시죠."

레미엘은 순순히 고개를 끄덕였다. 조금은 의외인데?

"네가 그렇게 열심히 숨기고 있는 그것, 대체 뭐지?"

하지만 강경하게 나가—…고 있다고 본인은 생각하나 보다—는 내 모습에도 레미엘은 그저 묘한 웃음을 지을 뿐이었다. 문제는 레미엘이 저런 웃음을 지을 때는 제대로 된 해명없이 어물쩍 넘어가고 싶어할 때라는 것. 특히 내가 여자였을 때 많이 보았던 냄새나는—어이—웃음이다.

"말씀드리지 않았습니까? 고대 시대의 유물을 불완전하게 복원시킨 것이라고."

"농담이 아냐! 제대로 좀 설명을 해봐!"

하지만 레미엘은 여전히 아무 말도 할 생각이 없는 듯 보였다. 그렇게 한참 아무 말도 안 하고 담담히 내 눈빛을 받아내다가 하는 소리란 것이…

"일전의 여자 모습인 상태로 저와 하룻밤만 자주신다면… 크악!"

빠악—

"작작 좀 해라! 이놈은 대체……!"

하지만 나는 진작에 눈치 챘어야 했다. 그렇게 발끈하며 문을 나서려는 순간 나는 레미엘이 내 등 뒤에서 득의의 웃음을 흘리는 것을 느꼈다.

'당했다!!'

하지만 이제 와서 다시 뒤돌아가기도 뭐한 상황이 되어버렸다. 한마디로 지금으로써는 더 이상 레미엘을 잡고 흔들기 곤란한 상황이 된 것이다.

'젠장, 두고 보자.'

3류 악당들이 자주 입에 담는 대사를 속에 품으며 나는 레미엘의 방을 나설 수밖에 없었다.

"아, 그러고 보니 티니가 기다리고 있을 텐데……."

이제야 티니를 생각해 내다니. 또 삐치지는 않았는지 모르겠다는 식의 생각을 하다 보니 자연 내 걸음은 빨라질 수밖에 없었다.

치잉, 피잉—

"웅? 무슨 소리지?"

그렇게 서둘러 걸음을 옮기던 도중 내 귀로 작고 가는 금속음이 들려왔다. 이런 한밤중에 저런 소리가 들려온다는 것은 결코 보통 일이 아니라는 것은 확실했다.

'혹시 티니가 저 소리에 관련된 것은……!'

여기까지 생각이 미치자 나는 내가 낼 수 있는 최고의 속도로 그 소리가 나는 곳으로 달려가기 시작했다.

리히터와 티니가 싸운 뒤 그리 오랜 시간이 흐르지는 않았다. 하지만 이미 티니는 곳곳에 작은 상처들을 입어 자신의 옷을 피로 적시고 있었다.

"하아, 하아."

갑작스럽게 무리한 동작들을 너무 많이 펼친 탓에 티니는 거친 숨을 몰아쉬었고 그런 그녀의 모습에 리히터는 득의의 웃음을 지었다.

"그만 포기하시죠. 보아하니 제가 찾는 것과 관련이 있을 것 같으신데, 순순히 협력해 주신다면 저도 더 이상 폐 끼치지 않을 겁니다."

하지만 리히터는 겉으로는 웃을지언정 속으로는 제법 당황하고 있었다. 보아하니 절대로 성인식을 거치지 않은 엘프이다. 그럼에도 비록 완전히는 아닌데다 전력으로 휘두른 검도 아니었지만 저 소녀는 자신의 검을 피해내고 있었던 것이다. 물론 그 이유 중에는 왠지 모르게 저 소녀를 죽이는 데에 망설임이 생기기 때문이기도 했다.

'흐음, 분명히 저런 특징을 가진 소녀의 이야기를 누구한테서 들었는데……'

하지만 그가 잠시 딴생각을 한 것은 그 영향이 작으나마 실수였음에 틀림없었다. 그가 다른 데에 한눈을 팔고 있다는 것을 눈치 챈 티니가 그 틈을 놓치지 않고 공격을 시도한 것이었다.

풋—

그녀가 리히터의 옆을 지나가는 순간 리히터의 뺨에 제법 긴 상처가 생겨났다. 거기까지는 그리 큰일은 아니었다. 하지만 그 다음에 일어나는 일은 결코 작은 일이 아니었다.

"제 뺨에… 상처를……"

그는 조금은 떨리는 손으로 자신의 뺨을 닦아내었다. 그의 손에는 방금 닦아낸 그의 피가 묻어 있었다. 티니는 돌연 붉은색의 빛을 뿜어내는 리히터의 눈동자에 자신도 모르게 뒷걸음질쳤다.

"어린 소녀인 점도 감안하고 해서 가급적 살려 드릴 생각이었지만……."

그는 손에 묻은 자신의 피를 핥았다. 자신의 피를 핥는 그의 모습은 공포스러웠지만 다른 한편으로는 고혹스러움과 함께 묘한 매력과 색기를 발산하였다. 하지만 그 매력도 점점 짙어지는 살기에 묻혀 사라지고 있었다.

"아무래도 무리인 일이 되어버린 것 같군요."

돌연 서서히 리히터의 육체의 형태가 변하기 시작했다. 그것은 마치 본래의 형태가 없었다는 듯 연기와도 같이 뭉게뭉게 피어오르기도, 물처럼 바닥에 흐르기도 하며 형태를 바꾸고 있었다. 핏빛을 머금은 흑색의 그것들은 서서히 티니의 주위를 둘러쌌다.

"아……."

티니는 난생처음 보는 광경에 순간 검을 놓칠 뻔할 정도로 몸의 힘이 풀리는 것을 느꼈다.

끔찍스러웠다. 그리고 어딘지 모르게 보고 있을수록 알 수 없는 무언가가 자신을 옭아매려는 것 같았다.

하지만 어딘지 눈을 떼기 싫은 묘한 감각도 같이 밀려왔다. 난생처음 겪어보는 모순된, 상반된 감정들이 동시에 밀려오자 티니는 적잖이 당황하고 있었다.

"당신을 저의 영원한 피의 노예로 만들어 드리겠습니다."

마치 그녀를 둘러싸고 있는 공기가 동시에 외치듯 사방에서 들려오는 리히터의 목소리가 그녀의 고막을 울렸다.

“티니… 티니…….”

그녀에 대한 걱정으로 나의 가슴은 평소보다 더욱 빠르게 맥박치고 있었고 입 안은 바싹 말라 있었다.

“티니… 티니…….”

혹시나 잘못되지는 않았을까? 설마 어디 크게 다쳤거나, 아니면… 죽었거나…….

“티니… 티니…….”

제발 아무 일 없어야 할 텐데. 하다못해 지금 이 소란이 일어나고 있는 곳에 티니는 없고 쉽게든 어렵게든 그 일을 정리하고 다시 밑으로 내려가려고 비밀 통로의 계단에 도착했을 때 뾰루퉁한 표정으로 화를 내고 있는다는 식의 일로 끝났으면…

하지만 현실도, 운명도, 그 어느 것도 나에게 긍정적인 상황을 가져다주지는 못했다.

마지막 모퉁이를 돌아 그 문제의 현장에 도착했을 때 내가 본 것은…

“티, 티니…….”

순간적으로 몸에 힘이 빠져나가는 바람에 몸이 휘청였다. 나는 차라리 보지 말아야 할 것을 보았다는 생각에 머리가 깨질 것 같았다. 물론 티니를 저렇게 만든 저자에 대한 분노는 뜨겁게 불타오르고 있었고 더불어 나에 대한 무력감과 죄책감도 느껴졌다.

‘나 때문이야. 내가 티니와 따로 행동해서…….’

눈시울이 뜨거워진다는 느낌을 받았고 거의 그와 동시에 눈에서부터 따뜻한 액체가 나와 볼을 타고 흘러내렸다.

티니는 한 백발사내의 손에 목을 잡힌 채 매달려 있었다. 그녀의 양팔은 마치 거대하고 무거운 무언가에 찌부러진 듯 바스라지고 뒤틀린 채 아래로 축 늘어져 있었고 왼쪽 다리는 너무나도 깨끗하게 허벅지까지 잘려 나간 채 저쪽 바닥에 뒹굴고 있었다.

"너 이놈……."

용서할 수 없다. 설사 신일지라도 저 녀석에게 지옥불보다 더욱 가혹한 벌을 내리리라고 마음먹었다. 그는 자신이 저지른 행동이 오히려 즐거운 듯, 그리고 대놓고 나를 도발하겠다는 의사를 명백히 하겠다는 듯 나를 보며 웃음 지으며 말했다.

"아, 이 소녀 분과 동료이십니까? 조금 늦으셨군요."

가증스러웠다. 이 정도의 분노를 느끼는 것은 태어나서 처음이었다. 짧은 순간 동안 셀 수 없을 정도로 수많은 '단죄' 의 방법이 머리 속을 타고 흘러 들어왔다. 내가 이런 감정을 품을 줄도 안다는 것에 이런 와중에도 내심 놀랄 정도였다.

"이 소녀 분을 마중하러 오신 거라면 데려가십시오."

툭.

그는 아무렇지 않다는 듯, 마치 티니를 물건 취급하듯 내 앞으로 집어 던졌다. 이미 아무 의지도 없는 그녀의 몸뚱이는 짧은 시간 허공을 날아 내 발 앞에 떨어졌다.

"티니……."

그녀를 안아 들었다. 다행히 아직 숨은 붙어 있었다. 비록 양 팔의 뼈가 모두 가루가 되고 다리 하나는 잘려 나가 버린 데다가 몸 곳곳이 마치 난폭한 짐승에게 물어뜯기기라도 한 듯 몸 곳곳의 살점들이 떨어져 나가 버렸지만 그래도 살았다는 것 하나만으로도 지금으로써는 신에게 감사 드렸다.

"리커버리."

상당히 흥분을 한 상태이다 보니 주문을 사용하는 데 평소보다 훨씬 많은 양의 마나를 쏟아 부었고, 그 덕분인지 티니의 얼굴색이 조금은 안정되었고 팔의 뼈도 어느 정도 맞춰진 채 붙었다. 다리의 잘려 나간 부분도 피가 멎고 아물었다. 아마 이 정도면 저 녀석과 싸우는 동안은 이 바닥에 그냥 뉘어두어도 크게 악화되는 일은 없을 것이다.

"아니, 무엇 하러 치료를 하십니까? 어차피 별 가망은 없을 텐데. 게다가 그렇게 많은 마나를 소비하고도 저를 이기실 수 있겠습니까?"

상대의 목소리에는 비웃음과 조롱이 가득했다. 그리고 그의 태도는 더더욱 나를 분노케 하기에 너무나도 충분했다.

"말 안 해도……."

티니를 살며시 바닥에 뉘어준 뒤 허리로 손을 뻗어 스팅을 뽑았다. 이 신의 무기는 지금의 나의 기분을 알아주기라도 하는 듯 평소보다 더욱 그 날의 번쩍임이 강렬해 보였다.

"자리… 옮기지."

"원하신다면."

나와 그는 곧 가까운 곳에 위치하고 있던 정원으로 옮겨갔다. 나는 그를 노려보며 스팅으로 목을 겨누었다.

"죽여 버리겠어. 가장 비참한 방법으로!"

하지만 상대는 그런 나의 행동을 비웃기라도 하듯 검을 뽑지도 않은 채 나를 향해 손을 뻗기만 할 뿐이었다.

"어디 해보시죠."

하지만 그의 자세는 장난 같아 보일지라도 그 분위기는 장난이 아니었다. 방금 전까지만 해도 기분 나쁜 웃음을 흘리며 나를 흘겨보던 그의 인상은 어느새 차갑게 가라앉은 악귀가 되어 있었다.

사라라라락—

그의 몸이 마치 연기가 되기라도 한 듯 사방으로 흩어졌다. 그리고 그 검은색의 '연기' 들은 어느새 내 주변을 둘러싼 채 빠르게 기류 비슷한 형태를 취하기 시작했다.

"어디 지금의 상황을 헤쳐 보시죠."

사방에서 동시에 목소리가 들려왔다. 일단 이자는 절대 인간이 아니었다. 그리고 이렇게 마음대로 자신의 형태를 변형시킨다는 것은…

뱀파이어, 그중에서도 굉장한 고위 클래스의 뱀파이어일 확률이 높았다.

하지만 그는 착각하고 있는 것이 있었다. 그는 내 마법을 염두에 두지 않은 것이었다.

"토네이도!"

퓨아아앙―

강렬한 폭풍이 내 주위를 뒤흔들었다. 하지만 그뿐이었다.

"뭡니까? 고작 그 정도입니까?"

나의 토네이도는 그에게 아무 피해도 주지 못했다. 오히려 그의 '안개'는 조금도 흐트러짐없이 내가 일으킨 바람을 모두 차단해 버렸다.

"아직이야!"

마법이 안 되면 검이다. 그렇게 생각하며 스팅에 마나를 담아 있는 힘껏 휘둘렀다. 하지만 이번에도 헛수고였다. 연기는 내 검이 닿기도 전에 이미 그 자리에 없었다.

하지만 저렇게 내 검을 피한다는 것은 스팅이 닿을 경우 피해를 입기 때문일 것이라는 생각이 들었고 나는 곧 한쪽 방향으로 마구 스팅을 휘둘렀다. 내 생각대로 제법 큰 틈이 생겨나자 나는 그곳을 통해 밖으로 빠져나가려고 하였다.

하지만…

"허술하십니다!"

퍼억!

순간 양 어깨로부터 큰 고통이 느껴졌다. 어느새, 그리고 어디서 나타났는지 허공에서 두 개의 짐승의 머리가 생겨나 나의 양 어깨를 물어뜯은 것이다.

"크윽……!"

그것은 늑대의 형상을 하고 있었다. 그것의 입에는 뜯겨 나간 내 옷자락과 살점, 그리고 피가 엉겨 있었다. 그리고 그것들은 마치 나를 비웃기라도 하는 듯 입가에 웃음을 짓고 있었다. 적어도 내가 보기에는.

"얕보지… 마! 메가 플레어!"

쿠콰쾅!

커다란 폭발음과 함께 나는 다시 한 번 공중에 몸을 띄웠다. 그리고 그 충격은 내 상의를 갈기갈기 찢으며 온몸에 고통을 선사해 주었다.

"끄으… 어."

하지만 그럼에도 상대는 아무 일 없다는 듯 여전히 내 주변을 둘러싸고 있었다. 하지만 사실은 어느 정도 피해를 입은 듯 곧 한곳에 뭉치기 시작하더니 다시금 예의 인간 모습의 형체를 갖추며 뒤쪽으로 물러나 섰다.

"끄음, 조금 위험했습니다. 제 생각보다는 뛰어나시군요."

"마음대로 생각해, 리커버리."

상대는 아무 피해가 없는 듯 보였으나 자세히 보면 얼굴과 손 등 옷에 가려지지 않은 부분에 찰과상 정도의 상처들이 있었다. 하지만 메가 플레어로도 저 정도밖 에 안 되는 피해를 줄 수 있다면 대체 저자를 죽이려면 얼마나 강력한 주문을 써야 한다는 것인가? 게다가 내가 회복 주문을 써 몸의 상처들을 회복하는 동안 그의 상처들도 순식간에 아물어 버렸다.

그는 가늘게 뜬 눈으로 나를 노려보았다.

"이거… 오늘은 제법 상처가 많이 나는군요."

그는 천천히 자신의 허리에 차고 있던 검을 뽑았다. 하지만 천천히 검을 뽑으면서도 조금의 빈틈도 보이지 않는 그 모습은 그가 검에도 상당한, 아니, 굉장한 실력의 소유자임을 암시하고 있었다.

"이제 장난은 치지 않습니다. 각오하시죠."

그의 검은 레이피어와 같이 그 검 폭이 가늘었으나 길이는 보통의 레이피어보다 훨씬 길었다. 그는 느린 동작으로 나를 향해 검을 겨누었다.

"가겠습니다."

파앗—

나직하게 한마디 한 후 곧바로 빠르게 나에게 다가와 검을 찔러오는 그의 모습은 조금 전까지의 느린 동작과는 확연히 달랐다. 물론 내가 저 정도 공격에 맞을 리는 없지만 그래도 굉장한 속도라는 점에는 의심의 여지가 없었다. 지금도 어느새 뒤로 뛰어오른 내 속도를 따라잡았지 않은가?

쨍!

제법 큰 금속음과 함께 나는 다시금 허공에 떠올랐다. 그의 힘 역시 보통이 아니었다. 단 한 번 막았을 뿐인데 이렇게 팔이 저리다니.

"블링크!"

일단은 그의 공격권에서 벗어난 나는 땅에 내려선 두 옆으로 몸을 움직이며 곧바로 주문을 시전했다.

"헤이스트, 라이트닝 세이버, 프로젝트 이미지, 스트랭스!"

지하에 있는 동안 나는 세린과 틈틈이 마법의 훈련을 해두었고 덕분에 이제 어느 정도 주문의 동시 발동에도 익숙해져 있었다. 순식간에 네 개의 마법이 발동되었고 상대는 잠시 혼란스러운 모습을 하였다. 나는 그 틈을 타 그에게 공격을 시작했다.

“매직 미사일!”

곧 40여 개의 빛의 화살이 쏘아져 날아갔고 그 뒤를 따라 열두 개의 환영과 함께 내가 사방에서 그의 목을 노리고 들어갔다. 하지만 그도 호락호락하지 않다는 것을 보여주겠다는 듯 사방으로 핏빛의 화살들을 날려 보내 매직 미사일을 모두 소멸시킨 뒤 검을 크게 휘둘러 아홉 개의 허상을 없앴다. 하지만 그것이 한계였는지 나의 공격까지는 막아내지 못했다.

서걱—

“……!!”

목을 베는 데는 미치지 못했지만 그의 왼팔을 베어내는 데에는 성공했다. 잘려 나간 그의 팔은 잠시 허공을 지나가 땅 위로 떨어졌다.

물론 팔 하나 베었다고 봐주거나 할 수는 없다. 나는 그 기세를 몰아 더욱 강하게 상대를 몰아세우기로 했다.

“하압!”

푸학—

연이어 그의 허리를 베어내었다. 거의 다 이겼다는 것이다.

하지만 그것은 나의 착각이었다. 그는 허리가 잘려 상반신이 바닥으로 기울어지는 외중에도 나를 보며 의미를 알 수 없는 웃음을 지었다. 그리고 그의 그 웃음의 의미가 무엇인지는 금방 알 수 있었다.

콰득—

왼팔로 느껴지는 고통, 그것은 일전에도 그리 많이 경험하지 못했던 수준의 고통이었다.

“크흑!”

고개를 돌려 왼쪽 어깨를 보니 무언가, 마치 짐승의 머리와도 같은 그것이 내 어깨를 물어뜯고 있었다. 내가 바라보자 ‘그것’은 마치 나를 비웃기라도 하듯 웃고 있었다.

"으큭……."

이 정도로 질 수는 없다. 어깨에 힘을 주었다. 그러자 나의 어깨를 물고 있던 그 짐승의 머리통으로부터 빠져나올 수 있었다.

'역시 저 뱀파이어 녀석의 목을 베고 심장을 파괴해야 한다.'

또다시 다른 하나의 짐승이 나에게 덮쳐 온다. 그리고 땅 위에 엎어져 있어야 할 그의 상반신은 어느새 희뿌연 안개로 되어 허공으로 흩어지고 있었다.

"여기서 죽는 겁니다."

어느새 그의 상반신은 다시 하반신 위에 붙어 있었고 그는 검을 치켜든 채 나를 향해 내려치고 있었다.

"죽기는 누가 죽어!"

푸캉—

나는 악을 쓰며 스팅을 휘둘러 그의 검을 맞받아쳤다. 하지만 그의 힘은 내 생각보다 강력했고 그 덕분에 나는 커다란 금속음과 함께 날아가 버렸다. 그리고 더불어 그로 인하여 내 몸에 걸어두었던 마법들이 깨져 버렸다.

"아아악!"

공중에 얼마나 떠 있었고 또 얼마나 바닥을 굴렀을까? 내가 간신히 일어서자 상대는 비웃음을 띠곤 손뼉을 쳐 보였다. 나를 비웃고 있는 상대에게 아무런 보복도 할 수 없다는 지금의 나의 입장이 가장 싫어지는 순간이었다.

"훌륭하시군요. 이렇게까지 제 공격에 버티시다니. 뭐, 이 이야기는 아까 그 아가씨에게도 한 이야기이지만 말입니다."

그 말은 저 녀석이 이런 방법으로 티니를 가지고 놀았다는 것을 의미하는 것이리라. 한마디로 그는 아직 제 실력을 발휘하지 않은 채 나와 티니를 가지고 놀았다는 뜻이다.

"하지만 이상합니다. 그 소녀도 그렇고 당신도 그렇고… 왠지 당신들을 죽여서는 안 된다는 느낌이 드는군요. 뭐, 비록 그 원인이 조금은 다른 것 같지만 그것만으로도 저에게는 충분히 기묘한 일이군요."

하지만 그는 그런 말을 지껄이면서도 서서히 검을 들어 올렸다. 곧 그의 검은 마치 폭사하듯 거칠게, 그리고 엄청난 양의 흑기에 감싸졌다.

"하지만 그런다고 살려 드리지는 않습니다. 죽을 준비는 되셨습니까?"

말도 안 되는 헛소리를 잘도 늘어놓는군. 물론 나라고 저 녀석의 그런 헛소리대로 해줄 생각은 추호도 없었다.

"웃기는군. 네가 그런다고 순순히 죽을 거라고 생각하면 그건 큰 오산이야."

"물론 그런 대답이 나올 줄은 알았습니다. 그런데 그전에 당신의 이름을 알고 싶군요."

저 녀석은 상당히 잘난 척을 좋아하는 듯하군. 하지만 그런다고 못 가르쳐 줄 이름도 아니지. 게다가 이렇게 질질 끌어줌으로써 상처 입은 내 몸에 회복 주문을 걸 수도 있는 것이고.

"내 이름은 라니오스. 엘프 제일의 검. 너는?"

"좋은 이름입니다. 내일까지는 기억해 드리죠."

은근히 열받게 하는 말을 쓰는 게 아예 뼈 속까지 박힌 녀석인 것 같군. 그는 밑으로 늘어뜨린 검을 다시 들어 올려 내 가슴을 겨누었다.

"그럼 이번에는 제 이름을 기억해 주시겠습니까? 제 이름은 리히터, 리히터 사렐테온 제이드론스입니다."

"좋은 이름이군. 한 시간 동안은 기억해 주겠어."

나 역시 같은 방법으로 대꾸해 주며 스팅을 세워 그의 가슴을 겨누었다. 리히터는 그런 내 모습을 보며 실소를 머금었다.

"하하하하, 재미있는 성격을 가진 엘프 분이시군요. 글쎄요, 과연 저에게서 한 시간이나 살아남을 수 있으실지는 지금 확인해 보겠습니다."

그리고 그는 그 말이 끝나기 무섭게 다시금 나를 향해 검을 찔러왔다. 물론 나 역시 그 정도는 대비하고 있었기에 그리 어렵지 않게 그의 첫 공격을 막아낼 수 있었다. 하지만 첫 공격이 막힌 그는 돌연 아무것도 들고 있지 않은 왼팔을 나를 향해 내밀었고, 순간 그의 팔은 조금 전의 그 짐승의 머리 부분으로 변하며 나를 물어뜯으려 했다.

"블링크!"

나는 곧 그의 뒤로 이동했고 바로 그의 심장을 노려 스팅을 찔렀다. 하지만 그 역시 호락호락 당하지는 않겠다는 듯 몸이 부옇게 흐려지며 안개가 되는 듯싶더니 곧 수십 마리의 박쥐가 되어 사방으로 날아갔다. 이내 그것들은 나를 노리고 사방에서 날아들었으나 오히려 그런 그의 행동이 나에게 절호의 공격 기회를 제공해 주었다.

"아이스 스톰!"

파치치칭—

찌익, 찌익—

허공에서 수십 수백 개의 얼음 조각들이 생겨나 휘돌아쳤고, 그 얼음 조각들은 나를 향해 날아오던 박쥐 떼를 후려치곤 곧 상당수의 박쥐들이 몸 곳곳에 얼음 조각에 찔려 나가떨어졌다. 자신의 몸에 박혀오는 얼음 조각들에 고통스러운지 박쥐들은 비명을 질러대며 땅바닥으로 추락했다.

그 모습에 나는 내 쪽으로 승세가 기울었다고 생각하며 마지막 일격을 가하기 위해 주문을 캐스팅했다.

“파이어 스……!”

콰득—

하지만 그것은 착각이었다. 언제 다친 적 있었냐는 듯이 땅바닥에 떨어진 박쥐들은 곧 붉고 끈적한 액체 비슷한 것이 되더니 다시금 예의 그 짐승의 모습을 갖추었다. 그중 나의 다리를 물어뜯은 ‘그것’의 모습은 거의 늑대와 흡사했다. 그것은 마치 나를 비웃기라도 하듯 눈웃음을 짓고 있었다.

“조금이라도 긴장의 끈을 놓치면 이렇게 됩니다, 소년.”

우드득—

“아아아악!!”

내 다리를 물고 있는 그것의 힘은 대단히 강했고 그로 인해 나의 왼쪽 다리는 살점이 뜯겨 나가고 뼈가 부서졌다. 그리고 내 몸에 흐르고 있던 붉은 피들은 허공에 뿌려졌다.

“좋은 피를 가지고 있습니다. 훌륭한 맛입니다.”

“내 피는 네 밥이 아냐!”

나는 있는 힘껏 그를 향해 스팅을 휘둘렀으나 그는 여전히 나를 비웃는 표정과 함께 그리 어렵지 않게 나의 공격을 피해내었다. 게다가 왼쪽 다리가 너덜너덜한 지금의 나로서는 더 이상의 승산이 없어 보이기도 했다. 리히터도 그것을 알고 있는지 원래 인간형의 모습으로 되돌아가며 오른손을 가슴 위로 얹으며 나를 바라보았다.

“만나서 즐거웠습니다. 그럼 여기서 이만 작별을 고해야겠군요.”

그는 다시 허리의 걸린 검을 뽑았다. 그리고 아까 전과 같이 그의 검에 흑기가 폭사했다.

“자, 안녕히, 그리고 영원히 주무시지요.”

파앗—

그 순간 그가 지은 미소는 이전까지의 그 실실 쪼개는 그런 미소가 아니었다. 그것은 그야말로 피에 굶주린 야수, 그 원초적인 모습이었다.

"블링크!"

맞받아쳐 봐야 승산이 없다는 것은 알고 있다. 때문에 나는 그가 오는 것을 알자마자 바로 피했으나 그는 마치 내가 어느 쪽으로 피할지를 예측하고 있었다는 듯 금방 몸을 틀어 다시금 나를 향해 날아왔다.

"고작 그 정도의 잔재주로 저에게서 달아날 수 있을 성싶습니까?"

하지만 나의 의도는 그의 말처럼 달아나려는 것이 아니었다. 나는 그에게 내가 할 수 있는 가장 강한 공격을 선사해 줄 것이다. 만약 그가 이 공격으로 죽지 않는다면 반대로 내가 죽겠지. 하지만 나는 부활이 가능하므로 그리 손해 볼 것은 없다고 생각한다.

나는 내 가슴 앞으로 양손에 쥐고 있던 스팅을 십자(十字) 모양으로 교차시키며 주문을 발동시켰다.

"그랜드 크로스!"

휘이이잉—

"뭐, 뭡니까?!"

저자는 뱀파이어, 그렇다는 것은 바로 그도 결국 언데드의 범주 안에 든다는 것이다. 그리고 그런 언데드에게 있어 신성력은 최대의 독.

"끄아아아아악!!"

바직—

바지직—

순식간에 그랜드 크로스의 빛에 휩싸인 그의 육체는 마치 화상을 입어 가는 듯 보기 흉하게 일그러져 갔고 그의 표정 역시 고통으로 인해 찡그러져 있었다. 그리고 그와 비례해 내 몸의 마력도 급속도로 빠져나가고 있었다.

"제발… 이겨야… 이걸로 끝나……."
그리고는 예전처럼 온몸의 힘이 빠지는 것을 느끼며 내 의식의 끈이
풀어졌다.

● 외전

운명을 보는 자

운명을 보는 자

눈앞이 밝아진다.

아직 눈을 뜨지 않았지만 이 얇은 눈꺼풀은 내 눈으로 들어오려는 빛을 완전히 차단하지는 못하는 듯하다.

차가웠다.

어머니라는 인간의 육체 안에 있을 때의 따뜻함과 반대로 지금의 나를 감싸고 있는 공기는 너무나도 차가웠다.

눈으로는 보이지 않지만 이미 나에게는 보이고 있었다.

나의 이름, 나의 존재, 그리고 나의 역할까지.

이미 나는 앞으로의 나에 대한 모든 것을 보고 있었다. 그리고 지금도 보고 있다, 지겨울 정도로.

"어, 어째서이지? 어째서……!"

막 어머니의 몸으로부터 나온 아기를 손에 안아 들고 있는 한 노파는

상당히 당황하고 있었다. 왜냐하면 지금 자신의 품에 안겨 있는 이 아기
는 다른 아기들과 달리 전혀 울지 않았기 때문이다.

당황한 노파는 아이를 살펴보았으나 울지 않는다는 점을 제외하면 오
히려 보통의 아이들 이상으로 정상이었다. 숨은 제대로 쉬고 있었고 혈
색도 좋아 보였다.

덜컹―

"어떻게 된 거요? 설마 아이에게 무언가 잘못된 일이라도 있는 겁니
까!?"

그 순간 갑자기 문이 열리며 누군가가 안으로 들어왔다. 30대 초반 정
도로 보이는 정갈한 외모의 사내였다. 아마도 아기의 아버지이리라.

"저… 그것이……."

산파에게도 이런 일은 처음이었기에 그녀는 곧바로 대답을 하지 못하
였다. 그리고 그사이 의식을 되찾은 산모도 그녀에게 질문하였다.

"저어, 우리 아이는 어떻지요? 건강한가요?"

이럴 때 무어라고 대답하면 좋을까. 하지만 결국 그녀는 지금의 현실
에 대해 이야기하기로 했다.

"아기는 건강합니다. 하지만……."

"하지만?"

'하지만' 이라는 단어에 두 사람은 잔뜩 걱정된 표정을 지었다. 그리
고 남자의 경우는 재빨리 산파의 옆으로 다가가 아기의 상태를 살폈다.
하지만 남자가 보기에도 아기의 상태는 매우 좋아 보였다. 다만 이성이
거의 없을 아기답지 않게 얌전히 있다는 점이 이질적이기는 했지만 숨소
리도 매우 고르고 혈색도 좋아 보였다.

"태어날 때 전혀 울지 않았습니다."

“…그리하여 드래곤과 인간은 무언의 정전 협정을 맺으며 모든 것이 일단락되었지요. 이것이 영웅전쟁에 대한 간단한 요약입니다.”

한참 자기 도취에 빠져 강의를 하던 노인은 자신의 강의가 끝나고 나서야 무언가 이상한 느낌을 받았다. 그리고 그는 그러한 자신의 느낌에 따라 앞을 가리던 책을 치우며 자신의 설명을 듣고 있어야 할 인물을 바라보았다.

“쿨……”

쩌적—

노인은 자신의 안을 채우던 그 무언가가 빠져나가는 것을 느꼈다. 더불어 그의 안색이 극도로 붉어지기 시작했다.

“도련님, 애거트 도련님!”

하지만 그런 그의 외침에도 당사자는 전혀 깨어날 기색을 보이지 않았다. 아무래도 잠이 들어도 단단히 깊은 잠이 들었는 듯하였다.

탕탕탕탕!

“도련님! 일어나십시오, 애거트 도련님!”

탕탕탕탕탕!

얼마나 계속해서 책상을 손바닥으로 내려쳤을까? 한참 시간이 지나 노인의 손바닥이 새빨갛게 변한 뒤에야 애거트는 잠에서 깨어났다.

“우웅~ 뭐야아, 한참 맛있는 부분인데.”

“도련님!”

대체 이걸로 몇 번째일까? 한두 번이라면 그도 이해할 수 있을 것이다. 하지만 대체 이 젊다 못해 어린 공자는 도무지 자신의 강의를 들을 생각을 하지 않는 것이었다. 오히려 자신의 강의는 마치 수면제라고 외치듯 강의 시작 10분도 채 되지 않는 순간에 잠들어 버리기 일쑤였다.

“도련님, 저도 이제는 더 이상 참을 수 없습니다. 대체 무엇 때문에 이 시간마다 못 참겠다는 듯 잠드시는 겁니까? 조금은 졸음을 참으며 이 늙은이의 이야기를 들어주실 수는 없……!"

막 열심히 설교를 시작하려던 노인은 더 이상 자신의 할 말을 이을 수가 없었다. 그도 그럴 것이…

"쿠우울~"

애거트는 또다시 잠의 세계로 몸을 던진 후였던 것이다.

"도련니임!!"

쫠쫠쫠쫠—

"으게게겟!"

결국 노인은 참지 못하고는 애거트의 양 어깨를 붙잡아 거칠게 전후좌우로 흔들어댔다.

"도련님, 도대체 도련님께서는 후에 무엇이 되시려고 이러십니까? 저도 이런 소리는 하고 싶지 않지만 지금의 도련님의 모습을 보면 이 늙은이는 도무지 안심할 수가 없단 말입니다. 아시겠습니까? 도련님께서는 앞으로 이 하스 가를 계승하셔야 할 막중한 임무가 있습니다! 도련님, 제 말 듣고 계십니까?! 이 하스 가는 영웅전쟁 시절부터 이어져 지금까지 그 위명을 떨치고 있는 대륙에서도 손꼽는 명문가란 말입니다. 게다가 지금의 하스 가는 소르바스를 떠받드는 가장 큰 기둥인 가문이기도 합니다. 그런 하스 가의 후계자이신 도련님께서는 대체 어쩌자고 이런 나태한 모습을 보이신단 말입니까! 확실히 지금 제대로 듣고 계시는 것 맞겠죠?"

"아아, 듣고 있어. 듣고 있다고."

애거트는 만사가 귀찮다는 듯 여전히 졸린 눈으로 노인을 바라보며 귀를 후볐다. 그리고 그런 애거트의 불성실한 태도에 더욱 흥분한 노인은 새빨갛게 물든 얼굴로 일장 연설을 시작하기에 이르렀다.

"도련님! 다시 말씀드리지만 도련님께서는 앞으로 이 하스 가를 짊어져야 할 분이십니다. 아시겠습니까? 물론 지금 받고 있는 교육의 대부분이 지루하고 재미없으실 거라는 것 정도는 이 늙은이도 잘 알고 있습니다. 하지만 이 모든 것이 장래의 도련님에게 있어 매우 중요한 것이며 또한 도련님 자신과 이 가문의 명예를 더욱 돋보이게 해줄 수 있는 것이란 말입니다. 그렇기에 저와 다른 모든 교사들이 성심성의껏 도련님을 가르쳐 드리는 것입니다. 도련님을 위해서, 그리고 이 가문을 위해서!"

"알았어, 알았다고."

"아뇨. 오늘은 조금 더 길게 말씀드려야겠습니다. 지금의 도련님께는 하시겠다는 의지가 결여되어 있습니다. 어떻게 매일같이 수업 시작 10여 분 만에 잠이 들어버리시는 겁니까? 하다못해 지금이 한낮이라면 이해하겠습니다만, 저의 수업은 도련님께서 일어나시자마자 하는 아침 수업이 아닙니까?!"

아무래도 노인에게는 쌓인 것이 많은 듯하였다. 그렇지 않고서야 이렇게 많은 양의 대사를 한꺼번에 토해낼 리가 없지 않겠는가?

"하지만 말야, 난 아침잠이 많다고. 게다가 식사 직후에 수업을 하면 누구나 몸이 나른해진단 말야."

"도련님!"

무엇보다도 더욱 괘씸한 것은 지금 상태에 와서도 이 어린 도련님은 도저히 반성의 기미가 없어 보인다는 점이었다. 지금 자신이 하고 있는 것은 엄연히 설교이고 애거트는 그 설교를 듣는 입장에서 조금은 미안한 척이라도 해줘야 하는 게 예의 아니겠는가? 하지만 이 도련님은 미안한 척을 하기는커녕 늘어지게 하품을 하며 자신의 말을 듣는 둥 마는 둥 하고 있으니 이 얼마나 미칠 지경인가!

"도련님!"

"알았다니까. 하면 되는 거잖아?"

“끄으으응……!”

능글능글한 애거트의 태도에 노인은 생각했다. 아마 이 도련님을 상대하는 동안 자신의 수명이 10년은 줄어들 것 같다고.

“헤에… 동생이요?”

“그렇단다. 지금 이 어미의 뱃속에는 네 동생이 될 아이가 잠을 자고 있어요.”

애거트는 묘한 웃음을 지으며 자신의 어머니를 바라보았다. 이미 자신이 태어난 지 10여 년이 다 되어감에도 그다지 변화가 없는 듯한 젊음과 아름다움을 유지하고 있는 그녀는 그녀의 옆으로부터 들어오는 햇빛과 어울려 마치 성녀와 같은 분위기를 연출하고 있었다.

“하하하. 애거트, 네 동생이 될 아이가 남동생일지 여동생일지 궁금하지 않니?”

그리고 그런 아름다운 여성 옆에서 웃으며 자신에게 질문하는 아버지의 모습에 애거트는 사뭇 자조적인 웃음을 지으며 대답하였다.

“남동생이군요.”

“응?”

너무나 단정적으로 대답하는 애거트의 모습에 그의 부모는 당황한 듯 잠시 동안 얼이 빠진 표정을 한 채 애거트를 바라보았다. 애거트도 그런 그들의 시선을 느끼고는 뒤늦게나마 어색한 웃음을 지으며 고개를 좌우로 저었다.

“아, 아니… 제 말은 그게 아니고 남동생이면 좋겠다는 거죠.”

“아아, 그런 거니?”

“그런 거죠 뭐.”

애거트의 태도에 그들의 부모는 무언가 이상함을 느꼈지만 달리 마땅히 생각나는 이유가 없었기에 아무 질문도 하지 않았다.

"저는 이만 성서 공부가 있어서……."

"그래, 공부는 열심히 해두는 게 좋은 거지."

"애거트, 너무 공부만 하지 말고 가끔은 놀기도 하렴."

"네～에."

'가끔은 놀기도 하렴'이라는 말에 속으로 뜨끔하는 애거트였지만 겉으로는 내색하지 않은 채 잽싸게 부모의 방에서 빠져나왔다.

"하아… 놀라라."

방에서 나오자마자 그는 가슴을 쓸어 내리며 작은 한숨을 쉬었다.

"전혀 도움될 게 없는 능력이라니까."

그에겐 남들에게는 없는 능력이 하나 있었다. 바로 과거에 일어났거나, 아니면 미래에 일어날 일, 운명을 볼 수 있는 능력이었다. 그렇기에 그는 자신이 태어나기도 전의 과거에 무슨 일이 있었는지, 그리고 미래에 무슨 일이 일어날지에 대해서도 모두 알 수 있었다.

그가 5살이 되기까지는 그 능력으로 인해 외적으로도 내적으로도 많은 고생을 하였다. 아직 너무나도 어린 그로서는 의식하지 않아도 자꾸만 자신의 머리 속에 떠오르는 운명의 흐름으로 인해 괴로울 때가 많았던 것이다.

하지만 지금에 와서는 그것도 어느 정도 조절이 되는 중이었다. 하지만 자신이 이미 일어날 일을 알고 있다는 것은 사실이었고 그것은 썩 좋은 기분이 아니었다. 게다가 자신은 별 생각 없이 행동하여도 그것이 운명대로였다는 것을 확인하게 되면 그것도 참 기분 좋지 못한 일이었다.

게다가 자신의 미래에 일어날 일이 좋지 못한 일이라는 것을 미리 알고 있었기에, 미리 알고 있음에도 절대 그것을 막거나 바꿀 수 없다는 것을 알고 있었기에 그의 마음은 더욱더 어두워지는 것이었다.

"자아, 오늘은 여기까지! 이만 해산!"

"수고하셨습니다!"

그렇게 그날의 훈련도 끝이 나고 아아크는 친구들과 함께 연무장을 빠져나왔다.

"어이, 아아크. 자네 오늘 시간 좀 있는가?"

한참 통로를 지나가는 중 그의 친구인 제다트가 그에게 질문하였다.

"응, 시간이야 많지. 뭐 하게?"

"조금 부끄러운 이야기일지도 모르나… 시간이 된다면 자네가 오늘 나의 대련 상대가 되어주지 않겠는가? 오늘 배운 창술을 시험해 보고 싶어 그런다네."

아아크와 제다트, 그들은 기사단 내에서도 알아주는 절친한 친구이자 서로가 1, 2위를 다투는 라이벌 사이이기도 했다.

"뭐, 그런 거라면야 이쪽에서 부탁하고 싶은 일인걸?"

"자네가 그렇게 말해 주니 정말 고맙네."

아아크의 대답에 제다트는 밝게 웃으며 감사의 뜻을 표했다. 하지만 아아크는 무언가 불만 사항이 있는 듯 짧은 한숨을 쉬며 제다트에게 말했다.

"하아, 그런데 그 말투 좀 어떻게 할 수 없어? 그러니까 꼭 늙은이 같잖아."

"자네가 그 서민적인 말투를 고친다면 나도 생각해 보도록 하지."

"…관두자."

"하하하하."

결국 아아크는 허탈한 웃음을 지으며 다시 가던 발걸음을 옮겼다. 그러던 중 그들은 막 맞은편 통로를 지나가려는 사내를 보고는 그를 향해 달려갔다.

"형!"

"애거트 선배님!"

애거트, 그는 이곳의 우상이었다. 그 누구도 따라올 수 없는 무술 실력과 언제나 상위권을 유지하는 성적, 그리고 시원시원하다 못해 털털하기까지 한 그의 성격은 모두에게 인기가 있었다.

"응? 웬일이냐, 네가 이쪽으로 다 오고?"

애거트 역시 아아크와 제다트를 발견하고는 아는 척을 해 보였다. 그는 무언가 일을 하고 있었는지 손에 서류 봉투를 들고 있었다.

"조금 일이 있어서 말야. 그런데 손에 들고 있는 그건 뭐야?"

"응? 이거?"

애거트가 자신의 손에 들려 있던 서류 봉투를 들어 올리자 아아크는 고개를 끄덕였다.

"대단한 건 아냐. 올해의 예산 분배에 관한 서류들이지."

그렇게 말하며 애거트는 다시 발걸음을 옮겼다. 그러면서 그는 등 뒤로 손을 흔들어 보이며 말했다.

"대무할 때는 힘 조절에 신경 좀 쓰라고. 잘못하면 다치니까 말야. 너희들 같은 견습은 특히 대련 중의 사고가 많다고."

"……?!"

"……?!"

"특히 제다트, 네가 오늘 배운 창술은 대무하기에는 그다지 어울리지 않는 창술이니까 특히 주의하고. 여기서… 이런 식으로 휘두를 때 힘 조절이 잘 안 되니까 말야. 아아크는 발 움직임에 좀 더 신경 쓰는 게 좋아. 이렇게. 그리고 이 부분에서 이렇게 움직일 때 자꾸 헷갈리는 것 같더라. 나랑 대련할 때처럼 발이 꼬여서 넘어지지 말고 말야."

지나가는 투로 말하는 그였지만 그런 그의 말에 아아크와 제다트는 놀랄 수밖에 없었다. 자신들은 아무 이야기도 하지 않았는데 어떻게 자신들이 대련을 하려는지 알고 있었을까?

"아아크, 자네 형님께서는 독심술을 쓸 줄 아시는 건가?"

"그, 글쎄? 아마 좀 전에 우리들이 한 말을 들었던 게 아닐까?"

"농담하지 말게나. 그만한 거리에서 우리가 하는 말을 듣는다니."

마치 무언가에 흘린 듯한 표정을 지으며 아아크와 제다트는 애써 대련장으로 걸음을 옮겼다.

언젠가 애거트는 아아크에게 이런 말을 한 적이 있었다.

"아아크, 넌 운명이라는 게 있다고 생각하냐?"

"응? 갑자기 그런 건 왜 물어봐?"

아아크의 질문에 애거트는 속으로 '지금 내가 너에게 이런 질문을 하는 것이 운명이기 때문이지' 라고 대답하였지만 그가 겉으로 아아크에게 한 대답의 내용은 그와는 다른 것이었다.

"아니, 대단한 건 아니고 네 생각이 어떤가 물어보는 거야."

"흐음……."

아아크는 잠시 턱을 짚으며 생각을 하더니 곧 대답하였다.

"내가 그런 걸 알 리가 없잖아?"

"……."

허무하다 못해 허탈하기까지 한 아아크의 대답에 애거트는 뒤통수에 커다람 땀방울이 맺혔다. 하지만 아아크의 대답은 거기서 끝난 것이 아니었다.

"하지만 말야, 그런 게 있든 없든 무슨 상관이야? 운명이라는 게 없으면 그걸로 된 거고 있어도 우리가 직접 바꾸면 되는 것 아니겠어?"

"…그래?"

역시 운명대로였다. 아아크의 대답은 애거트가 미리 본 아아크의 운명에서의 대답과 하나도 다르지 않았다. 그렇기에 그는 왠지 모르게 힘이 빠지는 것을 느끼는 것이었다. 게다가 더욱더 그를 허탈하게 하는 것은 이렇게 자신이 허탈해하는 것마저 이미 정해진 운명이었다는 것이리라.

"왜 그래? 형, 오늘따라 이상해 보인다."

"응? 아냐아냐, 난 멀쩡하다고. 그냥 한번쯤 폼 잡아보고 싶어서 그런 거야."

그는 과장된 포즈를 취하며 애써 아아크의 말을 부인하였다. 아아크는 무언가 어색하다는 점을 느꼈지만 더 이상 캐고 들어간다고 해도 전혀 말 안 해줄 자신의 형이라는 점을 알고 있었기에 더 이상 묻지 않기로 하였다.

'형이 혹시 점성술사의 능력이라도 있는 건가? 운명을 내다본다던가…….'

아아크는 이때부터 가끔 애거트가 보여주는 알 수 없는 행동, 놀라운 행동에 대한 의문점을 품게 된다.

아아크가 애거트에 대한 의문점이 더욱더 깊어진 것은 그로부터 얼마 지나지 않은 날의 밤이었다.

"하아~ 힘들다. 빨리 가서 목욕하고 잠이나 자야… 응?"

그날은 평소와 별다른 점이 없는 날이었다. 아아크가 훈련을 끝내고 집으로 돌아갈 때까지는.

"하하하하!"

그는 자신의 집의 정원을 지나가는 도중 누군가의 웃음소리를 듣게 되었다. 그 웃음소리의 주인은 마치 실성하기라도 한 듯이 계속해서 크게 웃고 있었다.

"하하하하! 하하하! 하하하하!"

그 웃음소리의 주인공을 확인한 아아크는 당황할 수밖에 없었다. 그는 바로 다름 아닌 애거트였던 것이다. 그는 비스듬이 작은 경사가 나 있는 잔디밭 위에 누운 채 연신 웃음을 흘리고 있었다.

"하하하하, 아하하하. 드디어… 드디어……!"

그는 하늘을 향해 양 손바닥을 펼쳐 보였다. 그리고는 마치 그 하늘을 붙잡기라도 하겠다는 듯 주먹을 쥐어 보였다.

"바뀌었다. 바뀌었어!"

그는 몸을 일으켰다. 그리고는 하늘을 올려보며 양팔을 좌우로 활짝 펼쳤다.

"이드, 또 다른 하나의 나 자신이여! 바꾸어라, 바꾸어다오! 이 빌어먹을, 저주받은 운명을 말이다!"

그가 무슨 소리를 하고 있는지 아아크로서는 도무지 알 길이 없었다. 지금의 그의 눈에는 그가 단순히 미쳤다고밖에 생각할 수가 없었던 것이다.

그러던 중 어느 순간, 한참 그 자세로 두 눈을 감은 채 있던 그는 무언가에 화가 나기라도 한 듯 갑자기 두 눈을 치켜뜨며 이를 악무는 것이었다.

"빌어먹을……! 바뀌었는데도 여전히 정해져 있다는 것은 변하지 않는 건가? 그렇다면 부수어라! 부수어 완전히 없애 버리는 것이다. 하하하하!"

그러던 중 한순간에 애거트의 웃음소리가 멎었다. 망연한 시선으로 자신을 바라보고 있는 아아크의 시선을 느꼈기 때문이리라.

"어, 어라? 무슨 일이냐, 아아크?"

무슨 이유에서인지 그의 목소리에는 힘이 없었다. 하지만 아아크는 그런 그의 모습이 단순히 '자신이 이상한 행동을 하는 것을 들킨 것이 부끄러워서 그러는 것이다' 라고 생각할 뿐이었다.

"어? 벼, 별거 아냐. 막 훈련이 끝나서 집에 가려고 지나가는 참이었는데……."

어색한 웃음을 지으며 뒤통수를 긁적이던 아아크는 문득 방금 전의 애거트가 보인 행동에 대해 생각했다. 하지만 이내 가볍게 고개를 저으며 다시 발걸음을 옮겼다.

"무슨 좋은 일이라도 있었나 보네, 그렇게 신나게 웃는 걸 보면 말야."

"벼, 별로……."

"나 먼저 들어갈게. 지금 온몸이 땀투성이라서 빨리 씻고 싶거든."

"어… 그래."

아아크가 집 안으로 들어가자 애거트는 방금 전까지 아아크가 있던 자리를 바라보며 작게 중얼거렸다.

"전혀 모르고 있었어……."

방금 전 아아크의 등장은 자신조차도 전혀 모르고 있던 일이었다. 자신이 본 운명에서는 아아크가 자신의 뒤에 나타나는 일 따위, 전혀 보이지 않았던 것이다.

"정말로… 운명이 부서지는 건가?"

그는 양 어깨를 감싸 안았다. 왠지 모르게 두려웠다, 자신이 모르는 운명이 다가온다는 것이.

"뭐야, 그렇게 원하고 있었잖아? 그런데……."

왜 이렇게 두려운 것일까? 지금까지 언제나 무슨 일이 일어났는지, 그리고 무슨 일이 일어날지를 알고 살아온 자신이기에 그런 것일까? 무슨 일이 일어날지 전혀 예측할 수 없다는 것에서 오는 두려움이 이런 것인가?

"후후후……."

그는 또다시 웃었다. 하지만 방금 전의 커다란 웃음과는 달리 이번에는 매우 낮은 웃음소리였다.

"모든 것이… 운명일까……."

그는 방금 전 아아크가 들어간 문을 향해 걸음을 옮겼다. 그리고 그렇게 걸음을 옮기며 한마디를 더 중얼거렸다.

"아니면 혼돈인가?"

"형, 대체 무슨 일이야? 나한테도 설명 좀 해달라고!"

아아크는 다시 한 번 애거트에게 말했지만 그는 이번에도 자신의 말을 무시한 채 걸음을 옮기고 있었다.

턱.

"뭐야? 갑자기 왜 그러는 거야?! 말을 좀 해보란 말야!"

결국 참다못한 아아크는 애거트의 팔을 뻗어 그의 어깨를 붙잡았다. 그 덕분인지 계속 말없이 걸음을 옮기기만 하던 애거트는 걸음을 멈추며 아아크를 바라보았다.

"아아크……."

"뭐야? 무슨 일이야? 갑자기 아무 말도 하지 않고 여기까지 걸어오고. 여기는 우리들에게도 금지된 구역이라는 건 형도 잘 알잖아?"

지금 그들이 있는 곳은 하스 가 저택의 지하였다. 그곳은 오랜 세월 동안 사람의 흔적이 닿지 않았다는 것을 알려주기라도 하듯 바닥에 먼지가 수북하게 깔려 있었고 천장 모서리에는 빽빽하게 거미줄이 쳐져 있었다.

"비켜라."

무언가 대답을 해줄 것을 기대하였던 아아크는 ‘비켜라’ 라는 한마디만을 한 채 자신의 손을 뿌리치는 애거트의 행동에 무언가가 끊어지는 느낌을 받았다.

“잠깐! 대체 무슨 일이야? 설명을 해달란 말야!”

아아크는 다시 팔을 뻗어 애거트의 어깨를 붙잡으려고 하였다. 하지만 이번에는 그럴 수가 없었다.

슈욱―

순간 애거트의 몸이 저만치 앞으로 나아간 것이다. 그 모습은 마치 유령의 움직임과도 같은 것이었다.

“아아크, 나는 ‘그것’ 을 가지지 않으면 안 돼. 이건 운명이다.”

“…운명?”

아아크 자신도 이 통로의 끝에 무엇을 숨겨놓았는지는 모른다. 하지만 그것이 결코 세상에 나와서는 안 될 물건이라는 것 정도는 쉽게 짐작할 수 있었다.

“인피니티, 그리고…….”

“……?”

그리고 그 순간 애거트의 모습이 사라지는가 싶더니 어느새 그는 저만치 멀리 가버린 상태였다. 하지만 아아크 역시 포기하지 않겠다는 듯 그를 향해 달려갔다.

“기존에 존재하던 운명이 부서졌으나 그와 동시에 새로운 운명의 그물이 펼쳐졌다. 하지만 그것 역시 순식간에…….”

통로는 의외로 매우 길었다. 게다가 길을 꼬아놓은 듯 그 구조가 제법 복잡했다. 하지만 애거트는 이곳을 처음 왔음에도 마치 이미 길을 알고 있다는 듯 거침없이 길을 가고 있었다.

“여기인가?”

　그리고 마침내 그들은 한 거대한 철문 앞에 도달하였다. 철문은 마치 '그 누구도 들여보내지 않겠다!' 라고 온몸으로 외치는 듯하였으나 그것도 애거트의 손놀림 한 번에 무산되었다.

　투캉—

　단지 손을 앞뒤로 흔들었을 뿐이다. 하지만 그 작은 움직임으로 인한 결과는 방금 전까지만 해도 자신들의 앞을 가로막고 있던 철문을 박살 내며 날려 버리는 것이었다.

　"부르고 있다, 인피니티가."

　"……?!"

　방 안의 모습은 장관이었다. 그리고 그 안에 마치 다른 세상이라도 되는 듯 끝없이 넓은 공간이 펼쳐져 있었다.

　그곳은 너무나 이질적인 공간이었다. 하늘도, 바닥도 없었다. 어떤 곳은 수많은 불빛이 빛나고 하늘에는 이상한 모양의 쇳덩이가 날아다녔다. 또 어떤 곳은 수많은 인간들이 무기를 손에 든 채 피를 뿌려가며 싸우고 있었다. 어떤 곳은 본 적도 없는 모양새를 한 거대한 파충류가 포효하고 있었고 또 어떤 곳은 그저 새하얀 눈보라만이 치고 있었다.

　어디서부터 어디까지가 존재인 것인가? 공간과 존재, 그 모든 것이 뒤섞인 채 그 공간은 존재하고 있었다.

　"저것은……?"

　그리고 그 중심에는 하나의 원이 있었다. 순백색의 빛을 뿜어내고 있는 그것은 자신이 이 모든 것의 중심이라는 것을 강조하기라도 하듯 자신을 중심으로 계속해서 공간들의 위치와 내용을 바꿔 나가고 있었다.

　"…알았다. 지금 간다."

　애거트가 발을 앞으로 내디뎠다. 그리고 그의 몸이 공간과 접촉하는 순간 그의 몸은 아무런 저항 없이 공간 안으로 빨려 들어갔다.

"애거트 형……?"

그리고 영상 안에 애거트의 모습이 간간이 비춰지기 시작했다. 그는 수없이 빛나는 건물이 있는 곳을 지나가고, 수많은 이들이 싸우고 있는 전장에서 자신을 향해 무기를 휘두르는 이들을 쓰러뜨렸다. 본 적도 없는 거대한 동물들이 자신을 덮쳐 옴에도 아무런 두려움 없이 그것들을 공격하였다. 무엇이라도 당장 얼어붙을 것같이 심한 눈보라가 치는 설원 속을 태연하게 걸어가고 있었다.

그리고 얼마나 시간이 흘렀을까?

언제부터인가 아아크는 더 이상 저 안의 공간으로부터 애거트의 모습이 보이지 않게 되었음을 알았다.

그리고 그 순간, 애거트는 다시 공간의 밖으로 빠져나왔다.

"찾았다……."

공간의 밖으로 나온 그의 모습은 엉망진창이었다. 그가 들어갈 때 입고 있던 옷은 이미 걸레 조각이 되어버린 상태였고 갑옷은 이미 본래의 형태를 잃고 몇 개의 조각만이 그의 몸에 간신히 달라붙어 있을 뿐이었다. 온몸은 상처투성이였고 곳곳에 화상이나 동상의 흔적마저 있었고 마치 몇 달 동안은 아무것도 먹지도, 마시지도 못한 듯 비쩍 말라 있었다.

그렇게 간신히 빠져나온 애거트는 무언가 행동을 취하려 하는 듯하였으나 곧 정신을 잃고 바닥에 쓰러져 버렸다.

"형!"

애거트의 몰골을 본 아아크에게는 다른 생각이 남아 있지 않았다. 단지 그를 치료해 주어야 한다는 생각뿐이었다.

"대체 무엇 때문이야? 무엇 때문에……."

막 애거트에게 치유의 주문을 걸어주려고 그에게 다가가던 아아크는 문득 그의 손에 어떤 물체가 들려 있음을 알 수 있었다.

그것은 거대한 지름이 거의 2미터에 달할 정도로 거대한 순은색의 챠크람이었다.

"이거… 아까 전에……."

아아크는 그제야 저 공간의 중심에 있던 은색의 원이 사라졌음을 확인할 수 있었다. 아마도 이 챠크람이 그 원이었으리라.

"아차, 일단은 상처부터……."

아아크는 재빨리 애거트의 몸에 치유의 주문을 걸어주었다. 그렇게 얼마나 지났을까? 이미 웬만한 상급 신관 한 명 이상의 몫을 할 수 있는 아아크의 신성력으로도 애거트의 상처를 치유하는 데에는 상당한 시간이 필요하였다. 그리고 아아크가 그의 상처를 거의 다 치료해 갈 무렵에야 애거트는 눈을 떴다.

"아아크… 나?"

"아아, 아직 상처가 다 아물지 않았으니 가만히 있어."

아아크는 상당히 지친 듯 땀을 흘리고 거친 숨을 쉬면서도 애거트에게 치유의 신성 마법을 걸어주고 있었다. 아마 애거트를 치료해 주면서 그의 신성력은 거의 바닥이 났으리라.

"왜 내가 이런 행동을 했는지 궁금하겠지."

"으, 으응."

애거트의 말에 아아크는 크게 고개를 끄덕이며 그에게 설명을 요구하는 눈빛을 보내었다.

"그래, 이제는 설명해 주어도… 크윽!"

순간 그는 매우 고통스러운 표정을 지으며 몸을 떨었다.

"형! 무슨 일이야?!"

"으윽… 크으윽!"

그의 손에 들려 있던 챠크람으로부터 강한 빛이 뿜어져 나왔다. 그것의 빛은 감히 범접하지 못할 정도로 신성한 빛이었으나 따뜻함을 머금은 보통의 신성력과는 달리 매우 차갑고 날카로운 것이었다.

"흐악……!"

그 고압적인 빛에 아아크는 숨이 막히는 것을 느꼈다. 애거트는 자신의 손에 들려 있는 챠크람을 노려보며 뭐라고 중얼거렸다.

"그… 그런가? 네가… 나에게… 원한… 것… 나의… 가… 아니… 단지… 하스… 에아크의… 그것의… 와… 체… 그리고… 존재… 가?"

파앗—

그 순간 방금 전보다도 훨씬 강한 빛이 사방으로 퍼져 나갔다. 그 강렬한 빛에 휩싸이면서 아아크가 정신을 잃기 전에 마지막으로 본 것은 손목을 잘라가면서까지, 아니, 정확히는 뜯어버리면서까지 챠크람을 몸에서 떼어내는 애거트의 모습이었다.

정신을 잃은 아아크가 다시 눈을 떴을 때 그는 자신의 방 침대 위에 누워 있었다.

"으음……."

그리고 그가 눈을 떴을 때 가장 먼저 그의 눈에 들어온 것은 팔에 붕대를 감고 있는 애거트와 그의 부모의 모습이었다.

"오오, 아아크야. 깨어났구나!"

그를 매우 걱정하고 있었는 듯 그의 어머니, 케실라 하스는 눈가에 맺힌 물기를 닦아내며 그를 껴안았다. 그런 그녀의 행동에 아아크는 어머니에 대한 죄책감을 느끼면서도 왠지 모를 안도감과 행복감을 느꼈다.

"죄송해요, 어머니. 걱정을 끼쳐 드려서."

"아니다. 이 어머니는 너희들이 이렇게 무사히 돌아와 있다는 것만으로도 너무나 감사하단다."

케실라는 그렇게 한참 동안 아아크를 껴안은 채 '너희들이 무사해서 다행이다'를 반복하다 결국 보다 못한 아아크와 애거트의 아버지, 레저스 하스의 기침 소리를 듣고서야 간신히 떨어졌다.

"크흠. 그런데 너희들, 대체 어딜 갔었길래 이렇게까지 엉망진창이 되어서 돌아온 것이냐? 특히 애거트."

문득 아아크는 애거트에게 시선을 돌렸다. 대부분의 상처는 자신이 치료한 덕에 멀쩡해 보였지만 무엇보다 그의 시선을 사로잡은 것은 그의 오른손이 있어야 할 부분이 뭉툭한 모양을 하고 있을 뿐이라는 점이었다.

"말해 보거라. 하인의 말로는 너희들이 '금지된 구역'에 갔었다고 하는데, 사실이냐?"

레저스의 말투는 조용했으나 그 안에는 상당한 무게가 실려 있었다. 대답을 요구하는 그의 모습에 애거트는 고개를 끄덕였다.

"…어째서 그곳에 갔던 것이냐?"

"가야 했기에 갔습니다."

애매하기만 한 애거트의 대답에 레저스는 미간을 찌푸렸다. 하지만 그의 말투가 평소처럼 가볍지 않은 것으로 보아 자신을 놀리려는 것 같지는 않다고 생각하고는 더 이상 따지지 않기로 하였다.

"말하고 싶지 않다면 굳이 묻지는 않겠다. 하지만 이것만은 말해 두겠다. 앞으로 두 번 다시 그곳에 갈 생각은 하지도 말거라. 알겠느냐?"

"……."

"그리고 잘린 네 손목은 내일 신전에 들러서 재생시킬 테니 큰 걱정은 말거라."

그렇게 말한 뒤 레저스는 애거트의 대답을 기다리지 않고 바로 방을 나섰다. 굳은 표정으로 방문을 응시하고 있는 애거트를 향해 케실라가 그를 위로하였다.

"너무 나쁘게 생각하지 말거라, 애거트. 네 아버지도 다 너를 걱정해서 저러시는 거란다."

"그건 알고 있습니다만……."

"그러니까 화내지 마렴. 그리고 아버지 말씀대로 다시는 그곳에 가지 말고."

"……."

자신을 타이르는 케실라의 모습에 애거트는 아무 말도 할 수 없었다. 멀지 않은 미래에 자신이 이런 자상하신 어머니께 무슨 짓을 할지 알고 있는 그이기 때문이었다.

애거트가 다시 '금지된 구역'에 간 것은 그로부터 약 3년이 지난 후였다.

"애거트, 멈춰라!"

막 입구에 들어서려고 하는 그는 자신의 앞을 가로막는 일련의 기사들을 볼 수 있었다.

"분명히 경고했을 것이다, 두 번 다시 이곳에 오지 말라고!"

그리고 그 무리의 앞에는 그의 아버지 레저스가 있었다. 그는 잔뜩 화가 난 듯한 모습으로 애거트를 노려보고 있었다.

"이곳은 하스 가문 대대로 금기시되는 곳이다. 절대로 들여보낼 수 없다!"

그렇게 외치며 레저스는 기사들에게 지시를 내렸다. 하지만 평소 존경하는 선배를 정면에 둔 기사들은 검을 드는 것을 망설이고 있었다.

"죄송합니다, 아버지. 하지만……."

순간 애거트의 몸으로부터 진득한 살기가 풍겨 나왔다. 그것은 결코 고압적이지도, 위압적이지도 않은 조용한 살기였지만 오히려 그렇기에 더욱 상대를 공포에 질리게 만드는 그런 살기였다.

"저는 꼭 가야겠습니다."

그는 웃음 지었다. 그리고 그의 미소를 본 기사들은 더 이상의 망설임 없이 각자의 무기를 뽑아 들었다. 그것은 악마적인 미소를 보이는 애거트를 응징하겠다는 것이 아닌, 거의 반사적 자기 보호에 가까운 행동이었다. 그만큼 그의 미소는 공포적인 것이었고, 섬뜩했다.

"그, 그렇다면 우리 역시 전력을 다해서 너를 막을 것이다. 전군, 돌격!"

레저스의 외침에 기사들은 두려움 속에서도 애거트를 향해 달려들었다. 그것은 결코 정의감도, 윗사람의 명령에 따르려는 충실감도 아니었다.

단지 살아남고 싶다는 본능, 그것이었다. 도망갈 수도 있다는 것조차 망각하게 할 정도로 지금의 애거트의 모습은 공포스러웠던 것이다.

쿠웅!

통로를 통해 커다란 충격음이 전해져 오고 있었다. 분명 그 충격음의 원천은 이곳에서 상당한 거리임에도 온몸으로 그 진동을 느낄 수 있을 만큼 거대한 힘이었다.

"…오려고 하는구나."

하스 가의 관할 하에 있는 '금지된 구역'의 통로 내부, 그곳에는 한 명의 여인이 서 있었다.

"애거트……."

그녀는 애거트의 어머니 케실라였다. 그녀는 심기가 상당히 불편한 듯 근심이 가득한 모습으로 서 있었다.

"이것이… 운명이구나."

그녀의 눈가에 물기가 맺혔다. 그리고 곧 그것은 눈물이 되어 그녀의
볼을 타고 흘러내렸다.

쿠웅―

어느덧 소리가 점점 가까워지고 있었다. 아마 이곳 미로의 벽을 파괴
하면서 최단거리로 오고 있는 것이리라.

콰앙!

그리고 잠시 후 그녀의 앞에 있는 벽이 부서졌다. 자욱한 먼지의 구름
속에서 하나의 검은 그림자가 케실라를 향해 다가왔다.

"왔느냐, 애거트."

"어머니……."

의외의 인물이 눈앞에 있음에도 애거트는 그다지 당황하지 않았다. 왜
냐하면 그는 이미 알고 있었기 때문이다.

마지막에 자신을 가로막는 것이 자신의 어머니라는 것을, 그리고 자신
이 그 어머니를 어떻게 할지를.

"너는 결국 이곳에 다시 올 운명이었구나."

그녀는 서서히 두 손을 앞으로 내밀었다. 그리고 자세를 낮추며 애거
트를 노려보았다.

"이미 나의 운명은 잘 알고 있단다. 그러니 너무 심려하지 말거라, 아
들아."

"어머니……."

"자, 오너라. 내가 널 막는 마지막 관문이란다."

애거트의 뺨을 타고 눈물이 흘렀다. 하지만 그러면서도 그는 결코 뒤
로 물러서지 않았다.

“뭐야?!”

막 훈련을 마치고 집에 돌아온 아아크는 저택의 정문을 통과하자마자 달려온 하인의 말에 크게 당황하였다.

“그 말이 정말이냐?!”

“그, 그렇습니다. 그러니 어서 가서 애거트 도련님 좀 말려주십…….”

하인의 말이 끝나기도 전에 이미 아아크는 저만치 달려가고 있었다. 그는 온몸을 엄습하는 초초함에 입술을 깨물며 중얼거렸다.

“이 바보 형……!”

쿠웅!

“커헉!”

벽에 내동댕이쳐진 케실라의 입에서 한줄기의 선혈이 흘러나왔다. 방금 전의 충격으로 내장이 상한 듯 그녀는 연신 피 섞인 기침을 토하였다.

“어, 어머니……!”

자신의 어머니는 강했다. 그것은 자신이 생각하던 것을 훨씬 초월하는 것이었다. 물론 그렇다고 해서 자신의 상대가 될 정도는 아니지만.

“뭐 하느냐, 애거트. 아직 이 어미는 죽지 않았단다.”

“…….”

케실라는 비틀거리면서도 간신히 몸을 일으켰지만 애거트는 더 이상 그녀를 상대하지 않았다. 그는 그녀를 무시한 채 엉성하게 세워진 철문을 향해 걸어갔다.

“애거트…….”

그녀가 이름을 부른 덕분일까? 다시 철문을 넘어뜨리고 막 공간 안으로 들어가려던 애거트가 걸음을 멈추었다. 그리고 다시 입을 열었다.

“다녀와서… 죽여… 죽여 드리겠습니다, 어머니.”

그 말을 남긴 채 그는 빠르게 공간 안으로 몸을 던졌다. 그리고 방금 전까지 그가 서 있던 공간 위로 한 방울의 물방울이 떨어졌다.

"하아… 하아……."

늦지 않아야 할 텐데. 늦으면 안 되는데.

"하아… 하아……."

하지만 내가 과연 형을 막을 수 있을까? 내 실력으로?

"하아… 하아……."

하지만 그렇다고 해서 가만히 있을 수도 없지 않은가? 가만히 있으면 아무것도 되지 않으니까.

"하아… 하아……."

이게 거의 다 온 듯하다. 부디…

"하아… 하……!!"

이상하다. 방금 전까지만 해도 엄청 숨이 차서 어지러울 정도였는데… 물론 지금도 숨이 차는 것은 마찬가지이지만…….

이상하게 숨이 쉬어지지 않는다.

"어… 어……."

가슴이 콱 막히는 답답함, 그리고 머리를 옭아매는 묘한 고통.

"어머니이이!!"

내 눈앞에서, 내 어머니는 돌아가셨다.

형, 애거트의 손에 의해서.

그가 들고 있는 거대한 챠크람에 의해 목이 잘려 나갔다.

"……."

아아크는 아무 말도 없었다. 그의 입은 굳게 다물어지지 못한 채 약간

벌어져 있었고 눈은 초점이 맞지 않은 채 동공이 풀려 있었다. 지금의 그
는 그저 멍한 모습으로 침대 위에 누워 있었다.

"아무래도 도련님께서 받으신 충격이 크셨나 봅니다."

한참 그의 상태를 살피던 의사는 아아크로부터 손을 떼며 자리에서 일
어섰다.

"자폐증의 일종입니다. 증상은 가벼운 편이니 너무 걱정하시지 않아
도 됩니다. 일단 외상은 대부분 치유되었으니 남은 것은 정신의 치유겠
군요."

그렇게 말하며 의사는 자리를 피했다. 하인들마저 의사의 뒤를 따라
밖으로 나간 지금 방 안에는 멍한 모습의 아아크와 레서스만이 남아 있
었다.

"미안하다, 아들아."

그는 창문을 통해 바깥을 내다보며 작은 한숨을 쉬었다. 담배를 피울
줄 알았다면 이럴 때 피울 텐데…….

그런 생각이 드는 그였다.

"사실, 네 어머니는 얼마 전부터 자신의 죽음을 예측하고 있었단다."

창문 바깥에 펼쳐진 정원은 너무나도 평화로웠다. 그리고 언제나 변함
없는 모습을 보이고 있었다.

정원은 저렇게 여전함을 보이는데 어째서 우리 가족은 이런 큰 변화
를, 그것도 매우 가슴 아픈 변화를 겪어야 하는 것인가?

"며칠 전 그녀가 말했단다, 자신은 죽을 거라고. 그것도 자신이 사랑
하는 아들에 의해서 말이다."

그는 창문을 열며 베란다로 나갔다. 계절은 여름을 앞두고 있었지만
아직 바람은 선선한 편이었다.

"하지만 나는 그것을 납득할 수가 없었단다. 그래서 최선을 다해 애거

트 녀석을 막으려고 했었다.”

그는 자신의 왼손을 들어 올려 보았다. 그의 왼손은 두 쪽으로 갈라졌던 것을 다시 붙인 듯 집게손가락과 중지 사이의 손바닥과 손등 양면에 긴 흉터가 나 있었다.

아마 그때 애거트가 조금만 더 검을 깊게 내밀었으면 둘로 갈라진 것은 자신의 손뿐이 아니었을 것이다.

“하지만 불가능했다. 그것은 당연한 것이었지.”

수백 명의 병사를 동원하고 수십 명의 기사들도 함께 달려들었다. 그리고 자신도 전력을 다해 그를 막으려 하였지만 그들로서는 도저히 애거트의 상대가 되지 못하였다.

“운명이었으니까.”

운명. 참으로 저주스러운 단어였다. 하지만 그렇기에 더욱더 거역할 수 없는 것이었다. 거역할수록 더욱 운명에 사로잡히니까.

“일단 아무 생각 말고 편히 쉬거라. 시간이 지나면 차차 나아질 게다.”

탁—

그 한마디를 끝으로 레저스는 방문을 나섰다. 그리고 방 안에는 아아크 혼자만이 남게 되었다.

주륵.

아무도 없고 자신만이 남은 방 안에서 아아크는 눈물을 흘렸다. 아무 소리도, 아무 말도, 아무 움직임도 없이 눈물만을 흘렸다.

“이봐! 거기 청소가 소홀하잖아! 청소를 할 때는 자기 자식을 씻겨주는 마음으로 하란 말야!”

“예, 예에.”

"어이, 거기 신입이지? 커튼 묶을 때는 너무 꼭 조이지 말란 말야!"

"죄송합니다! 즉시 수정하겠습니다."

"좋아, 그런 자세다. 거기 두 명! 일하는 도중에는 잡담하는 거 아냐!"

"예, 옛! 죄송합니다! 다시는 그러지 않겠습니다!"

오늘은 하스 저택의 대청소날이었다. 집 안 교육의 일환으로 집사장을 맡은 아아크는 열심히 하인들을 지휘하며 집 안 청소에 열을 올리는 중이었다.

"호오~ 아아크, 열심히구나."

"아, 아버지."

방금 돌아온 듯 그의 뒤로 레저스가 걸어오고 있었다. 계절은 봄이라고 하지만 아직 겨울의 흔적이 남은 듯 쌀쌀한 바람이 불어오고 있었다.

"제법이구나, 이 정도로 사람을 관리할 수 있게 되다니."

"헤헤, 뭘요."

자폐증에서 빠져나온 뒤 아아크는 이전보다 더욱 밝은 성격이 되었다. 물론 그것이 단순히 겉모습뿐이라는 것을 레저스는 이미 알고 있었지만.

"이 정도나 할 줄 아는 걸 보니 이 일은 너에게 맡겨도 되겠구나."

"그럼요!"

"그럼 그런 의미에서 맥스웰(본래 집사장이나 임시 집사장이 된 아아크 때문에 지금은 부집사장이 됨)은 내가 데려가마. 같이 체스나 한 판 둬야지."

"아, 아버지……!"

사실 지금이야 아버지 앞이니까 자신이 다 알아서 하는 척한 것뿐이지, 사실은 맥스웰의 도움이 상당했던 아아크였다. 그렇기에 레저스의 발언은 그를 상당히 당황스럽게 만들었다.

"이보게, 맥스웰. 이런 일은 우리 듬직한 아아크에게 맡기고 자네는 나와 체스나 두러 가세."

　그렇게 말하며 그는 백발에 멋진 콧수염이 난 노인을 데리고 저택 안으로 사라져 버렸다. 그렇게 어이없이 한 방 먹은 아아크는 그 화풀이를 하인들에게 하기 시작했다.

　"이봐! 뭘 처다보는 거야?! 구경났어? 그럴 여유 있으면 빨리빨리 청소나 마저 끝내란 말야. 앙!"

　그런 그의 어린아이 같은 태도에 하인들은 웃음을 머금었다.

〈제4권 끝〉

후기

개굴

안녕하세요, 개굴입니다.
미흡한 실력에 덜컥 일을 맡게 되었습니다
중간 부에 그림의 퀄리티가 떨어지는데 개인적인 그…부진으로…
너그러이 봐주셨으면 합니다.
그럼 다음 그림부턴 더 열심히 그려 보여 드리겠습니다.

AAKHS

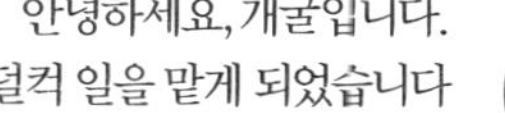

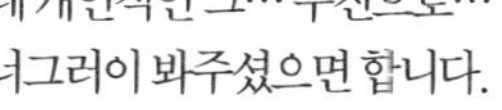

여차저차 저차저차 해서 시작하게 된 부록 페이지입니다.
예전부터 이런 코너 하나쯤 만들어보고 싶었는데 의외로 늦어지게 되어서
4권부터 생기게 되는군요.
개굴 본인은 자신의 실력이 별로라고 하지만 제가 보기에 그의 그림은
상당한 실력(내심 본 내용보다 이 부록 페이지에 더 신경을 쓰시는 독자 분이
생길까 걱정할 정도로)이라고 생각하는데…
여러분은 어떠신지 모르겠네요.
앞으로도 내용은 물론이고 그 외 여러 부분에서도 여러분의 인상에 남을 수
있는 모습 보이도록 노력하겠습니다.

●라니오스(어린이)

종족:하이엘프
나이:101세
신장:138cm
체중:31kg
취미:마법 실험
좋아하는 음식:푸딩, 초콜릿, 사탕 등 단맛나는 것
특기:어리광 부리기
싫어하는 것:하기 싫어하는 것을 강요하는 것

캐릭터 에피소드

엘프, 꼬맹이.
이런 녀석이 주인공으로 나온 이유는 간단합니다.
'전례가 없었다' 였습니다(제가 특이한 거 좋아합니다).
오리지날 버전의 이 글의 주인공은 본래 '리칼드' 라 하는 이름의 얼뜨기 마법사였으
으로 이야기를 써놓고 보니 이미 나온 모 소설과 비슷한 내용이 되어가는 것 같아서…
주인공 교체와 함께 내용도 왕창 다시 쓰게 되었죠. 덕분에 내용이 상당히 엉켜 버
리는 사태가 나오고 말았습니다.
참고로 그림을 맡은 '개굴'은 이 녀석의 그림 컨셉을 말해 주자 펄펄 뛰더군요.
그 녀석 여성 취향이 '쭉쭉빵빵한 누님 타입' 이거든요.
남자에 예쁘장한 꼬맹이. 그 녀석에게는 최악이었을 겁니다.
뭐, 그래도 귀엽게 잘 나왔네요.

●라니오스(성인)

신장:171cm
체중:53kg
이하 동일

캐릭터 에피소드

본래는 라니오스를 꼬맹이 상태로 계속 밀고 나가려 하였습니다만
주변에서의 무언의 압력으로 인해… 그렇게 나온 것이 이 녀석입니다.
참고로 오리지날 버전에서의 라니오스라는 캐릭터는
이 프로필을 사용한, 상당히 신비로운
타입의 엘프 레인져였습니다. 뭐, 지금에야 그런 거 다 깨졌죠.

●레미엘

종족:인간
나이:22세
신장:168㎝
체중:65㎏
취미:여자 섭렵하기(특히 침대 위에서)
좋아하는 음식:맥주와 육포, 페스츄리 빵(당분을 많이 묻혀서)
특기:눈빛 공격과 섹시한(느끼한) 말투로 여자 사로잡기
싫어하는 것:시키는 대로 안 하는 녀석

캐릭터 에피소드

오리지날 버전에서는 바람둥이 성격의 후작 아들이었습니다. 그러던 것이 리메이크와 함께
거대 왕국의 왕으로 레벨 업. 3권에서는 상당히 노골적인 모습을 보여 보기 흉한 꼴을 연출
하고 말았지만…
사실은 제법 덧진 녀석입니다. 이야기가 진행될수록 그가 얼마나 야심 찬 캐릭터인지 알 수
있으실 듯.
이후 행보에 주목해 주세요.

●쟈밀

종족:인간
나이:불명
신장:175㎝
체중:58㎏
취미:룰렛, 포커, 체스
좋아하는 음식:술 전반
싫어하는 것:레이

캐릭터 에피소드

오리지널에서는 표면에 드러난 악당이었고 1차 버전에서는
이야기 초반에 라니오스를 대신해서 희생하는 역,
그리고 2차에서는 반대로 라니오스를 이용해 먹는 배역인,
상당히 복잡한 내력을 가진 캐릭터.
위치도 라니오스의 직속 상관, 친형, 아버지에서 현재는 삼촌이라는 식으로
상당히 위치 변동이 심한 캐릭터였습니다.
내용을 보면 아시겠지만 상당한 시스터 콤플렉스를 가지고 있습니다.
그런 점에서는 데잘과 비슷하다고 할 수 있겠죠.

●아아크

종족:인간
나이:19세
신장:169㎝
체중:53㎏
취미:악기 연주, 망상
좋아하는 음식:파인애플
특기:좀비로 변하기
싫어하는 것:끈적한 것

캐릭터 에피소드

1차 리메이크 버전에 처음 등장한 캐릭터로서 최초에는 판타지 주제에 락 음악을 하는 하드한 설정의 캐릭터
였으나… 갈수록 순화되어 지금은 단순한 바보.
그러나 그의 정체는… 궁금하신 분은 이후 이야기에 주목… 두다다다(AAKHS는 이 몰매를 맞고 있습니다)!

●레아시아

종족:여기서는 하프 엘프
나이:16세
신장:160㎝
체중:39kg
취미:노래 부르기, 춤추기
좋아하는 음식:아이스크림, 포도 등의 새콤한 과일류
특기:가녀린 척 연기하기
싫어하는 것:거짓말

캐릭터 에피소드
남정네투성이였던 오리지날 버전에서는 라니오스(레인저 버전)와 행동을
함께하는 엘프 마법사였습니다.
그러던 것이 리메이크를 하면서 히로인으로 배역을 옮기는가 싶더니…
결국 드래곤이라는 황당한 정체를 가지게 되어버렸죠.
게다가 성격도 조신하고 얌전하던 것에서
내숭쟁이에 은근히 SM한 것을 '즐기는 변X적인 면마저 숨기고 있고…….
리메이크하면서 가장 타락(?)한 캐릭터 중 하나일 겁니다.
이후 세린 버전의 그림도 공개하겠습니다.

●티니

종족:엘프
나이:16세
신장:133cm
체중:26kg
취미:실뜨기, 명상
좋아하는 음식:매콤한 거라면 전부
특기:오랫동안 숨 안 쉬기, 천장에 거꾸로 매달리기
싫어하는 것:변태

캐릭터 에피소드
리메이크할 당시 로리콘인 친구 모 군의 요청에 의해 탄생한 캐릭터.
그 친구가 상당한 압력을 행사하는 통에 초반에는
상당히 샤바샤바 알샤샤한 모습도 보였지만…
지금에는 제법 귀여운 소녀의 이미지로.
그래도 왠지 한번쯤 더 괴롭혀 보고 싶은 것은 본 작가가 변태이기 때문일까,
아니면 단순히 남자의 로망(?)일까?

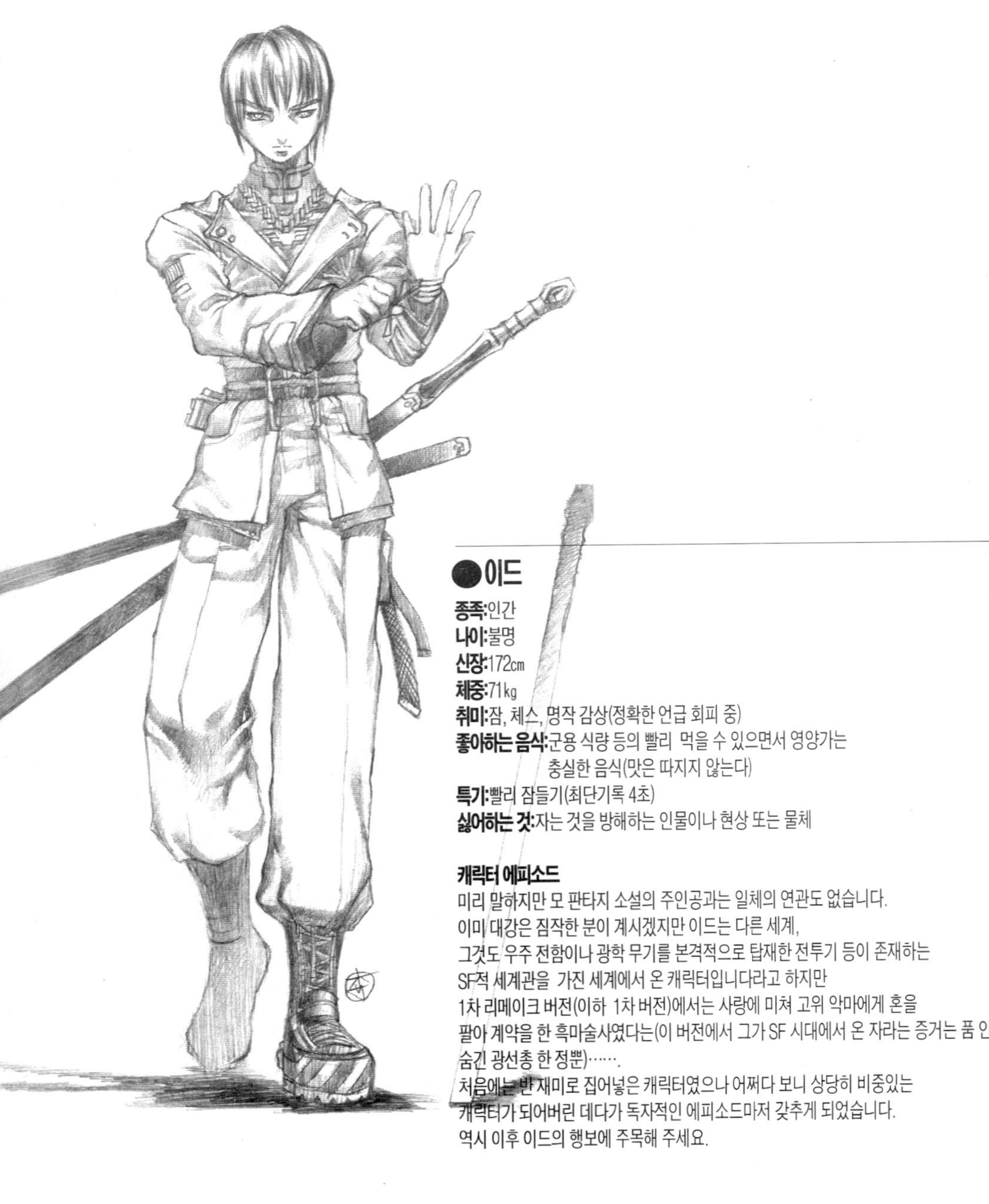

●이드

종족:인간
나이:불명
신장:172cm
체중:71kg
취미:잠, 체스, 명작 감상(정확한 언급 회피 중)
좋아하는 음식:군용 식량 등의 빨리 먹을 수 있으면서 영양가는
충실한 음식(맛은 따지지 않는다)
특기:빨리 잠들기(최단기록 4초)
싫어하는 것:자는 것을 방해하는 인물이나 현상 또는 물체

캐릭터 에피소드
미리 말하지만 모 판타지 소설의 주인공과는 일체의 연관도 없습니다.
이미 대강은 짐작한 분이 계시겠지만 이드는 다른 세계,
그것도 우주 전함이나 광학 무기를 본격적으로 탑재한 전투기 등이 존재하는
SF적 세계관을 가진 세계에서 온 캐릭터입니다라고 하지만
1차 리메이크 버전(이하 1차 버전)에서는 사랑에 미쳐 고위 악마에게 혼을
팔아 계약을 한 흑마술사였다는(이 버전에서 그가 SF 시대에서 온 자라는 증거는 품 안에
숨긴 광선총 한 정뿐)……
처음에는 반 재미로 집어넣은 캐릭터였으나 어쩌다 보니 상당히 비중있는
캐릭터가 되어버린 데다가 독자적인 에피소드마저 갖게 되었습니다.
역시 이후 이드의 행보에 주목해 주세요.

●애거트

종족:인간
나이:26세
신장:173cm
체중:54kg
취미:춤추기, 낮잠
좋아하는 음식:신선한 생선 요리
싫어하는 것:똑똑한 척하는 녀석

캐릭터 에피소드
1차 버전에서는 아아크에 이은 헤비메탈 2호였으나
지금에 와서는 오히려 건달 스타일에 가까운 악역.
이놈 역시 아직 정체를 숨기고 있는데…
궁금하신 분은 이후 이야… 타앙(AAKHS님께서 저격당하셨습니다)!

●레이

종족:불명
나이:불명
신장:171㎝
체중:44㎏
취미:쟈밀 괴롭히기, 독극물 제조 및 복용
좋아하는 음식:쓰고 떫은 음식 전반
싫어하는 것:분수를 모르는 녀석

캐릭터 에피소드
원래는 단역으로 끝날 녀석이었지만 쟈밀과 콤비가 되면서
주역으로 등극한 캐릭터.
캐릭터 모토는 짐작하시는 분도 많겠지만
S모 작품의 X모 캐릭터입니다.
어떤 면에서 보면 그보다도 더 심각한 수준의 녀석이죠.
여담으로 이 캐릭터의 그림을 부탁할 때 '단발머리' 라고 했더니
이렇게 그려왔더군요. 이게 아니라고 했더니
'난 그 스타일이 정말 싫어!' 라고 하는 바람에 별말 못하고 침몰.
결국 이것으로 결정되었다는 슬픈 전설이…….

●테올

종족:불명
나이:불명
신장:163㎝
체중:39㎏
취미:자수
좋아하는 음식:딸기, 포도, 체리
싫어하는 것:자신을 슬프게 만드는 것

캐릭터 에피소드

데잘과 같은 연유에서 만들어진 일명 '외주 캐릭터'.
컨셉은 '잘 우는 여자 같은 남자.
게다가 사실은 정말로 여자'였습니다.
원래는 여자이지만 쟈밀에게 채인 후
남자 모습을 하고 다닌다는 황당한 사연까지 가지고 있는데…
나중에 기회가 되면 쟈밀과의 에피소드를 하나 써보고 싶어지네요.
참고로 이 그림은 남자 버전입니다.

●레노

종족:엘프
나이:불명
신장:168㎝
체중:40㎏
취미:별자리 만들기
좋아하는 음식:칵테일, 땅콩, 아몬드
싫어하는 것:괜히 추근대는 녀석

캐릭터 에피소드

이드의 에피소드가 확장되면서 생겨난 캐릭터…
라고 하지만 흑마술사 버전 이드와 계약을 했던 고위 악마라는 것이
초기 설정이었습니다(더불어 후에 갈수록 점점 이드를 사랑하게
되어 이드의 사망 후 자신의 것이 된 이드의 영혼과 샤바샤바하는 해피엔딩이
계획되어 있었지만 리메이크와 함께 전부 말짱 도루묵이…).
여하튼 이 캐릭터도 좋아하는 이가 자신을 보아주지 않는 테올처럼
슬픈 입장에 놓인 여성이지요.
후에 이 캐릭터를 마음에 들어한 친구 모 군의 요청으로 약간 이드와 가깝게
붙여주기는 하였으나 그래도 이드에게는 오로지 스프린뿐…
결국 비련의 캐릭터가 되어버리는군요.

●란슬로

종족:엘프(?)
나이:130세
신장:176㎝
체중:64㎏
취미:포커, 다이스, 술 시합,
좋아하는 음식:술(독할수록 좋다)과 안주 전반
특기:공 멀리 정확하게 차기, 바-파이트(술집 난투)
싫어하는 것:설교

캐릭터 에피소드
본래 오리지날 버전에서는 의외로 재미있는 타입의 조무래기 악당 중간 보스쯤 하는 녀석이었으나…
내용 개정과 함께 이야기의 메인에 오르게 된
행운의 캐릭터(게다가 종족이 엘프로 옮겨지는 덕에 울끈불끈한 녀석이 상당히 멋진 녀석으로…
그래도 무기는 그대로라는…).
개인적으로 상당히 마음에 들어하는 컨셉의 캐릭터이지만
어째 갈수록 등장 횟수가 줄어드네요.
그래도 후에 활약의 기회가 준비되어 있으니
란슬로에게 관심있는 분은 기대하셔도 좋습니다.

●**데잘**

종족:불명
나이:불명
신장:168㎝
체중:43㎏
취미:당구
좋아하는 음식:얼음
싫어하는 것:테올에게 집적대는 녀석

캐릭터 에피소드
캐릭터 컨셉은 '시스터 콤플렉스를 가진 건방진 녀석' 이었습니다.
아직까지는 별 탈 없군요.
원래 이 캐릭터는 등장 예정이 전혀 없었으나 현 버전의 연재 중에 친구 모 군으로부터
전해 받은 컨셉과 프로필을 가지고 완성한 캐릭터입니다.
덕분에 비중있는 역할은 그다지 없지만 나중에는 중요한 역할 하나쯤은 맡겨보고 싶습니다.

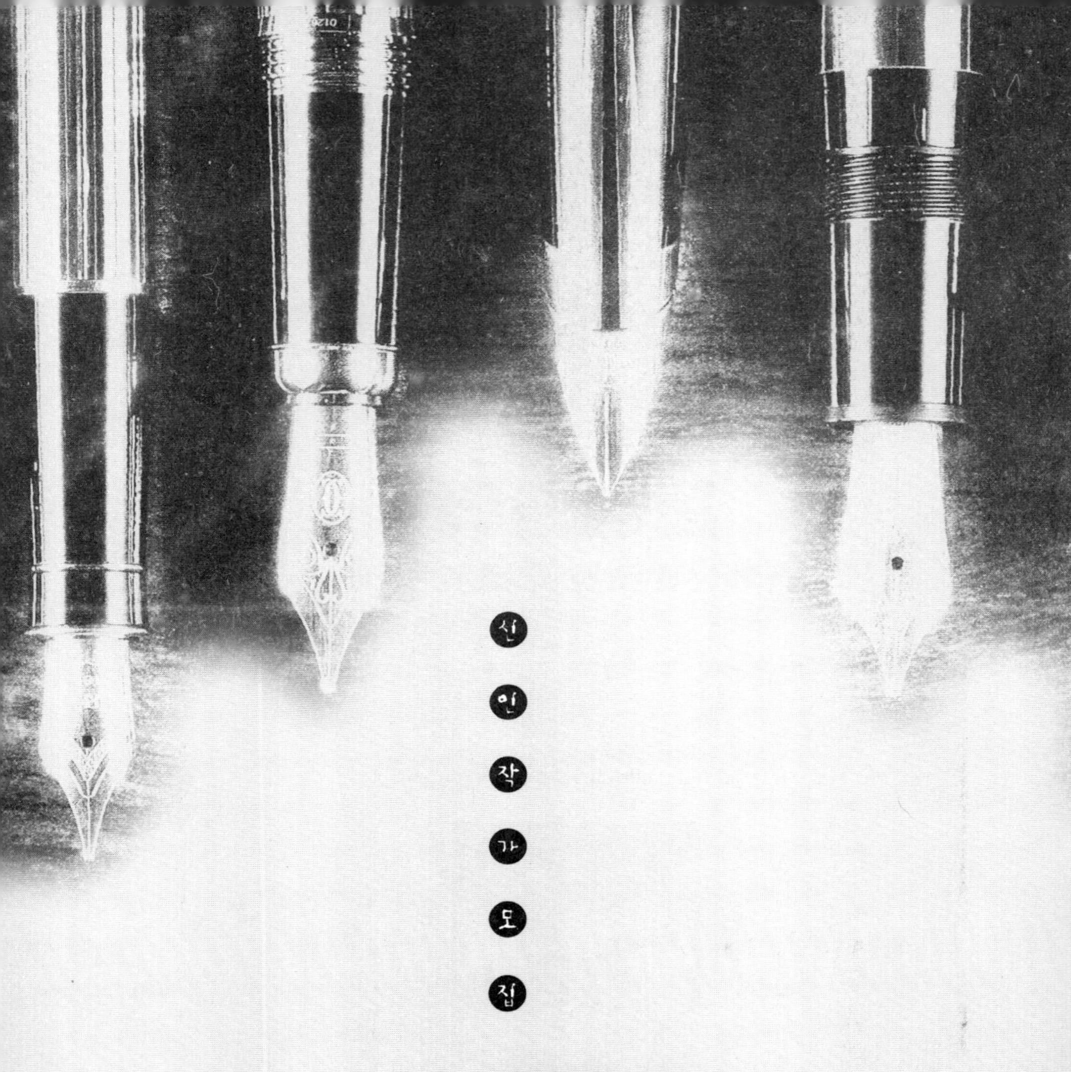